ハーフウェイ・ハウスの殺人

『ふたりの果て／ハーフウェイ・ハウスの殺人』改題

浦賀和宏

祥伝社文庫

目次

第一部

ハーフウェイ・ハウスの殺人

第一章

私の名前はアヤコ。もの心ついた時から、この『ハウス』で暮らしています。本当の名称は『ハーフウェイ・ハウス』ですが、誰もそんな長ったらしい名前では呼びません。『ハウス』があるここは、箱根《はこね》の山の中だと先生に教えてもらったことがありますが、そんな地名なんて、私たちにとってはなんの意味もありません。私たちは生涯『ハウス』で暮らすのでしょう。もちろん、先生たち──植芝《うえしば》先生、狭山《さやま》先生、そして園長先生──が私たちに面と向かってそう言うことはありません。『ハウス』で暮らし、学んで、大人になれば、輝かしい未来が待っていると先生は言います。でも、それを信用している生徒は、たぶん、一人もいないでしょう。なんのためにここにいなければならないのか。どうして私たちは生きているのか。誰も教えてはくれません。

『ハウス』は森を切り開いた一キロ平米ほどの土地にぽつんと建てられた学校です。二十二人の生徒と、三人の先生が共同生活を送っています。

二十五人が暮らしている『ハウス』は洋館風の三階建てで、それなりに大きいのでしょうが、一キロ平米の土地にあってはささやかなものに感じてしまいます。庭は広く、自然に溢《あふ》れ、どこまでも走って行けそうです。でもどんな広い庭でも、必ず果てがあります。普通の家なら、それはブロックや煉瓦《れんが》でできた壁なのでしょう。でも、ここ『ハウス』では違いました。

先生たちは、それを『フェンス』と呼んでいました。私はヨシオ、アキナ、マナブらと仲が良かったから、先生の目を盗んでは、四人でよく庭の探検に出かけました。一キロ平米の土地は、私たちにとっては広大で、歩きがいがあります。そして必死になってフェンスの抜け道を探すのです。もちろん、見つかったからと言って、喜び勇んでこの『ハウス』から脱走を図るのかどうかは、また別の話です。もし抜け道が見つかったとしても、私たちはどうせ途方に暮れてしまうでしょう。なにしろ、今までずっとこの『ハウス』で暮らしてきたのですから。

飼い慣らされたペットの動物は自然に帰るのを厭《いと》うと言います。私たちが正にそれでした。まるで鳥籠の中の小鳥です。

「駄目だ――」

四人の中でもリーダー然としているヨシオが言いました。この『ハウス』の生徒たちの間には、特に誰が秀でているとか、誰が劣っているとか、そういう能力の差はほとんどないように思えたので、なぜヨシオがリーダーになったのかは私たちにも――おそらくヨシオ自身にも――分かっていませんでした。ただなにをするにもリーダーは必要ということなのでしょう。私たちはヨシオの視線の方を見上げました。

そこにはフェンスがありました。

「やっぱり、こっちにもオベリスクがあるのね」

とアキナが言いました。一番仲の良い女友達です。『ハウス』では、皆、ブレザーの制服を着て、髪型もほとんど同じです。男の子は髪が短く、女の子は長い。本当にそんな程度です。でもアキナは月に一度の交換会でヘアゴムを買ったので、髪型を可愛いツインテールにしたのです。羨《うらや》ましかったのですが、私は交換会ではいつもアガサ・クリスティーの小説を買ってしまうので、おしゃれに使うお金はほとんど残っていないのでした。

そうやって積極的に外見を飾っていることからも分かるように、アキナはとても明るい女の子でした。もしヨシオがいなかったら、きっとアキナがリーダーになったに違いありません。

私はどちらかと言うと、マナブとタイプが似ているのかもしれません。マナブも大人しく、自分からなにかを積極的に言い出す人間ではありませんでした。

「南も駄目か」

とマナブは言いました。二週間前、私たちは『ハウス』から向かって北を探索しました。しかし四百メートルほど進んだ所で、行く手をオベリスクが阻《はば》みました。一週間前は東を探索しましたが結果は同じでした。だから今日、私たちは南にやってきたのです。

私たちが『オベリスク』と呼んでいるフェンスは高さ五メートルほど、幅、奥行き一メートルほどの、金属製の柱です。柱のてっぺんには、緑の細長い金属片が、東西南北の方向に向かって四枚、設置されています。エジプトにあるような本物のオベリスクは、上に行くほど細くなって、また様々な装飾が施されていると聞きます。でも、実態がどうであれ良いのです。フェンスよりオベリスクと呼んだ方が、なんだか言葉の響きが格好いい。それだけのことなのですから。そしてオベリスクという呼び名を『ハウス』に広めたのは、なにを隠そうこの私なのです。

オベリスクは一つだけではありません。二十メートル程の間隔を置いて、左右にまた別のオベリスクが立っています。その向こうにも、更にその向こうにも。わずかに残された木々が邪魔して、遠くまで見通すことはできないのですが、おそらく何十、あるいは何百ものオベリスクが円を描くように『ハウス』を取り囲んでいるのでしょう。

「きっと西も駄目よ。オベリスクがあるに決まっている」

と諦《あきら》めたようにアキナが言いました。

「でも、僕たちはこのオベリスクに沿って歩いたことはないじゃないか」

「——どういうこと？」

「オベリスクに沿って一周すれば、もしかしたらどこかに抜け道があるかもしれない」

「ここを回るの？　何時間かかると思うの？」

「一キロ平米の土地を円を描くように歩いたら何キロあるかしら。三キロぐらいかな」

一時間もかからずに歩きされるでしょうか。チャレンジする価値はありそうです。

「三キロ？　今だって先生たちの目を盗んで来たのよ。そんなにプラプラしてたら、すぐに見つかっちゃうわ」

「ここから逃げ出したくないの？」

そのヨシオの問いに、アキナは頷《うなず》きました。

「確かに外の世界に興味はある——でも、ここで暮らす分にはなに一つ不自由しないじゃない。そこまでして抜け出したいとは思わない」

「アヤコとマナブも同じ気持ち？」

ヨシオは私たちに訊《き》きました。マナブはこくりと頷きました。私も、少なくとも『ハウス』で暮らしている限り、もちろん自由は制限されているのですが、危険や不自由を感じたことはありませんでした。

「抜け道があるって保証は？」

「ないよ、そんなの。でも行動を起こさないとなにも始まらない」

私は少し考え込み、以前から抱いてた疑問を、ここぞとばかりヨシオにぶつけました。

「抜け道ってなに？」

「え？」

「どういうものが抜け道だと、ヨシオは思っているの？」

「いや、どういうものって――」

まるで予期していない質問だったらしく、ヨシオは言葉に詰まったようでした。

「抜け道もなにも、オベリスクとオベリスクの間は二十メートルほど離れている。その間を通って行けばいいじゃない」

ヨシオとマナブとアキナはお互いに顔を見合わせました。抜け道を探しているくせに、私たちはそれが具体的にどういうものなのか、想像すらしていなかったのです。

もし『ハウス』が城壁のようにブロック塀や煉瓦の壁に取り囲まれているのなら、そこに存在するであろう抜け道を、私たちはかなり具体的なイメージでもって想像することができます。でも『ハウス』を取り囲んでいるのは、私たちがオベリスクと呼んでいるフェンスなのです。

そもそもなぜ大人たちが、これをフェンスと呼んでいるのかも疑問です。普通、等間隔に金属の棒が立っているだけのものをフェンスとは言いません。棒と棒との間にネットでも張られているのであれば、それがたとえ脆弱《ぜいじゃく》なものでも、フェンスと呼ぶのは納得がいきます。でもオベリスクとオベリスクの間にはなにもないのです。

「ここを潜《くぐ》って向こうに行ったら、どうなるの？」

アキナがつぶやきました。普通に考えればなにもないのだから『潜る』という表現はおかしいかも知れません。でも『フェンス』だから、みな『潜る』と言っているのです。

アキナの問いに答える者は誰もいません。向こう側に行こうと思えば行けるのです。でも実際に足を踏み入れた者は一人もいません。少なくとも生徒たちの中には。

「行ったら、死んじゃうんじゃないの？」

と私は言いました。

「死ななくても、きっと大変なことになる」

とアキナも言いました。

「——抜け道なんてなんの意味もない。物理的な障壁なんてどこにもないんだから。重要なのは、向こうとこっちで、よりどちらが危険かってことじゃないかな」

マナブも、いかにも理知的に言いました。きっと私たちは抜け道ではなく、オベリスクが一本も立っていない土地を探していたのでしょう。でも、どうやら諦めた方が良さそうです。どこに行ってもオベリスクが私たちを待ち構えています。

オベリスクの役割はここから向こうに行ってはならない、という目印に過ぎません。もちろん、向こうに行けば行くほど危険は増すでしょう。でも少なくとも、オベリスクの向こう側に一歩足を踏み出したからといって、すぐさま恐ろしいことが起きるというのは考えがたいことでした。私たちは今こんなにもオベリスクに近づいているのに、特に身体に異変が起こるようなことはないのですから。

「なんだよ。今更そんなことを言うなよ。皆、外に行ってみたいと思ってるんだろう？」

確かに思わずにはいられないのです。外の世界はどうなっているのだろうと。きっといろんなものがあるのだろう。そこでは、交換会のように限られた商品を偽物のお金で買うようなままごとではなく、本当の買い物ができる。私たちはそんな世界に憧《あこが》れてオベリスクの探索をしていたのです。

「じゃあ、あなたが潜ってみればいいじゃない」

アキナがオベリスクを顎《あご》でしゃくりました。ヨシオは黙り込みました。

「怖いの？」

アキナが訊きます。やはりヨシオは答えません。私はそのアキナの声がわずかに震えているのを聞き逃しませんでした。アキナももちろん怖いのです。たぶんマナブも。そびえ立っているオベリスクを、私たちは遠巻きに眺めました。何度も自分に言い聞かせます。危険なのは向こう側であって、このオベリスク自体が私たちに害を及ぼすのではない。理屈ではそうです。でも無骨なオベリスクの質量の前に、私たちは立ち尽くすことしかできません。

ここから先に行ってはならない。行ったら大変なことになる。そう私たちは先生に刷り込まれながら今日まで『ハウス』で生きてきました。このオベリスクは外の世界の恐怖の象徴でした。植え付けられた恐れを覆すのは並大抵のことではできません。

もしかしたら、オベリスクとオベリスクの間に張られているのは、私たちの心の中にある恐怖心だったのかもしれません。

皆、無言でそこに立ち止まって一歩も動きませんでした。しょせん、遊びに過ぎませんでした。ここから本気で逃げ出したいと思っている者など、一人もいないのです。

私は思い切ってオベリスクに近づきました。背後で三人が騒然としました。

「大丈夫？」

アキナが声をかけてきました。私は、まだ大丈夫、と答えました。

今、オベリスクの三メートルほど手前にいます。身体に変化はありません。もしかしたら、このオベリスクは警報装置のようなものかもしれません。誰かが潜った途端に、先生がここに飛んでくるのです。きっと酷《ひど》く叱《しか》られるでしょう。

その時、私はオベリスクの向こう側にあるものを見て、思わず声を上げました。

「どうした？」

「――自動車が停まっている」

オベリスクの先、二十メートルほどでしょうか、向こうにコンクリートで整地された土地があって、そこに自動車が二台停まっていました。ここからは遠いので、詳しい形状は分かりませんが、黒い車と、白い車です。

『ハウス』から一歩も出ずに育てられた私は、自動車というものを見たことがありませんでした。存在は知っていましたが、小説や教科書で知る程度です。もちろん他の三人も同じなので、彼らはオベリスクへの恐怖よりも初めて見る自動車への興味が勝ったらしく、恐る恐るといった様子でこちらに近づいてきました。

「本当だー」

さっきまでの外の世界への恐怖はどこに行ったのか、アキナはそんな暢気《のんき》な声を出しました。特にヨシオとマナブは、私たちが感じている以上の興味でもって、そちらを見つめていました。

「格好いいなぁ」

とマナブはつぶやきました。今すぐにでも車の側に行きたそうです。

「そうだよ――外の世界に行けば、あんな車に乗れるんだ」

「運転できるの？」

ヨシオの言葉に、アキナが揚げ足を取ります。私たちが車の運転をするなんて、まるで夢の中の話のように現実感がありませんでした。

私も彼らと同じように、しばらくは初めて見た自動車を興味深く眺めていましたが、しかしすぐにおかしなことに気づきました。

「あの車は、誰のものなの？」

この近隣には私たち以外に人は住んでいないはずです。

「そりゃ、先生のだろ」

ヨシオの言う通りです。子供は車を運転できないし、そもそも自由のない私たちに車を手に入れる方法はありません。

「どうして、あんな所に停めてるの？　もっと『ハウス』の近くに停めればいいのに」

「そういえばそうね。わざわざ歩くのは面倒くさいのに」

「オベリスクが――いや、違うな」

マナブが言いかけて止めました。そうです。オベリスクとオベリスクの間は二十メートル近く開いています。車が通るのは十分可能です。

「きっと『ハウス』の近くに停めると、僕らの目に触れるからじゃないか？　車に乗って外の世界に行きたいと駄々をこねる奴も出てくるだろう」

「じゃあ、先生たちは、オベリスクを抜けて、外に行ってるってこと？　あんなに私たちには外に出るなって言っているくせに――」

アキナが悔しそうに言いました。その言葉にヨシオも同調します。しかしマナブが二人を諭すように言いました。

「先生たちはこうも言っている。大人はもうそれ以上育たないから、外の世界から受ける影響は少ないって。でも僕ら子供は大人になる途中だから、悪い影響をもろに被ってしまう。だから外に行ってはいけないと」

ふん、とヨシオは鼻で笑いました。

「そんなの、子供を管理したくて仕方がない大人の言い訳だよ」

私もヨシオが正しいと思いました。子供にとっては害悪だけど、大人にとってはまったく無害なものなんてあるとは思えません。子供も大人も、同じ人間です。確かに影響の程度はあるでしょう。しかし子供にとって悪いものなら、同様に大人にとっても悪いもののはずです。にもかかわらず、先生は自由に外の世界を行き来している。

「もし仮に、あの車が先生たちのものでなかったとしても、誰かが運転していることは確かだ。外の世界でも、人間が普通に活動しているんだ」

「普通かどうかはまだ分からないさ。もしかしたら全身を覆う防護服を着てるのかもしれない」

私は思わず空を見上げました。オベリスクから透明な壁がそびえているのかも、と思ったからです。オベリスクに向かって手を伸ばしました。でも、もう少し前に出ないと届きません。

こんな時、アガサ・クリスティーの小説だったら、どんな展開が待ち受けているのだろう、と考えました。答えはすぐに出ました。

「ヨシオ。向こうに行って様子を見てきて」

「え？　僕が？　オベリスクを潜って？」

私はこくりと頷きました。私の言葉で、アキナもマナブも、期待混じりの眼差しでヨシオを見ました。

「どうしてマナブじゃなくて、僕なんだ？」

「マナブは、エルキュール・ポアロだから。ポアロは頭脳労働が仕事。情報や証拠を集めるのはヘイスティングズ大尉の仕事よ」

アヤコがいつも読んでる本？　とアキナが訊いてきました。私は頷きました。

「私は？」

「アキナは、ミス――」

思わずミス・マープルと言ってしまいそうになりましたが、ミス・マープルはおばあちゃんなので、それは可哀想だと思って、言い直しました。

「アキナは、ミス・レモンね。ポアロの秘書よ」

「ミスってなに？　名前？」

「結婚してない女の人ってことよ。ピッタリでしょう？」

アキナはうれしそうに、ミス・レモン、ミス・レモン、とつぶやいていました。その

時、マナブが、

「じゃあ、アヤコはなんのキャラクターなの?」

と訊いてきました。私は——。

「私はアガサ・クリスティーよ」

と答えました。ポアロやミス・マープルを創造した作家を気取るのはあまりにも不遜《ふそん》かもしれませんが、三人に小説の登場人物のあだ名をつけた私がアガサ・クリスティーを名乗ったのは、極めて自然な成り行きだったかもしれません。

「じゃあ、君がリーダーなのか」

とヨシオが言いました。私は答えに詰まりました。リーダーの器ではないことはよく分かっていましたから。ただ、ちょっと調子に乗ってしまっただけなのです。

「私は——」

口を開いたその時です。ヨシオは大きく目を見開いて、こちらを見ました。その視線は私の背後に向けられています。マナブもアキナもヨシオの挙動に気づいた様子で、私たち三人はほとんど同時に後ろを振り返りました。

向こうに、植芝先生がいました。

少し距離がありましたが、それでも眉間《みけん》に皺《しわ》を寄せて、私たちを睨《にら》み付けているのがはっきりと分かります。植芝先生はどちらかと言うと厳しい先生でしたけれど、それでも先生のこんなにも険しい顔を見たのは、私は初めてでした。

「なにをしてるんだ？」

と植芝先生は大声で言いました。ほとんど怒鳴り声でした。

「すぐにフェンスから離れろ！」

私たちは弾《はじ》かれたようにオベリスクから離れました。そして自首した犯人のように、おずおずと植芝先生の方に向かいました。

オベリスクに近づくのと同じぐらいの恐怖を感じました。謝れば許して貰えるだろうか、それとも罰を受けるのだろうか。叱られるぐらいなら良しとしようと考えましたが、叱られずに済むに越したことはないのは言うまでもありません。

「最近よく姿を見かけなくなると思っていたら、こんな所まで――」

「ごめんなさい。ちょっと探検してたら、うっかりフェンスに近づいてしまったんです」

すかさずマナブが植芝先生に頭を下げました。私も思わずそれに倣《なら》います。

しかしアキナは植芝先生をじっと見つめたまま、なにも言いませんでした。

「おい！」

と植芝先生がまた怒鳴りました。アキナが怒鳴られたのだと思って、どきっとしました。でもそうではありませんでした。

ヨシオはオベリスクの前に立ち止まったまま動きませんでした。

「なにしてる？　こっちに来なさい！」

「嫌だ」

　とヨシオは言いました。

「どうして、ここから外に出ちゃいけないの？　車はあそこに停まっているのに。先生はあの車で外に行けるんでしょう？」

「先生たちはここに住んでいる。どこにも行かない。あの車は、交換会の品物を買うために街に降りる時に使うだけだ」

　ヨシオの本気を悟ったのか、植芝先生はほんの少しだけ優しい口調になりました。

「結局、先生は外に行けるってことじゃないか。僕らはここに閉じ込められているのに」

「それは何度も話しただろう。君たちは子供だ。子供は決して外に行っちゃいけない。大人になるまでここにいるんだ」

「僕はもう大人だ。先生と身体も大して変わらない」

「それは――」

　植芝先生は言葉に詰まったようでした。先生にもこうなることは遅かれ早かれ、分かっていたのでしょう。私も昔は先生の言うことに素直にしたがっていました。オベリスクを抜け出すなんて思いもよりません。でも今では、外の世界に思いを馳せ、自由を求めます。確かに私たちはまだ『途中』なのでしょう。でも心に『大人』が芽吹いているのは間違いありません。それがどんなに小さなものでも、決してその芽を摘むことはできません。人間はスイッチを切り替えて、急に大人になるわけではないのですから。

「外の世界にはなにがあるんですか？」

ヨシオの言葉に背中を押されたように、アキナも言いました。

「私たちに見せたくないものが、あるんですか？」

「そんなものはない！　さっきも言っただろう？　麓《ふもと》まで行けば街があるんだ」

「だったら僕たちも連れて行ってください」

マナブも言いました。私もなにか言おうとしましたが、訊きたいこと、言いたいことが多すぎて、結局なにも言えませんでした。

植芝先生は私たちを諭すように言いました。

「いいか？　誰もが皆、大人になる。先生も昔は子供だった。だから君たちもそれまで待つんだ。焦る必要なんてない。時間はまだ沢山あるんだ」

「大人になる、ならないって、誰が決めるんだ」

とヨシオが言いました。

「君の気持ちも分かる。でも君たちは、まだ大人じゃない。それは確かだ」

その植芝先生の言葉に、ヨシオはゆっくりと首を横に振って答えました。

「僕はもう大人だ。自分のことは自分で決める」

ヨシオは私たちに背を向け、意を決したようにオベリスクに向かって歩き出しました。

「駄目だ！」

と植芝先生は叫んで、ヨシオに向かって駆け出しました。

「ヨシオ、逃げて。捕まらないで」

とアキナが言いました。私も同じ気持ちでした。あのオベリスクを抜け出して外の世界を見てきて、私たちの代わりに。そう心の中で祈りました。

植芝先生が追いかけてくるのに気づいて、ヨシオも駆け出しました。植芝先生は手を伸ばしてヨシオの服を摑《つか》もうとしました。しかし足の速さはほんの少しだけヨシオの方が勝っていました。服を摑み損ねた植芝先生は、子供のように転びました。次の瞬間、ヨシオはオベリスクを通り抜けました。透明な壁はありませんでした。それはほんの一瞬の出来事で、あれほど逡巡《しゅんじゅん》していたにしては、あまりにも呆気《あっけ》ない出来事でした。

植芝先生は立ち上がりました。そしてヨシオと同じようにオベリスクを潜りました。たとえオベリスクを潜っても、捕まってしまったらなんにもなりません。でもヨシオは足が速いから、もしかしたら植芝先生を振り切って、麓まで降りられるかもしれないと期待しました。

しかし、そうはなりませんでした。

全速力で走っているヨシオは、まるで円を描くようにしてこちらに戻ってきました。いったいなにをしているのだろう、そう思う間もなく、ヨシオはばたりと倒れてしまったのです。そしてそのまま立ち上がりませんでした。

すぐさま植芝先生がヨシオのもとに駆けつけます。そしてヨシオの身体をずるずると引きずるようにしてこちらに運び始めました。その光景が、私には物凄くショッキングなものに映りました。まるで命のないものを運んでいるようだったからです。

植芝先生が、白目を剝《む》いてぶるぶると痙攣《けいれん》するヨシオの身体を引きずってオベリスクの内側に運び入れました。私たちは呆然と立ち尽くすことしかできませんでした。好奇心や反抗心で、植芝先生に逆らった結果、こうなりました。これは決してヨシオ一人の責任ではありません。ヨシオを後押しして、心の中で応援した私たちも同罪なのです。

「死んじゃうの？」

アキナが訊きました。植芝先生はそのアキナの質問に答えず、狭山先生を呼んで来てくれ！　と叫びました。その声を合図に、私たちはまるでこの場から逃げ出すかのように『ハウス』に向かって走り出しました。

ふたりの果て

A

母は俗に言うシングルマザーで、一人で俺を育ててくれた。養育費としていくばくかの金は振り込まれていたようだが、贅沢《ぜいたく》な暮らしをした記憶はなかったから、微々たるものだったろう。父の顔は朧《おぼろ》げながらにしか覚えていない。週に一度顔を出す大人の男、という印象だ。でも、だからといって親と思わなかったわけではない。友達の中には、父親の仕事が完全に昼夜逆転していて、日曜日にしか顔を合わさない者も少なくなかったからだ。たとえ週に一度しか顔を合わすことがなくても、彼は俺の父親だった。

だが、やはり成長するにつれて、自分の親は人とは違うんだな、ということは分かってきた。もちろん今の時代、片方しか親のいない子供など珍しくない。そういうことで虐《いじ》められたり、からかわれたことも、まったくないとは言わないが、大したことではなかった。それでも俺はシングルマザーや私生児という言葉の意味を早くから知った。噂好きの同級生の父母が、俺たち母子をそう評していたからだ。もちろん直接言ってくる者はいないが、彼らの子供は真似をするからすぐに分かる。

中学生になり、思春期を迎えると、他の多くの子供たちがそうなるように、俺はグレ始めた。母が父の愛人であることを、世界中が笑っているように錯覚した。突き上げる衝動は、世間を憎み、母を憎み、そして俺達母子をこんな立場に追いやった父を憎んだ。なら正々堂々父に立ち向かえば良いのだが、卑怯《ひきよう》者の仮面をイキがることで隠していた俺は、逃げることしかできなかった。父が顔を出す日には、俺は決まって友達の家に泊まった。それが父に対する無言の反抗だった。いつしか父は母のもとに姿を現さなくなった。それが俺のせいだったのかどうかは分からない。

父が消えても金は今までどおり振り込まれているようで、急に生活に困ったという記憶はなかった。だが、やはり嫌っている父親の金で生活していることに忸怩《じくじ》たる想いは隠せず、俺は早くからバイトを始めて、高校を卒業してからすぐに家を出た。進学はしなかった。グレていたから学力に問題があったことは置いても、大学などに行ったらやはり学費は父親が出すことは目に見えていたからだ。

大学も出ておらず、運転免許以外何の資格もない俺にはアルバイトに毛が生えたような仕事しかなかった。それでも何でもやった。土方、運転手、バーテンダー、DJ、キャッチ。川崎《かわさき》の風俗店でボーイとして働いていた時、取材に来た雑誌のライターと仲良くなり、俺は彼の勤めている出版社に出入りするようになった。雑居ビルの一フロアで、細々と事業を行っている弱小出版社だ。関東の風俗情報を網羅しているというのが売りのエロ雑誌を刊行している。俺もそういう業界を少なからず知っているだけあって、彼らからは重宝された。記事を書かせてくれる時もあった。そうすると他の出版社の雑誌からも声をかけられるようになる。俺は段々と風俗ライターとしての地位を確立していった。

そんな矢先だった。あの男が俺の携帯電話を鳴らしたのは。

『――お母さんに訊いたよ。この番号を』

父だった。俺はパニックに陥った。父は母に会いにあの家に通っていた。だからこそ、あの家から逃げれば父からも逃げられると思っていた。そうして俺は自由になったはずだった。それなのに、今更――。

父は会って話したいことがある、と言った。本音を言うと、怖かった。今まで逃げ回っていたことを口に出して責めはしないだろう。しかし、内心面白く思っていないのは間違いない。

だが、もう逃げることはできなかった。

数日後の夜、六本木《ろっぽんぎ》のステーキハウスの個室で俺は久方ぶりに父と再会した。記憶の中の父よりも、大分老けた印象を受けた。ステーキも、酒も、俺にとっては目が飛び出るような値段だったが、最高に美味《うま》いということは分かった。だから、ここぞとばかりガツガツと食らいたかったが、緊張してあまり食べることはできなかった。

ちまちま肉を食らう俺を、父は目を細めながら見ていた。この父の表情は覚えている。

たまにしか家に来ないことに対する後ろめたさなのか、父はよくおもちゃを買ってくれた。おもちゃで喜ぶ俺を見つめる、あの表情と同じだった。

最初は世間話から始まった。仕事を訊かれたので、ライターとだけ答えた。

「その仕事は食えているのか？」

「まあ、ぼちぼち」

「恋人はいるのか？」

洋子《ようこ》のことをぼんやりと思い出した。

「――今はいない」

「そうか――」

「何故、そんなことを訊くの？」

すると父は、あの目を細めた表情をし、

「環境が変わると、人間関係も変わることは往々にしてあるから。でもいないんだったら、その心配もないな」

などと言った。

「なんのこと？」

「健一《けんいち》、俺のところに来る気はないか？」

「父さんのところ？」

「そうだ」

「父さんの会社に就職しろってこと？」

父は天然ガスを取り扱うエネルギー関連企業の社長だった。確かに社長のコネなら、親族の一人や二人の縁故入社ぐらい容易《たやす》いだろう。俺は、用件はそれだったのか、とほっと息をついた。

「今になって急に罪滅ぼしをする気になった？」

と俺は嫌味を言った。

「お前は――俺を避けているように思ったから」

確かにその通りだ。しかし、その気があるのなら、もっと早くこのような場を設けても良かったはずだ。俺を急に自分の会社に招き入れる気になったとしか思えない。

「いったいどういう風の吹き回し？」

高校生の頃は、父には反発しかなかった。だがまがりなりにも社会に出て働くようになると、金がいかに大切なものか痛感せざるを得なくなる。飯を食うにも部屋を借りるのにも金がいる。汗水垂らして働いた金でも、母に愛人の立場しか与えなかった父の金でも、金は金だ。もし父に反発などしていなかったら大学にも行け、今頃はもっといい給料の仕事をしていただろうに、と思わない日はなかった。

だからこの父の申し出は絶好のチャンスだった。だがあれだけ啖呵《たんか》を切って家を出たのに、今更父に頼るのかという蜘蛛《くも》の糸のような細いプライドが、俺を素直にさせてはくれなかった。

「今頃そんなことを言うんだったら、もっと早く言ってくれても良かったのに」

「――すまない」

資本金二十億、年間の売上金四百億、社員数約五百人の、他の大きなエネルギー関連企業には及ばないが、それでも決して小さい規模ではない会社の社長が、しがない風俗ライターの俺に頭を下げた。

「本当は俺の仕事を知ってるんじゃないの？」

「え？」

父は不思議そうな顔をした。風俗産業で働いていることは、母に話したことはなかった。だが父ならば、興信所でも部下でも何でも使って、俺の身辺を調査させることは簡単だろう。たとえ愛人の息子であっても、俺が風俗関係の仕事をしていることを恥だと考えたのかもしれない。だから適当な仕事を当てがって父親の責任を果たそうという気だ。

「そうとでも考えないと、急に父さんが俺にこんな話をした説明がつかないよ」

と俺は言った。そして、自分の今現在の仕事を打ち明ける覚悟をした。だが父は、まるで先回りするかのように、

「健一の今の仕事は知らない。きっと健一は自分の仕事に誇りを持っているんだろう。だ

からこんな申し出をしたらきっと迷惑だと思う。でも健一には俺の後を継いでもらいたいと思っているんだ。だから今日、ここに呼んだ」

俺は笑った。冗談を言っていると思ったからだ。

「愛人の子供なんか後継者にしたら、他の役員が黙ってないんじゃない？」

だが父は、

「問題はない。そっちの話はもうカタをつけている」

と言った。

「本気、なの？」

父は頷いた。

「確かに母さんには辛《つら》い思いをさせた。でも健一は俺の血を分けた子供だから」

戦国時代の武将はあちこちの妾《めかけ》に子供を沢山産ませたという。自分の陣地を広げると、そこに部下を常駐させなければならない。その際、たとえ忠実な部下であっても裏切る不安がある。もちろん血縁関係があっても裏切る時は裏切るだろうが、そのリスクはまったくの赤の他人よりも低いという理屈だ。

しかし——。

「父さんには、その、向こうの家族が——」

「一人娘がいる。彩子《あやこ》という名だ。いずれ結婚させるつもりだった」

俺に妹がいることは、母から聞かされて知っていた。

「結婚させるつもりだった？　親の決めた結婚相手は嫌とでも言ったの？」

「彩子の結婚は諦めた」

と父は言った。

「もちろん、回復の見込みは絶対にないわけではないし、今の状況でも結婚させることは可能だ。できればそうしてやりたい。だが彩子があの状態にあっては、男は皆二の足を踏む。中には結婚を申し出る者もなくはないが、百パーセント会社狙いだ。もちろん能力がある者ならそれでも良いが、彩子がないがしろにされるのは、俺としても忍びない」

「病気？」

と俺は訊いた。

「いいや、違う。事故だ。意識はあるが、脳にダメージを、前頭葉と頭頂葉に受けてしまって、自分の今の状態も分からない。今、二十六歳だが、先生の言うことにはおそらく十二歳の子供程度に退行してしまったような状態ではないかと――とても結婚や、社会人として仕事ができる状態じゃないんだ」

「事故って？」

父は俺のその質問には答えず、じっとこちらを見てきた。俺は思わず唾を飲み込んだ。

「俺のところに来てくれれば、いずれ健一にも分かることだ」

妹のことについて言葉を濁している事実は、俺のことを信頼してはいないんだな、という父への不信に繋《つな》がった。しかも俺の仕事はライターだ。妹の事故は父の会社のスキャンダルに繋がりかねない。マスコミ関係には慎重になるだろう。

「俺は高卒だよ。父さんの会社に入れるような人間じゃない」

「学歴は今から手に入れればいい。長いスパンの話だ。それくらいの猶予《ゆうよ》はある。もちろん援助もさせてもらう」

俺は思わず笑った。父の援助を受けるのが嫌だから進学をせず家を出たのに、これでは遠回りをしただけで結果は同じではないか。

「ここで即答しなきゃ駄目かな？」

と俺は訊いた。

「いや、今言った通り、時間の猶予はある。ゆっくり考えてくれればいい」

確かに父はまだ五十代で、今日明日中にも後継者問題を片づけなければならない、という切羽《せっぱ》詰まった様子は見受けられなかった。

俺はおもむろに訊いた。

「――その子は、入院してるの？」

「彩子か？　今は退院して、ある場所でリハビリをしている。病院というのは、いつまでもいられる場所じゃないからな。たとえ完治せずとも、見込みがなければ出て行かなきゃいけない」

「見舞いに行った方が、いいかな」

父は暫《しばら》く黙り込み、そして言った。

「いいや――もう少し待ってくれ。ある程度回復してから、健一とは会わせてやりたい」

そんなに酷い状態なのだろうか。しかしそれでなくとも、母親の違う兄妹を会わせるのは、それなりの準備が必要と考えているのかもしれない。

父は俺を会社に迎え入れてくれると言うが、現時点ではまだ周囲に大っぴらにしたくない非嫡出子《ちやくしゆつし》のはずだ。できるだけ嫡子の彩子と会わせたくはないだろうし、事故の原因と同じく、今現在の娘の容体をライターの俺に知られたくもないだろう。

でも見舞いに行ってやりたい、という言葉が出かかったが、俺はそれを飲み込んだ。今その存在を知った妹に会いたいと執拗《しつよう》に頼むのは、やはり不自然だろう。それに一対一で会ってみたいが、状態は良くなさそうだし、必ず誰かが同席するはずだ。

俺は分かった、と父に頷き、言った。

「就職の方は――考えておくよ。母さんにも相談したいし」

「そうだな。何年迷ってくれてもいい。俺は待ってる」

そう言って父は微笑《ほほえ》んだ。何のライターだか知らないが、このご時世それだけで食っていけるはずがない。きっと父親に泣きついてくるだろう。それまで待っていればいい――

そんな腹の内が透けて見えるような顔だった。

しかし父の会社に入るという選択肢を手に入れたことで、心に余裕ができたのは事実だった。遺産をまったく当てにしていなかったと言ったら嘘になる。だが父はまだまだ元気で、遺産を相続するのは大分先の話だ。父が死ぬのを心待ちに毎日ブラブラと生きていくことはできない。就職を決めるかどうかは別にしても、最終手段として逃げ込める場所を確保しておくのは悪いことではなかった。


後日、俺は普段正月にしか戻らない実家に顔を出した。母はどこか緊張した面持ちだった。父に電話番号を勝手に教えたことを、俺が責めるとでも思ったのかもしれない。責めるつもりはないが、どういうつもりでそんなことをしたのか母の口から聞きたかった。

「あなたが心配なのよ。未だに何の仕事をしているのか教えてくれないじゃない」

「だから、出版関係だって」

「その前は、飲食店でボーイをしてるって言っていなかった？」

「言ったよ」

「そうやってころころ仕事が変わるのが心配なのよ。水商売みたいなお店なんじゃないの？」

「水商売だって立派な商売だろ」

　正直に風俗店のボーイをしていると言ったら卒倒するかもしれない。本業がボーイで、ライターは片手間のようなものだ。店には黙っている。バレたらクビになるかもしれないが、そもそも勝手に仕事を辞めて姿を消す者――業界では『飛ぶ』と言う――も多く、一般企業に比べれば緩《ゆる》い仕事なのは間違いないかもしれない。

「父さんの話、ちゃんと聞いたほうがいいと思うわ。あなたの将来のためにも。母さんがちゃんとしていなかったから、せめてあなたには真面目に就職してもらいたいのよ」

　ふん、と俺は言った。

「話はちゃんと聞いた。要するに妹の婿に会社を継がせられなくなったから、予備としてキープしておいた俺に声をかけたってわけだろ？　だから別に俺が父さんの話を断っても、向こうは痛くも痒《かゆ》くもないと思うぜ。きっと俺以外にも子供は沢山いるんだろう？愛人に子供を産ませるっていうのはこういう時のためだもんな。側室制度ってやつだ」

　一発殴られるぐらいは覚悟したが、母は泣きそうな目をして俺を睨んだだけだった。俺は場を取り繕うように訊いた。

「向こうの妹が事故に遭ったって。どんな容体か聞いてない？」

「向こうのことは知らないわ。だって私が気にする問題じゃないもの」

　父は俺には隠していても、母に何か話したのではと考えたが邪推だったようだ。

「でも、あなたには、気にするなとは言えないわね。あなたの言う通りよ。確かに母さんは父さんの二号さんだった。でもそれは母さんの問題であって、あなたの問題じゃないわ。だから父さんの申し出が魅力的だったら、母さんのことなんか気にせずに、受けなさい。世襲だとか陰口を叩《たた》く者もいるでしょうけど、耳を貸す必要はないわ。健一は逆境に負けないハングリーな子だって、母さんは信じてるから」

　それは子供を非嫡出子という、まさしく逆境の立場で産んでしまった母の言い訳にしか聞こえなかったが、母に面と向かって愛人と言ってしまった後ろめたさもあって、反論はしなかった。

　新聞記事では、自宅マンションのベランダから転落した彩子の事件を、事故と自殺の両面から捜査を進めるとあった。恐らく自殺で処理されるだろう。高層マンションのベランダともなれば安全管理は徹底されているはず。事故で落ちるとは思えなかった。父が俺を後継者に指名したのも、早く跡取り問題を片づけて、妹の事件に幕を引きたいという考えからだろう。

「何で自殺なんかしたのかな？」

　母も、妹は自殺目的で自ら飛び降りたと考えているようだった。新聞記事では事故と自殺の両面などと表現しているが、誰もが自殺だと思っているのではないか。母とて、自殺の方が気分がいいだろう。向こうの家族は、たとえ日が当たっていても決して幸福ではなかったという、何よりの証拠になるのだから。

「母さんには分からないけど、プレッシャーだったんじゃないのかしら。結婚相手も自由に選べないんでしょう？」

前時代的だ、とは思う。だが同族企業にある程度の古いしきたりのようなものがついて回るのは仕方がないことかもしれない。

「父さんの会社に就職したら、俺も自由に結婚できないのかな」

とぼんやりつぶやいた。

「誰か結婚したい人がいるの？」

と母が訊いてきた。俺は洋子の明るい笑い声と、滑《なめ》らかな白い肌を思い出した。未練などないと思っていたが、別れたくて別れた訳ではなかったから、やはり思い出すと、他の選択肢がなかったのか、と自問自答せざるを得なくなる。俺は洋子と結婚するものとばかり思っていたのに、別れるなんてつき合い始めた当初は想像もしていなかった。

「――いいや、いないけど」

「誰かいるなら、連れてきなさいよ。父さんには母さんからも頼んであげるから」

「いないって言ってるだろ」

俺は少し乱暴に答えた。悪くなった場の空気を取り繕うように俺は、

「その子と、会えないかな。彩子っていう――」

とつぶやいた。

「どうして？」

と母は訊いた。

「妹がいることは知っていたけど、今まで一度も会ったことがない。これって少し異常じゃないか？　父さんは俺が出版関係者と繋がりがあるから、妹に会わせたくないみたいなんだ。事故がスキャンダルだと思っているんだろう」

「その通りよ。だから会いに行くなんて止めなさい。向こうには向こうの人生があるんだから」

「でも、父さんは自分の後継者として俺を会社に招き入れるっていうんだ。それが次期社長という意味なのかは分からないけど、重役クラスなのは間違いないだろう。そうなれば会おうと思えばいつでも会える。だったら今隠したって意味ないだろう？」

母は微笑んで、

「父さんの会社に就職すれば、いずれあなたに分かることだって言われたんでしょう？　それはそういう意味なんじゃないの？」

と言った。

「父さんにしても、まだあなたを完全に信用できていないんでしょうね。実の息子なのに酷いと思うけど、これはビジネスの話でもあるから、そういうドライさも必要なんじゃないかしら。彩子さんのことは、あなたが父さんの会社に就職してから打ち明けるというのは、理に適った考え方だと思う」

　確かにそうだろう。そんなことは分かっている。でもそれは何年後なのか。父の申し出を受けたら、まず大学を受験しなければならない。予備校に一、二年通うぐらいは覚悟しなければならないかもしれない。そして四年かけて卒業する。もちろん、父の会社で働きながら夜間の大学に通うことは可能だ。しかし、それですぐに父が妹に会わせてくれるという保証はない。

　俺は妹に会いたかった。今どこで、どうしているのか、どんな状態なのか詳しく知りたかったのだ。だがどうすることもできない。

　父の就職の申し出も、今日明日中に答えを出さなければならない類いのものではないし、俺は焦燥感を持て余したまま、日々を送った。心の片隅に妹のことを留め置いたまま。だが父が妹の静養先を教えてくれず、母も知らないのであれば、自分で調べればいい。そうアドバイスしてくれる男が、ある日、俺の目の前に現れた。

第二部　ハーフウェイ・ハウスの殺人

第二章

園長先生の名前を生徒は誰も知りません。でも本当の名前を知っても、その名前で呼ぶ者はたぶん一人もいないでしょう。お父さんやお母さんを名前で呼ぶ子供はいません。それと同じことです。

真っ白な短い髪は白銀のようにキラキラと輝いています。皺が目立つ肌も知識と経験をかねそなえている証明のように思えます。いつも全身真っ黒な服を着ています。物腰は優雅で、動く度に揺れる長いスカートに私は見とれてしまいます。

たとえ歳を取っていても、この学園の中では園長先生が一番美しい人だと思います。ヨシオがヘイスティングズだとか、マナブがポアロだとかは単なる冗談ですが、私は自分などより園長先生のほうがよほどアガサ・クリスティーにふさわしいように思うのです。

しかし今ばかりは、私は園長先生をちゃんと見ることができませんでした。私たちがしでかした間違いのせいで、園長先生はこの教室にやって来たのですから。

　他の生徒たちも、なにごとかと息を殺すようにして見守っています。ヨシオはここにいませんでした。あの白目を剝いたヨシオの顔が脳裏に焼き付いて離れません。もしかしたらヨシオは本当に死んでしまったのでしょうか。

「昨日、大変残念な事故が起こりました。ヨシオがフェンスを潜ったのです」

　ざわめきがさざ波のように教室中に伝わりました。ヨシオは大丈夫なんですか？　そんな声が教室のあちこちからあがります。

「あなたがたも、もう十二歳です。外の世界に憧れる人もいるでしょう。だから、私は改めて外の世界がどんなに危険かを、あなたがたに伝えなければなりません。その意味では私はヨシオに感謝しているのです。こうして話す機会を与えてくれたのですから」

　そうして園長先生は、外の世界がいかに危険な場所なのか、私たちに話しました。外の世界には怪物のような大人たちがいて、子供たちを攫《さら》っていく。あなたたちのような綺麗《きれい》で、汚れを知らない子供は格好の標的。攫われた子供はお金のために遠くの国に売り飛ばされたり、楽しむために殺される。園長先生はその具体的な例をいくつか話してくれました。その話はどれも恐ろしくて、みな、俯《うつむ》き加減で聞いていました。

　園長先生は好きですし、信じたいと思います。でも私は、本当だろうか、と思わずにはいられませんでした。だって証拠は何もないのです。

そんなふうに考えてしまうのは、もしかしたら私がアガサ・クリスティーの小説が大好きだからかもしれません。小説では、意外な犯人や、意外な真相が定番です。現実の世界とお話を混同してはいけないかもしれませんが、何か別の理由で園長先生は私たちを外に出さないようにしているのではないか――そんなふうに思ってしまうのです。

「あなたがた選ばれた子供は、そういう地獄から守られるためにここにいるのです」

そう言って園長先生は話を終わらせ、植芝先生を見やりました。植芝先生は無言で教室から出て行き、しばらくしてヨシオと一緒に戻ってきました。

ヨシオの登場で、教室にざわめきが走りました。ヨシオは俯き、暗い顔で、オベリスクの外に出たことを反省しているように見えました。でもそれ以外には別段変わった様子はありません。無事だったんだ、私は心の底から安堵《あんど》しました。

「ヨシオは運が良かっただけです。それにこれからずっと、身体に異常がないか確かめるためにこれが検査を受けなければいけません。大人になるまで、ずっとです。私たちはあなたがたにそんな不自由を強《し》いることを望みません。あなたがたは幸運だということを忘れてはいけません。外の世界の子供たちは大人になっても長くは生きられないでしょう。『ハウス』で学びたいと思っても、学べない子供が大勢いるのです。あなたがたは選ばれた二十二人なのです。決して外の世界の方が自由などという妄言に惑わされてはいけません」

園長先生の話が終わり、自由時間になると、途端にわっと他の生徒たちがヨシオの周りに集まりました。まるで戦地から帰還した兵士を迎えるようでした。

　私とマナブとアキナは、その光景を遠巻きに見つめることしかできませんでした。もちろんリーダーであるヨシオが言い出しっぺなのですが、あの現場に居合わせた私たちにも、ヨシオがああなった責任の一端があるのではないか、という罪悪感がヨシオとの間に壁を作っていました。

「ちょっと――」

　マナブが私とアキナに声をかけて、教室の外に出ました。私はヨシオが心配だったのですが、今は話しかけられそうもないので、アキナと一緒にマナブの後を追いました。

「なあに？」

「さっきの園長先生の話、どう思う？」

「え？」

「信用するのか？」

　私はアキナと顔を見合わせました。

「どう思うって、いつもの話でしょう？」

　とアキナは言いました。

「アヤコは？」

　とマナブが私に訊きました。

「うん――」

　私は口ごもりました。はっきり園長先生への疑いを口にするのが怖かったのです。確かにヨシオは私たちのリーダーですが、園長先生こそこの学園のリーダーなのです。園長先生に逆らうときっとこの学園にいられなくなります。もちろん外の世界には興味がありますが、この学園での立場を失うことの方が、私には恐怖でした。

「マナブが言っていることは、なんとなく分かるよ」

　と私は言いました。

「信用できないってこと？」

　とアキナは言いました。いつもの話と言っていながらも、やはり彼女も心の奥底では、私たちと同じ疑惑を抱いているようでした。

「外に出たら危ないっていうのは園長先生の意見だ。それが嘘かどうかは、この際関係ない。物事ってのは見る人によって違うからね。外がどんな世界であれ、今までずっとこの学園で暮らしてきた僕らがいきなり外に行ったら、危険なのは間違いないだろう」

　とマナブはまさしくエルキュール・ポアロのように言いました。

「じゃあ、いいじゃない。園長先生の話は正しいってことでしょう？」

「いや、良くない。だって園長先生は、あのオベリスクのことを一言も説明しなかったじゃないか。どうしてヨシオは倒れたんだ？　どう考えてもオベリスクを潜ったからじゃないか。あれはやっぱり僕らを外に出さないためのフェンスなんだ。何か僕らの身体に影響を及ぼす装置なんだろう。倒れた時のヨシオの顔を見ただろう？」

白目を剝いたヨシオの顔は当分忘れられそうにありません。

「どう考えても危険なのは外の世界じゃなくて、ここじゃないか。普通じゃないよ、あんなの。いくら外に出さないようにするためだって、あそこまでする？」

確かに、オベリスクを設置したのは大人たちであることは間違いないのだから、ヨシオをあんな目にあわせたのは先生たち、という理屈は成り立ちそうです。

「でも、先生は自由に行き来できるのに、私たちだけ出ていくのを防ぐなんて、そんなことが可能なの？」

そのアキナの質問には答えられない様子で、マナブは言葉を濁しました。

でも私には分かりました。

「きっと、あのオベリスクは子供を寄せ付けないフェンスなのよ。それですべて説明がつく。ヨシオはまだ子供だった。だからオベリスクの外に行けなかった。でも植芝先生は行けた。植芝先生は大人だから。ここは『ハーフウェイ・ハウス』でしょう？　ハーフウェイって道の途中って意味よ。私たち子供はまだ『途中』なのよ。だからオベリスクの外に行けない」

「子供であるか、大人であるかを、あのオベリスクが判別しているのか？　いったいどうやって?」

「それは分からないけど、きっと機械が判別してるんでしょう」

「大人と子供の違いを、機械が判別できるの?」

「きっと、その人間の心を読むのよ」

とアキナが言いました。

「大人の心を持った人間だけを通すのか? 世の中には子供っぽい大人だっているし、大人びた子供もいる。そういう曖昧な判断を、機械ができるっていうのか?」

私がなにを言っても、マナブは揚げ足をとってきます。

「なによ。せっかく良い考えが浮かんだのに」

「そうよ。それですべて丸く収まるんだから、そういうことにしておけばいいじゃない」

「いや、それはできない。君のその推理には穴がありすぎるよ。百歩譲って機械が大人と子供を区別できるのは認めてもいい。なら厳密に大人と子供の定義をする必要がある。君にそれができるのか? 大人と子供の違いってなに?」

私は言葉に詰まりました。でも大人だけを通すオベリスクというアイデアを簡単に捨て去ることはできません。昨日の状況を唯一合理的に解決できるのは、客観的に考えてそれしかないからです。

私もオベリスクを潜ってみたいと思いました。もしオベリスクがそういう基準で通す者、通さぬ者を精査しているのなら、自分が大人なのか子供なのか、試せるということに他なりません。

　でも怖いという気持ちも当然あります。失敗して意識を失うのが恐ろしいのはもちろんですが、なによりも園長先生を失望させるのが怖かったのです。

　その時、教室のドアが開いて、ヨシオが廊下に出てきました。ドアをぴしゃりと閉めてヨシオは、

「僕がいないところで、なにか企んでいるのか？」

　と皮肉を言いました。

「いや、そんなんじゃないんだ」

　そう言ってマナブは、今さっき私たちにした話を、ヨシオに説明しました。

「証拠はないし怪しいと思うけど、アヤコとアキナはあのオベリスクは大人と子供を判別する装置なんだと思っている。なあ、ヨシオはどう思う？」

　そうなのです。ヨシオはあの時、自分はもう子供じゃない、と言ってオベリスクを潜ったのです。その光景が頭にあるから、あのオベリスクは大人と子供を判別するものだ、というアイデアが浮かんだのかもしれません。

「どうって、別に」

　とヨシオは素っ気なく答えました。

「別にって、君は当事者だろ。自分の身に起きたことだよ。なにか考えはないの？」

「考えなんてないよ。きっと外の世界の空気が合わなかっただけだ。だから倒れたんだ」

「外の世界の空気って、オベリスクの向こう側とこっち側の空気なんて同じだろう。仮に違っていたとして、どうして植芝先生は平気なんだ？」

ヨシオはオベリスクを潜った時の勢いが嘘のようでした。何だか、とてもぼんやりしているようです。まだ身体の調子が万全ではないのかもしれません。

「――身体はもう大丈夫なの？」

と私はヨシオに訊きました。

「先生には大丈夫だって言った。教室の連中にも。でも君らには言うけど――」

「なに？　どこかおかしいの？」

「いや、どこがどうっていうんじゃないけど、自分が自分でないような気がする」

「え？」

ヨシオは自分の両方の手を見つめました。そして指を閉じたり開いたりしました。

「こうやってちゃんと自分の身体を動かせる。苦しかったりすることもない。でも――なんか変なんだ。いや、変だってことに気付いた、って言った方が正確なのか――」

「なにを言ってるの？」

困惑したようにアキナが訊きました。

「昔からずっと、こんな感覚だったような気がする。その時はそれが普通だと思っていた。でも、オベリスクを潜って倒れてから気付いたんだ。なに一つ普通じゃない。なんだか、現実が現実じゃないような気がする」

「ここは現実よ」

と私は、しっかりして、という意味も込めて言いました。

「本当にそうだろうか」

「そうだよ」

とマナブ。

「じゃあ、昨日の出来事は？」

「え？」

「僕はさっきまで眠っていた。昨日、オベリスクを潜って倒れたことのいっさい合切、僕の見ていた夢なのかもしれない」

私たち三人は顔を見合わせました。

「昨日のこと全部、私たちも、あなたが生み出した夢の中の登場人物だって言うの？」

ヨシオはこくりと頷きました。

「そうかもしれない」

「呆《あき》れた」

とアキナがつぶやきます。私も同じ気持ちでした。

「私たちはちゃんとここにいるよ」

と私は言いました。ヨシオの言っていることは間違いです。だって私は自分のことを自分だと分かっているのですから。私という存在がヨシオの生み出した夢の産物なんてことは、絶対にありえません。

思えばその時、私はヨシオにこの世界は現実じゃない、という考えを植え付けられたのかもしれません。確かに私はここにいます。でもヨシオやマナブやアキナがここにいるという保証はどこにもないのです。この『ハウス』のいっさい合切は、すべて私の脳が生み出した幻想なのかもしれない。そうでないと証明することは決してできないのです。

「――もしかしたら」

とマナブはつぶやきました。

「なに？　どうしたの？」

「いや、今のヨシオの話を聞いて思いついたんだ。確かに僕らは自分のことしか分からない。僕にとっては、ヨシオや、アキナや、アヤコが、現実に存在しているという保証はどこにもないんだ。みな、僕の見ている夢という可能性は否定できない」

「ちょっと、マナブまでなに言い出すのよ」

そう言うアキナは、果たして同じふうに考えないのでしょうか？　いえ、きっと考えているはずです。でもそれを言ったらきりがないから、考えないふりをしているだけです。

「もちろん、仕方がないことだと思うよ。それが正しいのか間違っているのか、誰も確かめることはできないんだから。でも、とりあえずこの『ハウス』は存在している、としようか。つまり僕もヨシオもアキナもアヤコも存在している」

「当然よ」

マナブは声をひそめました。

「もしかしたら、外の世界なんてないのかもしれない」

「え？」

「外の世界には、ずっと森が広がっているだけなのかもしれない」

「麓には街があるって植芝先生が言っていたじゃない」

「植芝先生がそう言っているだけだ。僕らには確かめる術《すべ》なんかないじゃないか。もしオベリスクを抜けることができたとしても、そこには森しかないのかもしれない。僕らは外に行けない。植芝先生は、大人になるまで我慢しろなんて曖昧なことを言う。本当に外に行ける日が来るのか怪しいもんだと思うよ。もしかしたらここは日本じゃないかもしれない。それどころか、日本なんて国は最初っから存在しないのかもしれない。世界には僕らしかいないのかもしれない」

なんだか怖くなりました。マナブが正しかろうが間違っていようが、確かめる手段は今のところないのです。でも信じたくありません。

「昔、お父さんやお母さんが会いに来てくれたわ。世界は私たちだけじゃない」

「じゃあ、なんで今は会いに来ない？　もしかしたら、会ったことがあると思い込んでいるだけかもしれないじゃないか」

「そんな――」

アキナは絶句しました。自分の過去まで否定されたらどうすることもできません。

「じゃあ、アガサ・クリスティーの本は？　アガサ・クリスティーは今の時代にはいないけど、過去に確かに存在していた。だから本が残っている」

「本があるから、作者は必ず存在していると？」

「もちろんそうよ」

「でもそのアガサ・クリスティーにしても架空の人物かもしれないじゃないか。たとえばそう――アヤコが読んでいる本は、みんな園長先生が書いたのかもしれない。つまりアガサ・クリスティーって名前は、園長先生のペンネームなのかもしれない」

正直、否定したかったです。でもマナブの言葉は、他にたとえようもないほどの説得力を持って私に迫ってきました。

私は園長先生が好きでした。園長先生も私に好感を持ってくれているような気がします。その理由はつまり、私が園長先生がアガサ・クリスティーの名前で書いた小説のファンだからではないでしょうか。自分の書いた本を面白いと言って読んでくれる読者がいて、嬉《うれ》しくない作家はいません。

　私は園長先生こそがアガサ・クリスティーにふさわしいと思いました。あの優雅な大人の女性の園長先生なら、あんな素晴らしい物語を生み出しても不思議ではありません。

「僕はそれは違うと思うな」

　しかしヨシオがマナブに反論しました。

「昨日、植芝先生も言ってたじゃないか。交換会の品物は外から買ってくるって。アキナのヘアゴムや、アヤコのアガサ・クリスティーの本。他にも沢山あるはずだ。もし外の世界がなかったら、そういうものはどこから運んで来るんだ？『ハウス』で作ったって言うのか？　ここにはそんな設備はないぞ。さっきアガサ・クリスティーの正体は園長先生だって言ってたけど、もしそうだとしても、その本はいったいどうやって印刷して、製本したんだ？　ここじゃ、あんなちゃんとした本は作れない」

　ヨシオにとっては、外の世界が存在しないなんて、昨日命がけでオベリスクを潜り抜けたこともなんの意味もなかったと言われているようなものです。

　なんだか気まずくなったまま、私たちは解散しました。私は自分の部屋に戻りましたが、なんとはなしにアキナもついてきました。『ベッド』と棚と机と窓と電灯と時計。設備は本当にそんなものです。でも部屋の棚には私の宝物がありました。真っ赤な背表紙のアガサ・クリスティーの小説です。まだ十数冊ほどしかありませんが、すべて揃《そろ》えるのが私の夢です。

「これね」

と言ってアキナは本を手に取りました。『クリスマス・プディングの冒険』でした。

「もうボロボロね」

表紙が皺になっていたり、背表紙が日に焼けて朱色のような色合いになっていたりします。またページは全体的に黄色く変色しています。綺麗な状態の本を読んだ方が気持ちが良いのはもちろんですが、交換会にはそんな状態の本しか出ないのでした。

「面白いの？」

「面白い、と思う」

「なあに、思うって」

「やっぱり分からない部分はあるもの。私がまだ子供だからかな」

「じゃあ、この小説を面白いと思うようになれば、オベリスクを潜れるのかな」

とアキナは言いました。確かにアガサ・クリスティーの小説を完璧に楽しんでいるという自信はありません。何度読んでも意味が分からない描写があったりします。もしかしたら私は、難しい大人の本を読んでいるという行為そのものに酔っていたのかもしれません。それでも、ポアロを始めとした登場人物は魅力的だったし、誰が犯人か予想しながら読み、自分の勘が当たった時の爽快感はなにものにも代え難いものでした。

「私にこの本、貸してくれる？」

「いいよ。その本、短編集だから読みやすいし。でも一回読んでつまらなくても、投げ出さないでね」

「そんなに気合いを入れて読まなくちゃ駄目なの？」

「ううん。好きに読んだらいいよ。でも、理解できない文章が出てくるかもしれない」

「仕方がないね。昔の本なんでしょう？　昔の文化なんて、私たちには分からないもの」

「そうね。でも、そういう分からないところも面白いの。まるで昔の世界にタイムスリップできるような感じがして」

『ハウス』に閉じ込められているからこそ、私は読書に夢中になったのかもしれません。ポアロは事件解決のために様々な場所に出かけます。『ナイルに死す』など舞台はエジプトです。そういう小説を読んで、私は外の世界に思いを馳せるのです。

『ナイルに死す』を読んで、図書館で——小説は一冊もありません——エジプトについて書かれた本を読みました。それで私はオベリスクという言葉を知ったのです。

「それにしても、マナブっておかしいね。もし園長先生がアガサ・クリスティーだとしても、わざわざこんなボロボロの本を作らないよ」

確かにそうです。この本の傷みを見れば、大分前に発行された本だと分かります。

「園長先生が若い頃作った本じゃないの？　だから今はこんなにボロボロなのよ」

「あ！　そうか！」

別にマナブの意見に追従する気はありませんでしたが、園長先生がアガサ・クリスティーというなら、そうであって欲しかった。とても素敵なことのように思えたのです。

アガサ・クリスティーを読むようになってから私は、人は殺せば死ぬのだと知りました。『ハウス』の授業では決してそんなことは教えてくれませんでしたから。

第三章

アガサ・クリスティーの小説は子供が読むものにしては活字が小さく、また先に述べたように昔の文化を描いた小説ですから、よく分からない描写もありました。『五匹の子豚』という小説には次のような一節があります。

そのうえ、ちょうどあのとき、わたくしは、急に言葉の魅力を感じはじめていました。本で読んだシェイクスピアの詩の断片などがふと頭に浮かぶのでした。わたくしは裏庭の小道を歩きながら、酔ったように夢中になって、「ガラスのように半透明な緑の波の下に

……」などと口ずさんでいたのをおぼえています。（桑原千恵子訳）

私にとってのシェイクスピアがアガサ・クリスティーでした。だからふと浮かんだ『五匹の子豚』の一節を口ずさむのです。

「――ジンやベルモットやレモネードや、ジンジャー・ビール」

「え？　なに？」

アキナが訊き返してきます。

「アガサ・クリスティーの小説に、そういう文章が出てくるのよ」

「ジンジャー・ビールってなに？」

私はゆっくりと首を振りました。

「分からない。でもたぶん、子供の私たちには関係ないものだと思う」

私は植芝先生が苦手だったから、迂闊《うかつ》に話しかけることはできませんでした。園長先生にもおいそれと話しかけることはできません。だからなにかをたずねる時はいつも狭山先生でした。

以前、狭山先生に、ビールってなんですか？　とたずねたことがあります。するといつもは優しい狭山先生は少し怖い顔になって、そんな言葉どこで覚えた？　と訊き返してきました。私は素直にアガサ・クリスティーの小説で、と答えたのですが、狭山先生は無言で向こうに行ってしまいました。結局それっきり、ビールとは果たしてなんなのか、いまだに分からず終《じま》いです。

「ビールがなんだか分かれば、私たちも大人になれるのかな」

「逆よ。大人になればビールがなんだか分かるのよ」

そしてオベリスクを潜れると、私は思いました。

「私もアヤコに借りた本読んでいるけど、難しくて不思議な話よね。そもそもクリスマス・プディングってなんなの？」

その時、向こうを歩いているマナブとヨシオが立ち止まりました。あれからマナブは唯一探索していなかった西側に一人で向かったのです。そしてあるものを見つけました。正直、私はもうオベリスクには近づきたくなかったのですが、目的地はオベリスクよりずっと手前だから心配ないと言い諭されたのです。

そこは、ささやかな丘のように、地面が二メートルほど盛り上がっていました。私たちはちょうどその丘の麓にあたる場所に立ちました。陰になって、とても薄暗かったです。

「これが、なんだっていうの？」

「ほら、よく見ろよ。これを――」

小さな丘は垂れ下がった木のツルや鬱蒼《うっそう》と生えている植物ですっかり覆われていました。マナブはそれらの草木を手で払い始めました。最初こそなにをやっているのだろうと呆れましたが、やがてそこから出てきたものに、私は目が釘付《くぎづ》けになりました。

それは金属製の大きな扉でした。私たちの背丈よりも遥《はる》かに大きいそれは、黒光りして、オベリスクとはまた違った意味で禍々《まがまが》しさをかもし出していました。

「なに、これ？」

アキナが私の言葉を代弁するようにたずねました。

「たぶん、どこかにつながる出入り口だ。ほら、ここに取っ手がある」

マナブは手すりを掴みました。しかし金属の扉はびくともしません。

「今は鍵がかかっている。きっと先生たちがこの扉を開ける鍵を持っているんだ」

私は思わず問いかけました。

「これが抜け道なの？」

アキナも、そしてオベリスクの一件以来物静かになっているヨシオも、はっとしたように顔を見合わせました。

「このドアの先は、地下に続くトンネルになっているんじゃないかしら。ここを通れば、外に出られるのよ」

しかし、その私の推理をマナブはにべもなく否定しました。

「僕も最初はそう思った。でも、それはちょっと違うように思うんだ」

「どうしてだよ」

とヨシオが言いました。

「簡単さ。ここには鍵がかかっている。つまり、ドアの向こうに生徒が足を踏み入れることは想定されていない。中になにがあるのかは分からないけど、それを使うのは先生たちだけ。そしてそれは絶対にトンネルなんかじゃないんだ。だって先生たちはオベリスクを潜れるんだから」

「ここを通れば、外の悪い空気や大気に触れずに済むんじゃないのか」

と更にヨシオが言いました。やはり彼は、自分が倒れたのは外の空気のせいだと思っているようです。

「でもどうせ地上に出るんだ。遅かれ早かれ、外の空気を吸わなきゃいけない」

「『ハウス』を取り囲むように、その悪い空気のゾーンがあるんじゃないの？ ここを通れば、そのゾーンの向こう側に出られるとか」

とアキナが言いました。

「もしそうだとしたら、外に停まっていた自動車の説明がつかないよ。あそこまで誰かが乗っていたってことなんだから」

「つまりどういうこと？」

「廃墟であれ、森であれ、何かがあるのは間違いないだろう。ヨシオが言ったこと覚えてる？ 外の世界がなかったとしたら、交換会の品物はどこから持ってくるのかって」

私は思わず、あ、と声を出しました。マナブは頷きました。

「この中で作っているんだとしたら？」

「この中で？　人形も本も服も？」

「ああ。交換会の品物だけじゃないぞ。授業で使う教科書も教材も、みんなだ」

「本気でそう思っているのか？」

ヨシオが訊きました。

「だって、外の世界がないとしたら、そう考えるしかないじゃないか」

私は、その考えがとても魅力的なもののように思えました。そうすると何故、交換会に出るアガサ・クリスティーの本は古びているのか、という謎が説明できないのですが、私にとっては些細《ささい》なことでした。もしマナブの推理が正しければ、この扉の向こう側には沢山のアガサ・クリスティーの小説が溢れていることになります。この扉を開ければ、わざわざ交換会で本を集める必要もないのです。

「でも、なんでそんなことをするんだ？」

「僕らに偽の歴史を植え付けるためだろう。なんらかの理由で、先生は真実を僕らに教えたくないんだ」

「どんな理由？」

「それはたとえば――」

その時、誰かがこちらにやってくる物音が聞こえて、私たちは思わず話すのを止めました。先生が来たんだ、となんの疑いもなく思いました。物音は向こう、つまりオベリスクのある方から聞こえてきたからです。

私たち以外の生徒は、先生の言いつけを守ってオベリスクには決して足を向けません。したがって、誰かがオベリスクの方からやってくるとしたら、先生しかいないという理屈になります。いくらオベリスクの側まで近づいていないからといって、ここぞと嗅ぎ回ってこのドアを見つけたのは事実なのです。決して良くは思われないでしょう。ドアの周りは比較的木々が生い茂っているといっても、基本的には庭は綺麗に整地され、見通しは決して悪くありませんでした。だから私も、かなり早い段階から、こちらに近づいてくる人物の姿を認めることができました。

それは白いシャツを着た男の人でした。

彼は私たちに気付くと、こちらに向かって歩いてきました。私たちは全員、まるで石でできた像のように立ち尽くしました。外から人がやって来たのです。いったい何年ぶりのことでしょう。私たちにとって外の世界の人たちとは宇宙人にも等しい存在なのです。

彼も私たちに気付いて立ち止まりました。空中で私たちと彼との視線がぶつかりあいます。ほんの数秒だったかもしれませんが、とても長かったように感じました。

「『ハーフウェイ・ハウス』の人たちですか？」

と彼は訊きました。

「そうです」

とマナブは答えました。そのマナブの言葉に呼応するように、彼は次の言葉を言いました。思えばそれが、もしこの世界がアガサ・クリスティーの書いた小説だとしたら、主人公は私に他ならないと告げる言葉だったのです。

「おたずねしたいのですが――ここにアヤコさんという生徒はいませんか？」

ヨシオも、マナブも、アキナも、まるでゼンマイ仕掛けの人形のように、ゆっくりと首を動かして私のほうを見ました。私は呆然と、突然現れた見知らぬ男性を見つめることしかできません。脳裏にうっすらと記憶している、父と母を思い浮かべました。もしかしてこの人が――でも親なのに子供が分からないものでしょうか。

マナブはゆっくりと私を指さしました。

「アヤコは、彼女です」

「え？　君が？」

心底驚いたように彼はそう言いました。私はおそるおそる頷きます。

「ちょっと待って。じゃあ、君らは『ハーフウェイ・ハウス』の生徒なのか？」

彼の質問にマナブは頷きました。

「なあんだ！」

と彼は大きな声で言いました。まるで子供相手に丁寧な言葉遣いをして損をした、と言わんばかりの態度です。そしてぶっきらぼうに地面に腰を下ろしました。

「でも、君ら何歳？」

「十二歳よ」

アキナが、それがなんか文句ある？　と言いたげに答えました。

「十二歳にしては大人びてるな。背だって俺とほとんど同じじゃないか！」

私は不快感を覚えました。子供だと分かった途端に自分よりも下に見て、馴《な》れ馴れしい態度をとったからです。しかしそんな不快感よりも、この人は私といったいどんな関係があるのだろう、という好奇心の方が勝っていたのは事実でした。

私は恐る恐るたずねました。

「あなたは誰ですか？」

「君の兄貴だ」

と彼はそっけなく答えました。

「――嘘、そんなの。私に兄さんなんていない」

「君が知らないだけだ」

私に兄がいた？　ではなぜその兄の存在を、両親は隠していたのでしょう？　なぜ、兄なのに『ハウス』にいないのでしょう？　学年が違うから？　ではどこかに、私たちより年上の生徒が通う別の『ハウス』があって、彼はそこからやって来たのでしょうか？

　訊きたいことが沢山あったのですが、なにからたずねればいいのか分かりません。そうこうしているうちに、マナブたちに質問のチャンスを奪われてしまいました。

「外から来たんですか？　オベリスクを通って」

「オベリスク？　あの太い柱のことか？」

「大丈夫でした？」

「大丈夫ってなにが？」

「倒れたりしませんでした？」

「倒れる？　なんで？　どうして倒れることがある？」

「子供はいるの？」

「外に街はあるの？」

　マナブとアキナが矢継ぎ早に質問を繰り出すので、彼はちょっと待て待てといったふうなジェスチャーをして、

「君ら『ハーフウェイ・ハウス』から外に出たことがないのか？」

　と訊きました。私たちは一斉に頷きました。ヨシオ以外は。

「アガサ・クリスティーという作家を知ってますか？」

　と私は訊きました。

「アガサ・クリスティー？　なんでそんなことを訊くんだ？」

「知ってますか？」

「そりゃ名前ぐらいは知ってるよ。有名な小説家だろう」

「もう、死んだんですか？」

「誰が？　アガサ・クリスティーが？　そりゃそうだよ！　大昔の作家じゃないか！」

「認めろよ」

とヨシオがマナブに言いました。

「マナブの推理は、間違っていたんだ」

「ああ、分かった、分かった。認めるよ」

「じゃあ、この扉の中は何なの？」

とアキナ。

「単なる物置きだろ」

とヨシオは素っ気なく言いました。

「君らはいったいなにを話してるんだ？」

彼は立ち上がり、私のもとに向かってきました。思わず後ずさりますが、だからといってどうすることもできません。

彼は私の腕を摑み、耳元でささやきました。

「俺は健一だ。君に伝えることがあって来たんだ」

健一と名乗る男は振り返って、三人に告げました。

「悪いけど、席を外してくれないか？　妹と話すことがあるんだ」

マナブとアキナは困ったような顔をしました。

「それはできない」

とヨシオが言いました。

「あんたがアヤコになにかするかもしれない」

「なにをする？　妹だぞ？　なんにもしやしない」

「あんたがアヤコの兄貴だって証拠は？　悪いけど、僕はここに残るよ。なにか話したいのなら、そこで話せばいい。別に盗み聞きなんかしないから」

ヨシオはマナブとアキナに小声でなにかを言いました。二人は慌てたふうに『ハウス』に戻っていきました。健一はヨシオが残ったことについては仕方がないと思ったようで、私をヨシオから少し離れた場所まで連れて行きました。

「座って話そう」

健一は地面に座り込みました。私もそれにならいました。

「君が俺の存在を今まで親に聞かされなかったのは無理もない。俺は私生児なんだ」

「私生児？」

「俺は君の父親の浮気相手の子供なんだ」

　その言葉で、私は私生児という言葉の意味を知りました。同時に、それほどショックを受けていない自分に気付きました。父を朧げながらにしか覚えていないからでしょうか。

「つまり俺の母親は、君のお父さんの愛人だったわけさ」

「愛人？」

「まあ、子供がそういう言葉を知らなくても無理はないかな」

　子供なら無理はない、その言葉が私の胸に突き刺さりました。

「あなたは大人なの？」

「俺？　そりゃ、もう二十歳を過ぎてるからな」

「二十歳を過ぎたら大人になるの？」

「普通はそうだろう。もっとも十九歳と二十歳でそんなに違いがあるとは思えないけど」

「二十歳が大人なら、十九歳は子供じゃないの？」

　突然の健一の出現に、私は興味を隠せませんでした。両親を除けば、初めて目撃した外の世界の人間なのです。いっぽう、私の兄と名乗っていることに関しては不思議なほど印象は薄かったのです。突然現れて兄と告白されても、どう対応すればいいのか、まるで分かりません。

「どうだっていいだろ。そんなのは」

「良くない。大人と子供の違いを明確に定義できれば、オベリスクを潜れるヒントが見つかるかもしれない」

　健一は気味悪そうに私を見つめました。

「さっきから君らはなにを言ってるんだ？」

「外の世界の人間には分からないわ」

　じっと健一は私の顔を見つめました。そして私の方に手を伸ばしてきました。私は魅入られてしまったように身動き一つできませんでした。

　健一の指先が私の頰《ほお》に触れました。その瞬間、まるで弱い電気が走ったような衝撃を覚えました。さっき腕を摑まれた時は、長袖の制服越しでした。でも今、彼は私の素肌に直に触れたのです。今日初めて会った、兄と名乗る不審な人物に頰を撫《な》でられただけで、カァーッと身体が熱くなります。いったい、なぜ――？

「綺麗だね」

　と健一は言いました。

「妹がこんなに綺麗だなんて、夢にも思っていなかった」

　私は健一を見つめました。健一の肌は、とてもざらざらしていました。だからそういう箇所が影になって、肌色の濃い場所と薄い場所が淡いまだら模様になっていました。植芝先生や狭山先生もこんな肌をしていました。園長先生は美しい人ですが、歳を取って肌に皺があるので、やはりまだら模様のようです。いっぽう、鏡で見る自分や、ヨシオやマナブやアキナ、他の生徒たちの顔はツルツルして、きめ細かくまるで磨かれたようです。

もしかしたら肌がツルツルなのが子供で、そうでない人間が大人なのかもしれない。園長先生は大人になり過ぎているから、顔に皺があるんだ。そう私は考え、大人の定義を一つまた手に入れました。

「どうして私がここにいるって分かったの？」

「叔父さんが教えてくれたんだ。俺の妹が箱根の学園で暮らしているって。いや、探したよ。でも君らは噂になっているから、ここまで辿り着くことができた」

改めて、健一を見つめました。白いポロシャツはよれよれで、所々薄汚れています。森の中を何日もかけて根気よく探し回ったのでしょう。

「噂になってる？」

「ああ、ほとんど怪談話だったよ。森の中の学園で、美しい子供たちが共同生活を送ってるって。そんなのただの噂だって言っている奴もいたけど、俺は信じた。そしてここを見つけた」

健一は感慨深げに周囲を見回しました。

「外の世界の人たちが私たちのことを噂してるの？」

「ああ、そうだよ」

ふと思い立って訊きました。

「私、綺麗?」

「――ああ、綺麗だよ」

「外の世界の子供たちも、こんなに綺麗なの?」

綺麗だよ、と答えることを期待しました。でもそうはなりませんでした。

「いいや――君ほど綺麗な子供はいないよ。まるで別の世界の人間みたいだ」

「ヨシオも、マナブも、アキナも綺麗?」

「さっきまでいた子たちか?」

「そうよ。ヨシオはあそこにいる」

「そうだな。まじまじと見なかったけど、あんなにルックスの良い人間はそうはいないと思う」

私は子供は美しく、大人になるとその美しさが劣化すると考えていました。でも『美しい子供』というのはどうやら『ハウス』の二十二人の生徒限定のようです。これでは大人の定義は成立しません。

「どうして、そんなに大変な思いをしてまで、私に会いに来たの?」

「別に、ただ単に妹に会いたかったのさ」

嘘だ、と思いました。もっと他に理由があるはずです。

ヨシオの方を見やると、彼はじっと私たちの方に注目していました。声は聞こえないでしょうが、それでも一時たりとも目を離さない、と言わんばかりの態度でした。しかし目が合うと、ぷいっとそっぽを向いてしまいました。私が健一と話をするのが面白くないのでしょうか。

その時、向こうに『ハウス』から戻ってきたマナブとアキナの姿が見えました。狭山先生もいました。植芝先生には先日怒られたこともあったので、狭山先生を呼んだのでしょう。狭山先生が近づいてくると、慌てたふうに健一は立ち上がりました。狭山先生は『大人』だと一目で見抜いたのでしょう。

狭山先生は厳しい口調で健一に問い質《ただ》しました。

「ここでなにをしているんですか」

「彼女の親族です」

と健一は私を見ながら答えました。しかし狭山先生は、間髪容《い》れずに言い返しました。

「そんな嘘をついてなんの意味がある？　ここは部外者の立ち入りを禁じている。出ていってもらおう」

その高圧的な狭山先生の態度が、健一は癇《かん》に障《さわ》った様子でした。

「この子は俺の妹だ。妹に会いに来てなにが悪いんだ！」

「彼女に兄はいない。見え透いた嘘は止めなさい」

私生児だから記録にないんだ、と思いました。

「先生。この人はお父さんの愛人の子供なんです」

狭山先生が目を剝いて私を見ました。健一の正体を知って驚いたのだと思いましたが、そうではなく、どうやら私が『愛人』という言葉を使ったからのようでした。

「事情はあるんだろう。しかし、少なくとも彼は君の家族じゃない」

と狭山先生は言いました。

家族とはなんなのだろう、と私は思いました。会ったばかりの健一を、すぐさま兄として迎え入れることはできないかもしれません。でも父も母も、私に会いに来てくれないのです。本当に健一が父の私生児なら、きっと疎外感に苛《さいな》まれたでしょう。しかしそれを言ったら、私もまったく同じなのです。会いに来てくれない両親が家族と認められ、『ハウス』を探し出してまで私に会いに来てくれた健一を家族から除外するのは、なんとなく道理に反しているような気がしました。

マナブとアキナも私の味方をしてくれました。

「どうして、家族じゃないって分かるんですか？」

「そうよ。本当にお兄さんなのかどうかは、調べればすぐに分かるでしょう？」

「調べなくとも分かる！」

いつもは優しい狭山先生が怒鳴ったので、マナブもアキナも黙りました。

その時です。

「なんだ、そいつばっかり！　こんなところでぬくぬくと暮らして！」

急に健一が私をそいつ呼ばわりしたので、私はびっくりしてしまいました。

「俺たちを外の世界に押しやって、自分は良い暮らしをしている！　どんな女か顔を拝みたかったんだよ！」

狭山先生は健一の胸倉をぐいと摑みました。そして無理矢理私のほうを向かせました。

「こんな顔だ。満足か？」

健一は私を見つめ、言いました。なにかを悟ったかのような静かな口調でした。

「満足だ」

狭山先生は健一の胸倉を離しました。それから今度は腕を摑んで、そのまま健一と共にオベリスクの方に向かって歩いていきました。

「君たちは戻ってろ！」

そう狭山先生は振り向かずに私たちに告げました。私たちは狭山先生と健一の後ろ姿を見えなくなるまで見送りました。

「ごめんなさい」

とアキナが言いました。

「どうして謝るの？」

「狭山先生を連れて来るんじゃなかった。だってあなたがあの人に襲われたらどうしようと思ったんだもの」

「いいのよ。私のために呼んで来てくれたんでしょう？　嬉しいわ」

それからマナブが発見した金属製のドアを、元通りまたツルや草木で隠してから、私たちは『ハウス』に戻りました。

「あいつ、また来るぞ」

とヨシオが言いました。

「どうしてそう思うの？」

「分からない。そんな気がする」

「つまり勘か」

マナブが、しょうがないな、と言いたげに笑いました。

でもヨシオの言った通りになりました。

第四章

一週間に一度の交換会は、私たちの特別な楽しみでした。成績に応じて、生徒たちは先生からお金をもらいます。もちろん『ハウス』の中だけで通用するお金です。本物のお金をもらっても、ここでは使い道がないのですから。

交換会は『ハウス』の一室を利用して行われます。植芝先生と狭山先生が即席の店員です。机の上に、いろいろなものが並べられます。アキナは手鏡や可愛いリボンやブローチに夢中です。またお金を貯めて綺麗な洋服を買う女子もいます。洋服はいろいろな種類があって、先生たちは生徒に説明してくれます。これはワンピース、これはポロシャツ、これはスウェット――。

男子の間では車の模型や、スニーカーやサッカーボールが人気です。昔はみな、ぬいぐるみや人形をこぞって手に取りましたが、今ではまったくと言っていいほど人気がありません。それでも交換会には毎回欠かさずぬいぐるみやおもちゃが出ます。誰も手に取らないぬいぐるみを可哀想に思いながら、私はアガサ・クリスティーの小説を手に取りました。本もあまり人気がなく、そこはほとんど私のためだけの売り場でした。

アガサ・クリスティー以外の小説も沢山ありました。シェイクスピアの『ハムレット』も売っていて、私は『五匹の子豚』を思い出して、ぜひ読んでみたいと思ったのですが、アガサ・クリスティーを全部読むまで我慢しようと思いました。どんなに勉強をがんばって人より多くお金を手に入れてもたかが知れていますから、無駄遣いはできません。

私がその日の交換会で買ったのはアガサ・クリスティーの『カーテン』でした。

　マナブは、アガサ・クリスティーの正体は園長先生という説を唱えていました。結果的にそれは間違っていたようですが、もし正しかったらシェイクスピアの正体は誰だろう。植芝先生だろうか、狭山先生だろうか、そんなことを考えて私はおかしくなりました。『ハウス』で学び、ヨシオやマナブやアキナたちと遊び、夜、自分の部屋でアガサ・クリスティーを読みふけりました。

　子供は大人に成長します。では大人はなにになるのでしょう？　なににもなりはしません。大人になった子供は、あとはもう劣化するだけです。

『カーテン』では名探偵ポアロの老いが描かれます。ほとんどベッドに寝たきりで、自由に動くことも難しい状態です。だからポアロはヘイスティングズが集めてきた情報を元に推理を組み立てます。元から地道に証拠集めをするというより、灰色の脳細胞を使って事件を推理する探偵でしたからスタイルは変わってないとも言えます。それでも私は、老いたポアロを哀れに感じてしまいました。

　そして老いているのはヘイスティングズも例外ではありません。亡くなった奥さんの面影に囚われて、幸せだった過去に戻りたいと嘆くのです。結局幸せだったのは、若く美しいまま亡くなったヘイスティングズの奥さんだけです。

　園長先生を、私は美しいと信じて疑いませんでした。彼女のように美しい女性になりたいとも思いました。でも園長先生はいずれ今よりもっと老いるでしょう。ポアロのように寝たきりになるかもしれません。いっぽう健一は、私のことを美しいと言ってくれました。私は自分が美しいなんて夢にも思っていませんでしたから、びっくりしてしまいました。私はただの子供です。本当に美しいのは園長先生のような人です。

健一が園長先生を見てどう思うのか知りたいと思いましたが、健一が園長先生に会うのはおそらく不可能でしょう。顔を一目見ることもできずに、植芝先生と狭山先生につまみ出されるに違いありません。

人はみな老いて、死んでゆきます。私も園長先生のように老いるのでしょう。そして後を追って死んでゆくのです。もし健一の言葉が真実ならば、私も今の内に死んでしまった方が幸せなのかもしれません。ヘイスティングズの奥さんのように、大切な人の記憶の中に、若く美しいまま、いつまでもいつまでも存在し続けることができるのですから。

そして私は誰と結婚するのだろうと考えました。そんなことに想いを馳せたのは、思えばその時が初めてだったかもしれません。ヨシオやマナブに胸がときめいたことは、残念ながらありませんでした。だから目を閉じても、まぶたの裏に彼らの姿が浮かんでくることは決してないのです。大人の定義は分かりません。でも、彼らは本当に子供という感じがしました。

その代わりに浮かんでくるのは、健一の姿でした。

健一に頬を触られた時の、電気が走るような未知の感覚。それを思い出すと、読書がまったく進みません。もう一度、健一に触られたい。そんな欲望に私は身を焦がしました。

健一が私の兄というのは本当なのだろうか。どうか嘘であって欲しかった。なにか目的があって、私の兄を騙《かた》って『ハウス』に忍び込もうとしたのであれば、それでも良いとすら思いました。

きっと健一は大人なのです。あのオベリスクを潜って『ハウス』を見つけ出せたのだから。私は大人に憧れました。大人の男性に愛されれば、大人の女性になれると思いました。また健一に会いたい。それはアガサ・クリスティーの小説よりも夢中になれるものを見つけ出した瞬間でした。

ノートを破り『ハウス』までのざっくりとした地図を描きました。そしてこの部屋の位置を矢印で指し示しました。アヤコ、と自分の名前を書くのも忘れませんでした。私はここに閉じ込められている、だから迎えに来て、そんな気持ちで何枚も何枚も書きました。

夜中、部屋の窓から上履きのまま外に出ました。土で汚れてしまうでしょうが、はたけば綺麗になります。そして健一と出会った、マナブが見つけた金属のドアがある西の方角に向かって歩き出しました。夜中に抜け出すことも、たった一人でオベリスクの方に向かうことも、初めての経験でした。

金属のドアが埋め込まれている小さな丘まで辿り着きました。さすがにためらいました。ここから先には行ったことがありません。周囲にはもちろん電灯などはないので、夜空に浮かぶ月だけが唯一の光源です。振り返ると『ハウス』ではまだ微《かす》かに明かりが点《とも》っています。きっと先生の部屋でしょう。不思議です。ヨシオたち三人とオベリスクの向こうに行こうと抜け道をさがしていた時は、向こうの世界への好奇心に溢れていたのに、こうしてたった一人になると、とたんに『ハウス』が懐かしく思えます。

それでも私は勇気を振り絞って前に進みました。

境界線にはほどなくして到着しました。夜のオベリスクはまるで真っ黒い影のようで、昼間のそれとは比べものにならないくらいの威圧感を覚えました。白目を剝いて痙攣しているヨシオの姿を思い出します。あんな目にあうのは嫌でした。でも、ある程度近づかなければなにもできません。私はまるで猛獣の檻《おり》に近づくように、ゆっくりと前進しました。とにかく向こう側に行かなければ安全なのです。

オベリスクとの距離を目測して、私は地面に座り込みました。そしてバッグから部屋で描いた地図を取り出し、その場で紙飛行機を折りました。子供の頃から、身の回りにあるもので工夫して遊んでいたから、こういうものを作るのは得意でした。風が吹いて、紙が一枚どこかに飛んでいってしまいましたが、私は気にせずに折り続けました。

でき上がった紙飛行機を、オベリスクとオベリスクの間に向けて飛ばしました。紙飛行機は向こうに飛んでいき、そして見えなくなりました。気を良くした私は、次から次へ紙飛行機を折って、オベリスクの向こうに飛ばしました。飛んでいく真っ白な紙飛行機は、夜の闇の中でささやかに光り輝いているようでした。

紙飛行機がどこまで飛んでいったのかは分かりません。でも噂だけを頼りに『ハウス』を探し当てた健一のことです。狭山先生につまみだされようが、再びまたここに戻ってくるに違いありません。地図が一枚でも健一のもとに届けば、それでいいのですから。

その翌日、私は園長先生の部屋に呼び出されました。滅多にないことでしたから緊張してしまいました。褒められるならいいな、と思いましたが、残念ながらそうではありませんでした。

初めて入る園長先生の部屋は、私たち生徒の部屋とは比べものにならないほど豪華でした。生徒の部屋は狭く、また部屋の作りも機能性しか鑑《かんが》みられていない素っ気ないものでしたが、ここは広く、床にはふかふかの絨毯《じゅうたん》が敷き詰められていて、また本棚も時計も机も豪華な装飾が施されていました。

私はその部屋の雰囲気に気圧《けお》されてしまって、ただ立ち尽くすことしかできませんでした。本棚の下部は戸棚のような作りになっています。あそこにはなにがしまわれているのだろう、とぼんやり考えました。

園長先生は机の上に、昨夜私が飛ばした紙飛行機を置きました。それは一つだけではありませんでした。

「あなたが、飛ばしたのね？」

と園長先生は訊きました。もうすべてばれているのです。地図には私の名前も書いたのですから。私はなにも言えずに、こくりと頷くことしかできませんでした。

「植芝先生が偶然見つけたのよ。あなたのことはすぐに調べたわ。確かにあなたには腹違いの健一という兄がいます。でも、あなたと健一は、違う人間なんです。だから健一はフェンスの外側にいるんです。あなたと健一は決して交わることができない。それが運命です。どんなに逆らっても、どうにもならない局面が、人生には確かにあるんです。あなたがたには自由はありません。いえ、そもそも人間に自由などというものはないのです。この時代に生まれてきたという事実から、決して逃れることはできないのですから。私も若いころは自分には無限の可能性があると信じていました。でも今から振り返ると、そんなものは幻想でした。人間は生まれ、やがて死んでいきます。それがすべてです。その間に多少の波があるでしょうが、やがて本来の道筋に修正されるでしょう。人生とは、そういうものです」

園長先生はよどみなく私に語りました。健一に触れられた時のあの胸の高鳴り。あれはきっと恋なのでしょう。そして園長先生はそのことに気付いているに違いありません。

園長先生は私を厳しい目で見つめました。失望させてしまったと思って、私は園長先生の顔をまともに見ることができませんでした。

しかし、園長先生はにっこりと私に微笑みかけました。私ははっとしました。

「アガサ・クリスティーはどう？　面白い？」

　私は頷きました。

「読んでどう思った？」

「よく意味の分からない箇所もあるけれど、犯人を予想しながら読むのは面白いです」

「意味が分からないって、例えば？」

　私はしばらく考え込んで、こう答えました。

「ビールです」

　私の答えを聞いた園長先生はおかしそうに笑いました。もちろんビールだけではありません。ジンもベルモットもレモネードも分かりません。

「ビールは無理ね」

「ビールってなんですか？」

「あなたは知らない方がいいわ」

　子供だからだ、そう思いました。園長先生はビールがなんなのかを知っている。そしてその口ぶりからはビールとはとても楽しいものだと分かります。私も大人になればビールが楽しめるようになるのでしょうか。ならば早く大人になりたい、そう思いました。

「もう行っていいわ。二度と紙飛行機なんて飛ばさないこと」

　反省の印に園長先生に頭を下げて、私は部屋を後にしました。頭ごなしに怒鳴られなくてほっとしました。そして私は頭の中で健一と園長先生を天秤にかけます。園長先生を失望させてまで、健一と会う必要があるのだろうか。それほど私は健一のことを思っているのだろうか。自分のことなのに、決して答えは出てきません。

ただ確かなことがあります。それは園長先生の机に並べられた紙飛行機の数は、私が実際に飛ばしたそれよりも少ないということです。先生は紙飛行機をすべて回収できなかったのかもしれません。予想以上に遠くまで飛んだ紙飛行機をもし健一が拾ったとしたら。

太陽が昇り、月が昇りました。それが何度か繰り返されました。そして遂にある日の夜、健一が私の部屋の窓を叩いたのです。私の望んだ未来が現実になったのでした。喜びと、そして後悔がない交ぜになったような気持ちで、私は窓を開けました。

月の薄明かりの中、健一の笑顔がそこにはありました。

「見つけたよ――これを」

健一はぐちゃぐちゃになった紙切れを私に差し出しました。あの時飛ばした、紙飛行機の残骸でした。

「――来てしまったのね」

「来て欲しかったんだろ？」

「来てくれないかと思った」

「どうして？」

「私のこと――嫌っていると思ったから。いい暮らしをしてるって――」

「あれは――ごめん。興奮してたんだ」

「ううん、いいのよ。でも、あなたに会ったことがばれたら、きっと大変なことになる」

私は健一に、紙飛行機の一件を話しました。

「その園長先生にここから追い出されるっていうのか？」

「それはないと思う。どうせ私はここから出られないから」

「なんだ」

残念そうに健一は言いました。

「もしここから追放されたら、外の世界で一緒に暮らせるのに――」

段々と暗闇に目が慣れて、健一の姿がよりはっきりと見えるようになりました。以前会った時は半袖のシャツを着ていましたが、今は長袖の黒いスウェットを着ていました。

「昼間のシャツの方が格好がよかったのに」

と私は言いました。

「夜は寒いから長袖を着てるんだよ」

「寒い？」

「ああ、そうだよ。君らだって、その制服だけじゃなく、いろんな服を着てるんだろう？」

「私はこの制服しか持ってないわ」

「私服はないの?」

「交換会で売ってるけど、なかなか買えない。高いから」

「カタログを見て注文でもするの?」

「違うわ。ハンガーにかけられて売っているのよ。欲しい人はその場で買うの」

健一は少し不思議そうな顔をしましたが、すぐに真剣な顔になりました。そして、可哀そうに、と言いました。

「洋服も自由に買えないのか——女の子なのに」

ここで話していると先生に聞こえてしまうかもしれません。私は紙飛行機を飛ばした時のように、上履きのまま窓から外に出ました。そして健一と一緒に『ハウス』から少し離れた場所まで歩きました。

歩きながら、恐る恐る口を開きました。

「お兄——さん」

そういうふうに呼ばれるとは予期していなかったようで、健一は少しだけ緊張したような面持ちになりました。

「初めて会った時は疑った。本当は私の兄を騙っている偽者なんじゃないかって。でも園長先生が教えてくれたの。私には確かにお母さんが違う兄がいるって」

「そうか――」

「違う人間だとも言っていた。どうしてかな」

ふん、と健一は言いました。

「それが向こう側の人間のやることさ。自分たちだけ安全な土地に暮らして、それ以外の人間を徹底的に排除するんだ。もし俺も君の母親から生まれた子供なら、きっとこんな安全地帯で暮らすことができただろう。でもそうじゃない。だから俺は仲間はずれだ」

「――ごめんなさい」

「いや――別に君が謝ることじゃないさ」

月が見える場所に、私は健一と二人座り込みました。

「お願いがあるの」

「なんだ?」

「顔を触って欲しい」

「え? 触るの?」

私は頷きました。ゆっくりと健一の指先が私の頬を撫でました。燃えるような興奮に身を焦がしました。これが喜びの感情なんだと、改めて思いました。

「これでいいのか?」

健一の声がほんの少し震えているような気がしました。きっと彼も私に触って喜びを覚えたんだ、と思いました。

「こんなつもりで、ここに来たんじゃなかった」

「え？」

「本当は、俺は、君を殺しに来たんだ」

その健一の言葉をきいても、私は意外なほど冷静でした。もしかしたら、普段からアガサ・クリスティーの小説を読んでいるからかもしれません。

健一はゆっくりと、私の喉に両手をやりました。そしてそのまま、動きませんでした。

「私を殺しても、いいよ」

と私は言いました。

「それが目的で来たんでしょう？」

頬を触られただけで、あれほどの喜びを感じました。なら、殺されたらいったいどれほど身体が熱くなるのでしょう。私にとっては殺される恐怖よりも、健一に触られる興味の方が遥かに勝っていました。

何故、健一が私を殺そうとするのか、その理由は朧げながらに分かります。健一も父の子供だから、本当はこの『ハウス』で生活する権利があるはずです。でもそれは無理なのです。何故なら健一は父の愛人の子供だからです。きっと健一は、何故、自分だけが、という憎悪に震えたでしょう。だから健一は私にその苛立ちをぶつけようというのです。

健一は私の喉から手を外し、再び頬を触ってくれました。

「確かに君を殺したいと思っていた。でもこうして君と会った今じゃ――」

健一の声が震えました。

「抱き締めても、いいか？」

私は頷きました。健一がそっと私の身体を抱きました。私も健一の背中に腕を回します。この時の感動を、私は生涯忘れないでしょう。

「私のこと、好き？」

健一は答えませんでした。

「私、あなたのこと好きよ。ここにいても、なんだかみんな夢みたい。でもあなたは現実に感じる。『ハウス』はこんなに自然に囲まれていても、どこか人工的で、まるでモノトーンみたい。でもあなたは違う。とても色鮮やかに感じる」

思えばアガサ・クリスティーの小説もそうでした。確かに殺人事件は起きるのですが、私にとってアガサ・クリスティーの作品世界はまるで楽園のようでした。だから私は夢中になって読んだのです。

「俺もそう思った。ここは夢の世界だって――。噂を聞いてから来たから、まるでここが隠れ里のように思えたんだろう。でもそれだけじゃない。君と初めて会った時、どんなに俺が驚いたか君には分からないだろう。君みたいな綺麗な女の子は生まれて初めて見た。

こんなに綺麗な女の子がこの世に存在しているなんて、想像すらしていなかった」

嬉しい。私は心の底からそう思いました。私が綺麗だから、健一は私を殺すのを止め、その代わりに愛してくれるのです。

「いつまで、ここにいるの？」

「いや、朝になる前に帰らなくちゃ。きっとあの先生に見つかるから」

「そうじゃなくて、箱根にはいつまでいるのってこと」

「分からない――」

「お家がないの？」

「ないこともない。その時その時で、あっちこっちで暮らしてる」

健一は自分が今住んでいる家への簡単な道筋を教えてくれました。ずっと『ハウス』で暮らしている私には想像もできない生活でした。

「君を殺して、俺も死のうと思った。でも君に会って――ためらった。同じ父親の子供なのに、君はこんなにぬくぬくと育って、俺は辛い社会で生きなければならない。でも――考えてみれば、君にはなんにも罪はないものな」

「外の世界は辛いの？」

「辛いさ。生まれながらに裕福な人間以外は、わずかなお金のために身を粉にして働かなくちゃいけないし、長生きもできない。ここはそうじゃないんだろう。だから天国だ」

私はゆっくりと首を横に振りました。

「たとえ外の世界が辛くても、そこには自由があるんでしょう？　それがとても羨ましい。ここにはなんの自由もないもの」

「いいや、どこの世界にも自由と不自由がある。要するに、程度の差さ。確かに外に出られないのは辛いかもしれない。でも地獄のような外の世界で自分の力だけで生きていかなければならないことに比べれば、遥かにマシさ」

「野生の鳥より、鳥籠の中の鳥の方がマシだって言うの？」

「そうだよ――」

健一はそう言って再び私の頬を撫でました。ずっと触られていたいと思いました。

「君を憎いと思った。でも実際会ったらそんな気持ちも消えた。君は恵まれているんだ。ならその幸運を精一杯甘受すればいい。今夜を最後に、俺はどこかに消えるよ。もう姿を見せない」

「どこに行くの？」

「分からない。どこかで住まいと仕事を探すさ」

私は健一に抱きつきました。燃えるような喜びは、未来が儚《はかな》ければ儚いほど、よりいっそう強くなりました。

「私も連れて行って！」

しかし、健一は私から身体を離し、ゆっくり首を振りました。

「君はあのオベリスクを越えられないんだろう？　初めて会った時、君の友達がそんなことを言っていた」

「でも、一緒に行きたいの」

「一緒に行ってどうする？　一緒に暮らす？」

私は頷きました。

「一緒に暮らして、どうする？」

「働くわ」

「だって君は身体はでかいけど、まだ子供なんだろう？」

「年齢を誤魔化せばいい」

健一は私を見つめ、駄目だ、そんなの、とつぶやきました。

「正直、自分が分からない——一度会っただけの君を、こんなにも忘れられないなんて」

運命なんだ、と思いました。父は私に会いにきてくれないばかりか、外に女の人をつくって健一を産ませました。それが許されて、私たちが愛し合うのは許されない。そんな理不尽な話はありません。

「一緒に来てくれるんだったら、どこまでも遠くに逃げるよ」

逃げたい。

心の底からそう思いました。それはあのオベリスクに挑戦するのと同じ意味でした。私はアキナが言った言葉を思い出しました。アガサ・クリスティーを楽しめるようになれば、オベリスクを潜れるのかもしれない。もしそうだとしたら、オベリスクを潜れない理由はどこにもないのです。私はアガサ・クリスティーの小説を夢中になって読んでいるのですから。

もちろんよく分からない描写もあります。でも、それがいったいなんだと言うのでしょう？　しょせん、アガサ・クリスティーの小説の意図は作者本人にしか分かりません。他人が書いた小説を百パーセント理解しろというのが無理な話なのです。

私は『ハウス』の生徒たちの中では一番大人だと思います。交換会で小説を買うのは私だけです。ほかの生徒はおしゃれや遊びに夢中なのです。そんなものはしょせん、子供の楽しみです。先生は大人らしい趣味を持つことを期待して、交換会に小説を出したのではないでしょうか？　だから、ただ一人、交換会で小説を買っている私に、園長先生は優しくしてくれるのです。

私はそう思い込みました。オベリスクを潜る理由付けが欲しかった。そして私は自分で作り上げたオベリスクを潜れるという保証に背中を押されました。

「あなたと一緒に行きたい――今すぐに」

「いいのか――」

私は頷きました。思えば、健一はオベリスクを潜ったヨシオの姿を見ていないのです。もし見ていたとしたら、きっと私を連れ出すことにためらいを覚えたと思います。でも今更そんなことを言っても仕方がありません。その時の私は果たして自分がオベリスクを潜れるのかどうか、試してみたい気持ちでいっぱいでした。オベリスクは大人と子供とを精査するものだと。そして自分は大人だと信じて疑わずに。

健一と手を繋いで歩き出します。オベリスクに到着すると、私たちは顔を見合わせました。私は頷きました。健一も頷き返しました。ここまで来て、今更さしたる勇気は必要ありませんでした。私はためらうことなく、健一と共にオベリスクを潜りました。

ふたりの果て

B

末永《すえなが》と名乗る男は俺が住むアパートの部屋にやって来た。スーツを着こなした中年の男だった。父の会社の専務だと言う。

俺の部屋に、こんなちゃんとした格好の人間が来たことは今まで一度もなかった。普段だったらセールスの類《たぐ》いだろうと警戒して追い返すが、父の関係者だと直感した俺は、五分ほど待ってもらって散らかした部屋を片づけた。それでも怠惰な生活の痕跡は隠しようがなかったが。

俺は携帯電話を充電スタンドにセットしてからキッチンに向かった。コーヒーを淹《い》れたが末永は、いやおかまいなく、などと言ってほとんど口をつけなかった。社長の隠し子が淹れたインスタントのコーヒーなど飲みはしないだろうと、今更気分を害するでもなかった。末永は父と同じ六本木のステーキハウスが似合う種類の人間だった。

「どうしてここが分かったんですか？」

「気を悪くされたら申し訳ない。あちこち探し回りましたよ」

「母に訊いたんですか？」

「いや、お母様には内密にしていたんです。できれば今日のことも黙っていていただければ幸いです。もちろん強制することはできませんが——」

末永のような男なら、仮に自腹でも興信所を利用するぐらいの金はあるのだろう。もしそういう手段で俺を調べたのなら、風俗店のボーイをしていることも、風俗ライターをしていることも、すべてお見通しのはずだ。こうやって下手に出ているが、内心俺のことを軽蔑しているに違いない。

「最近、お父上と会われましたね？」

「はい」

「それで、後継者候補を打診された」

「まあ、そんなようなものです」

末永は改まって言った。

「健一さん。あなたが我が社にお出でになることに、私どもは何も反対致しません。しかし、社長のワンマンぶりをあなたにお伝えしたく、今日ここに参った次第です」

俺は末永をぼんやりと見つめた後、

「あなたは父の親族ではないのですね」

と訊いた。

「その通りです」

と末永が頷いた。

同族企業は親族が多数の株を独占しているから、乗っ取りのリスクは比較的少ないと言われるが、それすら絶対ではない。特に、俺のような非嫡出子が株を相続する場合は。

「具体的な数字は控えますが、もっとも多くの株を持っているのはお父上です。健一さんがその株を相続すれば経営にも口を出せる」

俺は暫く考え、

「父の子供は、僕と彩子さんの二人だけですか?」

と訊いた。

「そうです」

と末永が言った。親族ではない人物が言っていることだ。信用していいだろう。

「嫡子でも非嫡出子でも同じ分だけ相続できるのは知っています。ただし、母にはいっさい相続権はありません。つまり父が持っている株式の四分の三が向こうのものになるということですね? 僕の四分の一の株ではとても敵わないように思いますが」

俺がそう言うと、末永は声のトーンを落として話を続けた。ここには俺達以外誰もいないのに。盗聴されているとでも思っているのだろうか。

「確かに弊社は世間では同族企業と認識されています。しかし、お父上のやりかたに反発している者も多いのです。現社長が保有する株の四分の一ですから、かなりの額です。それに――老婆心ながらお伝えしますが、健一さんは四分の一どころか、二分の一を相続できる権利があるかもしれないんです」

「いや、それはないでしょう。妹がいるんだから――」

そう言いかけた俺の言葉が、末永の俺を直視するかのような顔つきで止まった。

「まさか、もう死んでいると?」

末永は頷いた。

「はっきりとしたことは言えません。でも、そういう噂があることは事実です。妹さんがマンションから飛び降りた時、もちろん自殺と決まった訳ではありませんが、まだ息があったことは確かです。少なくとも生きて病院を出たんでしょう。さすがにその時点で亡くなっていたら誤魔化すことはできませんから。問題なのはその後の妹さんを、誰も見ていないということです」

「誰一人？」

「ええ。入院中も、重体でしたから面会謝絶が続いて、お見舞いには行けませんでした。それは仕方がありませんが、退院祝いのパーティの一つや二つ開いてもいいじゃないですか。でも、いっさいないんです。娘さんは脳に障害を負って人格が変わってしまったみたいで、あんな状態の娘を人前に出すのは忍びない、などと説明したようですが、いくらなんでも不自然です」

「死んでいるのに生きていると世間に見せかけてると？」

確かに既に死んでいると考えれば、父が俺を妹に会わせないようにしていることにも説明がつく。だがちょっと想像し難い。資本金二十億といえば大企業だ。そんな大企業の社長が、死んだ者を生きているように見せかけるなどリスキーな行為に手を染めるだろうか。問題が遺産相続だから父の死んだ後の話だし、具体的にどんな罪に問われるのか今の段階では分からないが、娘が自殺した以上のスキャンダルではないか。マスコミに取り上げられて笑いものになれば、株の値が下がることも考えられる。とにかく現実的ではないように思う。

　そう末永に告げると、彼もそのことは十分分かっているというように、何度も頷いた。

「確かに極論かもしれません。でもそんな噂が出るほど、お父上には灰色の部分が多すぎる。だからこうして相談に伺っているんです。世間では同族企業というと白い目で見る者も少なくありませんが、そう一概に言い切ることはできません。社の方針が時流やその時々の経営陣によってコロコロと左右されないぶん、リスクが少なく業績は安定している傾向にあります。しかし弊社はエネルギー企業という極めて公益性が高い事業です。だからこそ、お父上が現社長に相応《ふさわ》しい人間か、我々下の者が常に目を光らせておかなければならないのです」

「父は社長に相応しい人間ではないと？」

「お父上は立派な方です。それは認めます。しかし会社名義でたびたび金を引き出します。その多くが使途不明金です。一度の額が少ないから問題になっていませんが、総額はかなりの金額になります」

「交際費かなにかではないんですか？」

「もちろん社長ともなれば、使途を明かせない金を扱うこともあるくらい分かっています。でも社員の中には女を囲っているんじゃないかと――あ」

末永は自分の口に手を持っていく素振りをした。

「気にしないでください」

と俺は言った。ついうっかり口が滑ってしまったのだろう。

「い、いや、失礼」

「いえ。でも僕と母の存在が今まで問題にならなかったのは、少なくとも僕ら母子の生活費は父のポケットマネーから出ていたということですね」

末永はあたふたしていたが、こうなったら腹を割って話そうと決意したようだった。

「仮に健一さん、彩子さんに次ぐ、第三のお子さんがいれば、必ず私どもの耳に入ります。でも、今のところそれはないようです。社長も今更その方面で会社の金を使うようなことはないと思います」

「これから子供を作ろうというのではないですか？　そのためにお金が必要なのでは。養子縁組みでもなんでも、やりようはあると思うし」

「もしそうなら、堂々としているでしょうね。それに、これも大変失礼な言い方ですが、養子で良いのであれば、健一さんのところに話を持っていくこともなかったかと。やはり血の繋がりを重視しているのかもしれません。実の子供さんなら、裏切ることもないというお考えなのでしょう」

俺は笑った。

「裏切るかもしれないと思ったから、わざわざ僕を六本木に呼び出して高い肉をご馳走したんですよ。恥ずかしい話ですが、反抗期が長引いて高校卒業してすぐに家を出ましたからね。父とも久方ぶりに会いました。恨まれているのかもしれませんし、やはり裏切るかもしれないと思っているのかもしれません」

もし、若い女を囲って子供を産ませたとしても、条件は俺と一緒なのだから、やはり裏切るかもしれない、という不安がある。養子は血の繋がりがないから駄目だ。もちろん一番良いのは正妻との間に子供を作ることだが、向こうの正妻は確か母と同年代のはずだ。子供を産むのはちょっと難しいかもしれない。それらの理由を総合的に鑑みて、遺産相続のために子供を増やす選択を父がしないとなれば、必然的に俺と彩子という駒を取り合うことになる。

そしてこの末永も、俺という駒を恐らく狙っている。

「父が金を使い込んでいるという話ですが、横領や背任の罪で訴えられないんですか？」

「さきほど同族企業だからといって白い目で見られる謂《いわ》れはない、と申しましたが、しかし同族企業のデメリットは、正にその点なんです。私が訴えることは可能です。しかし揉み消されて、追放されるのがオチでしょうね。もちろん、会社の経営自体に影響を及ぼすなど目に余るような事態になれば別ですが、少しずつ使い込んでいるので黙認されているような状態です」

「それで僕にどうしろと？　まさか父に金の使い込みは止めろと説得してくれ、なんて言うんじゃないでしょうね」

　末永はじっと俺の顔を見た。そして言った。

「そのまさかですよ」

　俺は思わず笑った。

「そんな、父は子供じゃないんだ」

「でもあなたはお父上の実のお子さんです。しかも現時点では経営に参加していないから、同族企業のしがらみの外にもいる」

　俺は何となく、末永がクーデターを起こして父を引きずり降ろす目的で、俺を仲間に引き入れようとしていると考えていた。でも、たとえ私生児であっても父親は父親であり、幼い頃の楽しい記憶もそれなりにある。それをいきなり現れた赤の他人の味方をして父を裏切るなど、末永も期待していないだろう。

「金の問題ではないんです。さっきも言った通り、一回一回は小さな金額ですから。でも社長が不穏な動きをして、それを我々が把握できていないことは非常に拙《まず》い。社内に親族による経営に反対している者がいるのは事実です。私もそのグループにいると見なされても仕方がないかもしれない。でも株を集めようと躍起になっているのは、むしろ弊社を乗っ取ろうという外部の人間です。現時点で株を一番持っている人間は、言うまでもなくお父上です。誰かバックにいて、お父上を操っているのかもしれない」

まさか大企業の社長ともあろう人間が操られるなど――一瞬、そう思ったが、しかし世の中には、たとえば物事を占いで決定するワンマン社長も珍しくないのではないか。言わば占い師の心一つでコロコロと会社の経営方針が変わるということだ。それは極端でも、たしかに使途不明の支出が増えたということは、最近父に何かあった証拠かもしれない。

彩子のことだ。それしかない。

会社の金を自分の懐に入れたことも、また突然俺に会いに来たことも、すべて妹の彩子が関係している。

「やはり妹は生きていると思います。妹の事故と、父が会社の金を使い込むようになったのは同じ時期なんですよね？　娘の治療費が必要なんじゃないですか？」

「お言葉ですが、お父上はそれなりの資産をお持ちです。娘さんの治療費に困ることはないと思いますが」

「いや、分からないですよ。妹は脳に多大なダメージを受けたと聞きました。脳は人間にとって未知の分野です。私財をなげうって医療の分野の新しい技術を開発しているとしたら、足りない分を、少しだけ会社の金で補ったという認識なんでしょう。成功すればすぐに埋め合わせできるという自信もあるのかもしれない」

「我々に黙って？」

あなたは親族ではないから信用されていない、という言葉を俺は飲み込んだ。

「ごく一部の人間達だけで、新プロジェクトを立ち上げるのは、決して珍しいことではないと思いますが」

今、俺の言ったようなことを、末永がまったく考えていないとは思えない。もしかしたら俺を操って、父が今やっているプロジェクトの利権を奪おうというつもりかもしれない。俺にとってはどうでもいいことだが。

しかしそれがどんな技術なのかは分からないが、やはり結局妹が回復する見込みはないのではないか。だからこそ父は『スペア』の俺に声をかけてきた。俺は妹が回復しないで欲しいと、強く思った。

「末永さんは、僕の仕事をご存知ですか？」

風俗ライター、風俗店のボーイ。

末永は一瞬口ごもったが、ここで俺に遠慮をしても仕方がないと思ったのか、

「はい」

と答えた。重要なのはボーイではなくライターの方だ。

「妹の容体を、結構しつこく訊いたのですが、教えてはくれませんでした。どうやら僕をマスコミと同類に思っている様子です。僕のことを買ってくれるのは嬉しいですが、父の口からいったい何をやっているのか聞き出すのは無理だと思います」

「どうしても駄目ですか？」

「見込みは薄いと思います」

確かに父にとって俺は複雑な人間だと言える。同族であると同時に、部外者でもある。信頼していると同時に、警戒してもいる。

「父から直接訊き出せないなら、周辺の人間から話を訊き出すしかないでしょうね」

末永はそんなことは言われなくても分かっている、と言いたそうな顔をしていた。彼が今日ここに来たのは、俺が社長の息子だという他の人間にはないアドバンテージがあるからだ。それを使えないとなったら、俺の利用価値はほぼない。

彼は本当に会社のために父の使い込みを止めさせたいと思っているのだろうか。もちろんそれが目的だろうが、あわよくば父の弱みを握って、経営陣から引きずり降ろすことぐらい画策しているだろう。末永は専務だと言うが、血縁関係がない社員としては出世の限界かもしれない。それが彼の憤りとなっていることは十分考えられる。

どんなに妹を世間から隠していても、探せないということはないはずだ。大企業の社長がつきっきりで看病しているとは思えない。しかも妹のために私財をなげうち、会社の金にまで手をつけた。金が動けば動くほど人も動く。手がかりは絶対にあるはずだ。

父ともう一度面会し妹の所在を訊《たず》ねても教えてくれないだろう。しつこくすると余計に警戒される。ならば誰が妹の居所を知っているか。

「末永さん。父の親族で父を快く思っておらず、なおかつ妹と親しかった方、どなたかいらっしゃいませんか？」

末永は複雑な顔をした。

「さあ——同族の方は同族同士でガチガチに固まっていますからね。私に、そういう親族同士の感情の機微を知る術はありません」

そんな人間を知っていれば、俺のところになど来ない、と言わんばかりだった。

「俺や妹と同年代の父の親戚は知りませんか？　ほら、甥とか姪とか」

妹ですら、その存在をぼんやりと知っているだけだったから、いとこの存在などまったく把握していなかった。だが父には弟が二人いたはずだから、俺にいとこがいても不思議ではない。

「甥や姪、ですか？」

末永は何故そんなことを訊くんだ、と言わんばかりの不思議そうな顔をしたが、すぐに教えてくれた。やはり社長の血縁関係はすべて把握しているらしい。上の弟には女の子が二人、下の弟には男の子が三人いるようだ。

「その中に大学生はいますか？」

と俺は訊いた。

「昌志《まさし》さん、これは下の弟さんですが、一番年下の息子さんが、今年大学生になったそうです」

しめた、と俺は思った。社会人はやはり世の中の荒波に揉まれているから、どうしても世間知がある。いきなり現れても、警戒されてろくに話を聞いては貰えないだろう。かと言って迂闊に高校生や中学生に話しかけたら、不審者として警察に通報される危険性がある。その点、大学生はもう大人だが、まだ世間に対してはうぶだ。今年入学したのなら、ちょうど浮かれている頃だろう。つけ入る隙はあるはずだ。

「いとこ同士に交流があったんですか？」

「ええ、まあそれなりに。でも年末年始に会うぐらいで、特にお互い親しくしているという話は聞いていません。もちろん、実情はどうだか分かりません。しかし昌志さんの息子さんが妹さんの居場所を知っているとは思えませんが」

「どうしてです？」

「いとこ同士で交流があった可能性は、当然我々も考えていました。とっくに社の者が話を聞きに行っているはずです」

「その人たちも、そういう格好で訊きに行ったんじゃないですか？」

と俺は末永に言った。末永は、自分が着ているダブルのスーツを見やった。

「同族経営なら外部を——あえて末永さんを外部と表現させてもらいますが、警戒しているはずです。大学生といえども、あたり構わず自分の親族のことを言い触らしはしないでしょう。どういう理由で足を引っ張られるか分かりませんからね」

「おっしゃる通りだと思います。ただ、親族といえども、いとこという繋がりはそれほど近いとは思えませんが」

「そうですね。彼らが妹のことを知っているという保証はない。でも会いに行く意味がないわけではないと思いますよ。友達になれば、妹の人となりぐらい教えてくれるでしょう。そこに活路があるかもしれない」

末永は、私は若い人たちと友達にはなれませんものね、と寂しそうに言った。

俺とて二十八歳で、世間一般の、しかも入学したばかりの大学生に比べれば年上かもしれない。だが、まだ若い妹のいとこたちと友人関係を築いても、少なくとも見た目は不自然ではないだろう。

父の下の弟、昌志の息子、宏明《ひろあき》は都内の、それなりの偏差値の大学の商学部に現役で合格していた。大学というと緑のキャンパスというイメージがあるが、都心のせいかどことなく狭苦しい印象を受けた。その代わり、校舎は高層ビルもかくや、と思われんばかりに空に向かってそびえ立っている。

キャンパスが狭いから目に付くのだろうが、とにかく若い男女があちこちをひっきりなしに歩いている。皆、どことなく浮かれているように見えるのは、こういう青春を過ごしてこなかった、俺の僻《ひが》みだろうか。

俺は相手を萎縮させないようにカジュアルだが、しかし舐《な》められない程度には気を遣った服装で、宏明を探した。彼の顔は、事前に末永に写真を見せられて知っていた。何曜日のどの講義を受講しているのかも。

宏明を見つけるためには、何日か通い詰めなければならないかもしれない、と覚悟していたが、暫くすると写真の男が向こうからやって来た。校内のレストランの方に歩いていく。いわゆる学食だが、そう表現するのがためらわれるほど、小洒落《こじゃれ》た飲食店という印象だった。

運良く宏明は一人だった。別に友人達と一緒であっても、二人だけで話したいことがあると申し出るだけだが、いきなり現れた胡散臭《うさんくさ》い男よりも、友人との付き合いを優先することは十分考えられた。

内装は洒落ていても、食券制でセルフサービスなのはやはり学食だな、と思うと、どことなく微笑ましかった。俺は宏明を注視していた。彼はカウンターで料理が載せられたトレイを受け取り、人気の少ない奥のテーブルについた。教科書だかノートだかをテーブルに広げ睨み付けるように見つめながら、スプーンを機械的に口に運んでゆく。

「槙田《まきた》宏明さんですか？」

と俺は訊いた。宏明は驚いたように俺の顔を見上げた。彼が何か言う前に、俺は名刺を差し出した。風俗雑誌で記事を書くようになって、自分でパソコンで作った名刺だ。それなりに出来はいい。

宏明ははっと息を呑《の》んだ。名前を見ただけで俺が誰だか悟った様子だった。彩子も名前だけで俺が誰だか分かっただろうか、と思った。

「よろしいですか？」

俺は宏明の前の席を見やった。宏明は、伯父の隠し子の突然の訪問に困惑を隠せない様子で、ど、どうぞ、と少し上ずった声で言った。

「お勉強中ですか？」

「いや、何か読むものがないと落ち着かないから読んでいただけで、別に大したことじゃないんです」

「そうですか。でもお食事は続けてください。私と世間話をする程度に考えていただければ結構ですから」

「はあ」

末永に比べれば年齢が近いから、ざっくばらんに話せるだろうと単純に考えていたが、宏明は俺に萎縮している様子だった。

「私のことをご存知のようですね」

「——母さんがしょっちゅう噂してたから」

と宏明は答えた。俺は、向こうの親族の構成や人となりなど、こんなことがなければ気にもしなかった。だが向こうにしてみれば重大事項なのだろう。隠し子であっても相続の権利は平等にある。父が死んでも現時点ではいとこの宏明に相続権はないだろうが、俺が多くの株を相続すれば会社の経営に参入することもないとは言えない。宏明も将来は父の会社に入社するかも知れず、そうなったら決して他人事《ひとごと》ではない。

「いきなり押し掛けて失礼だということは重々承知しています。ただ、もしかしたら彩子さんの事故のことを教えてもらえるんじゃないかと思いまして。お見舞いに行きたいのですが、やはり僕の立場では会わせてはもらえません」

「――どうして俺に話を訊きにきたんですか？」

「彩子さんのことを知っているかもしれない人たちには片っ端から当たりました。でも、ほとんど門前払いです。ある人が宏明さんがこちらの大学に通っていることを教えてくれました。宏明さんは私がここに座ることを許してくれましたから、少しは脈があると思います」

そう言って、俺は作り笑いを浮かべた。宏明はおどおどとしながらも、

「誰に訊いたんですか？」

と言った。

「それは勘弁してください。くれぐれも自分が言ったなんて言わないでくれって、そう釘を刺されましたから」

別に末永にそう頼まれた訳ではないが、彼があらぬ疑いをかけられ会社を追放されたら可哀想だと思ったのだ。彩子のことを知っているかもしれない人たち云々も完全なデタラメだ。だが、いちいち一人一人に裏をとるようなことはしないだろう。

やはり彼に当たって良かった、と思った。隠し子なんかには会いたくない、というのは大前提だろう。しかしそれだけではなく、宏明は俺に対して後ろめたい気持ちも抱いている。これが実社会で忙しく働いている社会人だったら、即座に追い返されていたとしても不思議ではない。親の庇護を離れ、社会に出れば、皆、とにかく自分がどうやってこの社会で生き延びるか、それを最優先するようになる。隠し子に対する後ろめたさなど抱く余裕はない。

「皆さんが私たちを快く思っていないのは知っています。遺産目当てなんだろう、と心無いことも言われました」

俺の言葉で、宏明は、いっそう俺に対する罪悪感を深めたようだった。

「お金の問題ではないんです。ただ一目、妹の彩子さんに会いたいんです。マンションから落ちたのだから、死んでもおかしくない大事故です。今、静養しているんですよね？でも容態が急変しないとは言い切れないでしょう。もし彩子さんと一度も会えないままだったら、私はきっと後悔します。だからせめて、お見舞いに伺いたいんです」

「そうですね。お金の問題ではないというのは分かります」

と宏明は言った。

「もしお金が重要だったら、あなたにとっては彩子さんが亡くなった方がいいに決まっています。その分、遺産の取り分が増えるから。だから死んでこれ見よがしに駆けつけるのはちょっとどうかと思うけど、命が助かったからお見舞いに行きたいって言うのは、確かにお金目当てじゃないですね。もちろん妹さんを殺すつもりなら別ですけど」

そう言って宏明は、ははは、と笑った。俺は笑わなかった。

「すみません」

「いいえ、いいんです。それで宏明さんは彩子さんのお見舞いに行かれたんですか？」

「いいえ」

と宏明は首を横に振った。

「もともと、いとこ同士の関係だから、そんなに頻繁に会っていたって訳じゃないんですよ。お正月に会うくらいです。歳だって離れていましたし」

「そうですか――でも、一度もお見舞いに行かれないなんて、おかしくないですか？」

「それは、俺たち家族も当然見舞いに行こうと思ったんだけど、ずっと面会謝絶が続いているから会えないって向こうが言ってきたんです。父さんは、彩子は俺の姪なのに会えないのか、って結構激しい口調で追及したんだけど、伯父さん、会わせたくないの一点張りで。結局諦めてそのままになってます」

「じゃあ、半年前に妹が事故にあった後は一度も会われていないんですね？」

「はい」

「誰が彩子さんと会っているか、ご存知ですか？」

「親類や会社の人で、会ったという人の話を聞いたことはないです。多分、家族だけなんじゃないかな」

父と、彩子の母。彩子は一人っ子のはずだから、病院関係者以外では、その二人しか彩子と会っていないのだ。これはさすがに不自然ではないか。

「ご親族の中で彩子さんに会わせろっていう運動、って言うと変な表現かもしれないですが、そういう話は出てないんですか？」

「今のところはまだ。当分勉《つとむ》伯父さんは社長の座から降りないだろうから、問題を先送りしているんです」

勉というのは父の名だ。

宏明は俺の言いたいことをすぐに理解したようだった。さすがに彼を始めとした親族も、本当は死んでいる娘を生きているふうに装っている可能性など、荒唐無稽として切り捨てているのだろう。だが事故がなかったら、次期社長の座は彩子の夫、あるいは彩子自身が射止めたのではないか。彩子は命は助かったものの会社業務の遂行は困難な状態であったら、当然、彩子に代わる後継者争いが勃発する。

もしかしたら父には、自分が引退する頃までに彩子が回復するだろうという見込みがあるのだろうか。だからこそ会社の金を使い込んでまで彩子の治療に励んでいる。彩子に会わせてしまったら後で回復した場合でも、あんな酷い状態だったのに大丈夫なのか、など彩子の責任能力の有無を疑問視する声も出るだろう。非情だが、五百人の社員とその家族の生活を預かる身ともなれば、激務に耐え得る健康状態という条件は必須だ。

「それに、やっぱり彩子さんは事故じゃなく自殺だって言っている人たちもいて。彩子さんの口から自殺ってことがばれるから、会わせないようにしているんじゃないかって」

「自殺だってばれると問題が？」

「そりゃ社長の娘が自殺したなんて、あることないこと言われますからね」

宏明はちらりと携帯電話を見やった。もしかしたら次の講義の時間が迫っているのかもしれない。俺は焦った。もちろん宏明と会ったからといって、簡単に彩子の居所が分かるとは思わなかったが、しかしこれはちょっと取りつく島がなさ過ぎる。何かしらの手がかりは欲しい。

「彩子さんの交友関係はご存知ありませんか？」

彩子の方が年上だし、正月ぐらいにしか会わないと言うのだから、見込みは薄いだろうが、駄目元で訊いてみた。

「交友関係と言われても分からないなあ。そんなに親しくしていた訳じゃないから。でもあの人、あんまり友達いなさそうでしたよ」

「どうして分かるんですか？」

「いや、雰囲気ですよ。お正月に集まっても、結構一人でぽつんとしていましたから。姿が見えないと思ったら、他の部屋に引っ込んで本を読んでいたこともありました」

「へえ——何の本ですか？」

何の気なしに訊いた。

「アガサ・クリスティーでした。タイトルは忘れちゃったけど」

俺にとってはヘミングウェイやドストエフスキーと同じ、歴史上の文学者というイメージだ。タイトルを忘れたということは『そして誰もいなくなった』や『オリエント急行の殺人』ではなく、もっとマイナーな作品だったのだろう。しかし作品がなんであれ、彩子の行方の手がかりにはならない。

「自分でもアガサ・クリスティーのような小説を書いてみたいと言っていましたよ。やっぱり読書が好きな人って、自分でも小説を書きたがるんでしょうね。確か、勉伯父さんがアガサ・クリスティーが好きで、その影響で好きになったとか言っていましたね。もっとも伯父さん、今は社長になったから、小説なんて読んでる暇はないと思いますけど。でも彩子さんと話をしたのは、それくらいですよ」

末永は親族というだけでひと括りに語っていたが、宏明の話を聞くと親族の間でも父の行動に不信感を抱いている者は少なくないようだった。

「父が会社の金を使い込んでいるかもしれない、ということは知っていますか?」

宏明は目を丸くした。

「そうなんですか?　そんな話、初めて聞きました」

宏明の父親は、息子といえども内部の人間ではないので、極力隠していたのだろう。考えようによっては、社長が会社の金を使い込んでいたというのは、娘が自殺した以上のスキャンダルになりうる。娘の自殺はあくまでも家庭内のプライベートな話だが、使い込みは違う。

「宏明さんのお父さんは、父のことを何か言っていませんでしたか?」

「父には会わなかったんですか?」

意外そうに彼は訊いた。俺は親族の人々をあちこち訪ね歩いて、ようやく宏明と出会えた、という体《てい》なのだ。

考えるより先に、言葉が出た。

「実はそうなんです。今日、宏明さんにお会いしたのは、お父さんに紹介して頂きたいという理由もあるんです。無理でしょうか?」

数日後、俺は神保町《じんぼうちょう》の寿司屋にいた。よりにもよって神保町か、と思ったが、もちろん誘いを断る訳にはいかなかった。客が十人も入ればいっぱいになってしまうような小さな店だが、名店として名高いらしい。今は俺たち二人しかおらず貸し切り状態だ。

「心配いらない」

と俺の叔父――槙田昌志は言った。

「こんな店だが、大将は口が堅い。私の話は絶対に漏らさない」

俺が話を盗み聞きされやしないかと警戒していると思ったのだろう。口封じ代も寿司の金額に含まれているのかもしれない。実際は、こんな昔ながらの寿司屋に入ったことがないので萎縮しているだけなのだが。

「何でも好きなものを頼めばいい。私のところまで辿り着いた報酬だ」

「俺の力じゃありません」

とつぶやいた。

「じゃあ、誰の力だ?」

末永の顔が過《よぎ》って、俺は口をつぐんだ。昌志は微笑んだ。

「言えないか。なら君は黙っていればいい。そうしていれば向こうに対して顔が立つだろう。私には何人か心当たりがあるが」

「こんなことを言っては失礼かも知れませんが、血縁関係がない社員の方とちゃんとコミュニケーションはとられているんですか?」

「と、言うと？」

「俺がこうやってあちこち動いているのは、俺が中途半端な立場にいるからです。父の血縁だけど、あなたたちからは仲間はずれにされている。だから自由で動きやすい」

「その君の中途半端な立場を見込まれて、誰かにこちら側に潜り込んでくれ、と頼まれたのか？」

「きっかけはそうでした。でも、今は違います」

「じゃあ、顔を売っておくためかな？　今は中途半端な立場かもしれない。でも将来、君は必ず我々の方に来る。いきなり重役会議に出席して波乱を巻き起こすより、今から将来に向けて根回しした方が、あとあと差し障りがない」

　俺は父が言った、他の重役達には既に話をつけてある、という言葉を思い出した。

「社長もやはり自分の血を分けた子供を、社内に一人おいておきたいのだろう。その気持ちは分かる。裏切らないという保証はないが、血で繋がっているという安心感は何物にも代え難い」

　昌志にとって俺は矮小《わいしよう》な人間に見えているのだろうな、と思った。血の繋がった妹と会いたいという大義名分があるとは言え、俺は彼らにしてみれば妹の事故をきっかけに、これ幸いと擦り寄って来た社長の隠し子に他ならないのだ。

「父が俺に声をかけてきたのは、彩子さんが事故にあったからです。俺は彩子さんのスペアみたいなもんだ。それが嫌だというんじゃありません。世の中というのはそういうものなんでしょう。でも、それならそれで、どうして彩子さんがそんな事故にあったのか、知りたいと思うのが人情じゃないですか。警察では事故と自殺の両面から捜査すると言っていました。原因がはっきりしない今、殺人という可能性だって、ないとは言えないでしょう。だとしたら、僕も彩子さんと同じような目にあうかもしれない。何が起きたのか知りたいと思うのは当然です。できることなら、彩子さんと直接会って話を聞いてみたい」

その俺の言葉は説得力をもって叔父に届いたようで、昌志は暫く無言で茶を啜《すす》っていた。それから赤身の握りをもぐもぐと頰張った後、おもむろに言った。

「兄――君のお父さんが言うことには、彩子は脳に障害を負ってしまって、満足にコミュニケーションを取れる状態ではないようだ。子供の頃、それも小学生ぐらいまで退行してしまったと言っていた。もし会っても、事件の真相を聞き出すことはできないと思う。それに兄だって、親族の面会は断っても、警察の事情聴取は断れないはずだ。にもかかわらず、未だにあの事件の真相は藪《やぶ》の中だ」

俺が妹と会ったところで、本当のことは分からない、と彼は言いたいのだ。

「昌志さんは――彩子さんに会いたくないんですか？」

「そりゃ会いたいさ。どんな姿になっても、可愛い姪っ子だもの。うちは息子三人で女の子がいないから尚更だ」

「彩子さんは、大人しい性格だったと、宏明さんから聞きましたが——」

「確かにそうだな。子供の頃から本が好きで、特に海外の推理小説が好きだった。雰囲気がおしゃれだったんじゃないかな」

「アガサ・クリスティー？」

「ああ。彩子が高校生の頃、赤い背表紙の本を買ってやった覚えがあるが——本のタイトルも著者名も覚えていないが、確かにそれだったかもしれない。君は本気で彩子を探したいのか？」

　その質問に迷った末、俺は、

「はい」

と答えた。理由を決して昌志に伝えることはできない。だから彼を納得させることは難しいかもしれないが、しかし俺は彩子を探さなければならないのだ。

　俺は今まで何の目的もなかった。ただ父に反抗し、家を出て、ほとんどその日暮らしのような生活を続けてきた。そんな折り、父が現れて、俺を会社に誘ってくれた。今更、父親の敷いたレールに乗るのは嫌だ、などとは言わない。でもせめてそのレールに乗る前に、今現在の彩子の容体を知りたいのだ。

「俺はそうそう動けないし、部下を大げさに動かすと兄に悟られるかもしれない。もちろんこちらもサポートするが、兄が何をやっているのか君が調べてくれたら、俺も助かる。

兄はしっかりした人間だから会社の足をひっぱる真似はしないと思うが、それでも不安は残るからな」

「父はお金を使い込んでいるかもしれない、と聞きましたが」

「そう、それだ——さすがに黙っている訳にもいかず調べさせたが、どうやら大学に投資をしているらしい」

「投資——ですか」

末永は女を囲っている可能性を示唆したが、少なくともそういった類いの金の使い方をしているわけではないようだ。

「でも、どうして大学に？」

それだ、と昌志は言った。

「たとえば原子力工学とかだったら畑違いではないから、そういう大学に投資するのは筋が通っているかもしれない。でもそうじゃなく——ロボット工学なんだ」

「ロボット？」

「ああ。個人的に兄を問い詰めたが、発電所内で人間が行えない作業をロボットにやらせるのは極めて一般的になっている、と涼しい顔で答えたよ。でも、だからといっていきなりロボットだなんて、話が飛び過ぎだ。そんな話は今まで一度も出なかったんだからな。

彩子が事故にあったのと、兄が大学のロボットの研究に投資したのは同じ時期だ。もちろん直接的に関係はないだろうけど、何か接点があるのかもしれない」

　彩子はマンションの高層階から落ちて、脳だけではなく身体に多大なダメージを負ってしまった。だから父は彩子に機械の身体を与えるつもりなのかもしれない。それがロボットの研究に関係しているのではないか？　ロボットの技術を応用した義手や義足を開発するのは、それほど非現実的ではないはずだ。

「それが彩子さんの治療に何か関係があるんでしょうか？」

「さっぱり分からない。でも、もし関係があるとしたら、そのロボットを研究している施設に、彩子はいるんじゃないだろうか」

「それは、どこに――」

「箱根に、大学の研究施設があるって話だ。正式名称はハコネロボット研究所。現に兄が何度か箱根に行っている。断定はできないが、恐らくその施設に通っているんだろう」

　そして彩子もそこにいる――昌志はそう言葉を続けたかったはずだ、と俺は思った。

「昌志さんはそのハコネロボット研究所に行かれたんですか？」

「いいや。行かなければならないと思っているがためらっている。もちろん見学したいと申し出ることはできるし、それは可能かもしれない。でも問題は、向こうには兄がいるということだ。兄は研究費を援助してくれる貴重なパトロンだ。兄の味方をして、彩子や、彩子につながる手がかりを隠すに決まっている。少なくとも今の段階では、こちらが箱根の研究所に辿り着いたことを知られるのは拙い。当然、兄も俺たち他の重役を警戒しているはずだ。もしかしてスパイがいて、俺の行動を見張っているかもしれない」

俺は思わず笑った。

「そんな、大げさな」

「大げさじゃないさ」

昌志は笑わなかった。

「俺が直接押し掛けたいのは山々だが、そうすると、どうしても兄に行動を知られる。押し掛けたその日に彩子が見つかればいいが、そう上手くいく保証はない。もし俺が彩子を探して動いていることが兄にばれたら、彩子を別の場所に移されるだろう。そうなったら、ふりだしに戻る、だ。今の段階では迂闊に動きたくない。せめて先に誰かを箱根に行かせて、彩子がいる確証が取れてからでないと」

俺に行けと言っているのだ。

昌志が父側のスパイに見張られているというのは恐らく本当だろう。だから昌志の方もスパイを用意したいのだ。俺のようなどちらの側に立っているのか分からない中途半端な男は、スパイ活動にはうってつけだ。

仮に俺が失敗しても、昌志は実害を被らない。俺が昌志に命じられたと主張しても、シラを切り通せば問題ないはずだ。この店の大将も口が堅いことにかけては折り紙つきなのだから。

「そこに行けば妹に会えるんですね」

と俺は言った。

「保証はない。だからこそ、誰かが先に行って様子を見てもらいたい。兄の家に彩子がいないのは事実だ。事故後、話し合うために向こうに行ったが、彩子がいる気配はなかった。もちろんすべての部屋を見て回ったわけではないが、自宅で長期治療しているのなら、必ず人の出入りが煩雑《はんざつ》になるはずじゃないか？　看護師はもちろん、医者だって呼ばなければならない。でも秘書に暫く家の前を張らせたが静かなもんだ。彩子は今、どこか別の場所にいるのは確実だと思う。ロボット工学はさすがに医療とかけ離れているが、箱根は自然が多い土地だ。静養には向いているのかもしれない。それに——その研究所について二、三調べてみたが、気になる噂もなくはないんだ」

「噂？」

ああ、と昌志は頷く。

「去年、森の中で地域住民の小学生が迷子になったことがあってね。結局まる一日経って助け出されて大事にはいたらなかったんだけど——その子供がね。森の中で見たって言うんだ」

まるで、幽霊を見た、と言い出さんばかりのもったいぶった口調で、昌志は言った。俺は少し辟易《へきえき》とした。そんな話を怖がる歳だと思っているのだろうか。

それでも、話を合わせた方が良いと思い、俺は、

「何をです？」

と訊いた。

「学園を」

と昌志は答えた。

「学園？」

「ああ、そこで、その子が言うには若いのか歳を取っているのか分からない人間と出会ったんだそうだ」

「じゃあ、そこでその子は助かったんですね」

「ところがそうじゃないんだ。一人の男に怒鳴られて、学園の敷地に勝手に入ってくるなと釘を刺されたんだそうだ。それで初めて、その子もその建物が学園であると気付いたらしい。子供は必死で森の中を逃げて、結局捜索隊に発見された。助かったのかホッとして、学園のことをベラベラと皆に話したらしい。大将とは大違いだな」

そう言って、昌志はカウンターの向こうを見やった。大将はにこりとも笑わない。

「それから、森の中に謎の学園があるという噂が持ち上がった。実際、昔そこに全寮制の学校があったことを覚えているお年寄りもいたらしい。地域住民達には子供の言ったこと

が本当かどうか確かめようという声も上がった。本当だとしたら廃校に忍び込んでいる輩がいるって話だからな。だが、結局その話は立ち消えになった。子供が行方不明になった森は、学校があったと子供が主張している場所も含めて、すべて大学の土地だったからだ。大学が立ち入りを拒否したら打つ手はない。子供は助かったし、何かそこで事件が起こっているという決定的な証拠もない」

「――そこに彩子がいると？」

「分からない。でもそうだとしたら、そこまでして彩子を隠さなければならない理由を、俺は知りたいよ。今、噂に尾ひれがついて都市伝説のようになっているみたいだな。美しい子供たちが、箱根の森の中の学園で生活しているって。そういうイメージは、皆、想像しやすいんだろう」

彩子が箱根にいるという確証は、現状ない。ましてや、父が投資しているハコネロボット研究所の敷地内に、昔の廃校があることなど、彩子とは何の関係もない。

昌志は彩子のことを心配しているのだろう。だが同時に、兄の経営者としての手腕にも疑問を抱いているのではないか。訳の分からないロボットの研究に会社の金を使い込んでいるのだ。そこに彩子の手がかりがあるかどうかは別問題としても、少なくとも父が固執している理由は存在する。それを昌志は知りたいと思っている。

「兄のやっていることを洗い出して、場合によっては社長の解任決議案も出さなきゃならない」

父は四面楚歌《しめんそか》なんだな、と思った。敵は、末永のような親族以外の重役だけではなかった。むしろ親族からの謀反の方が、株を集めやすいという点では現実的なのではないか。どんなに外壁が堅牢《けんろう》な城でも、内部からの攻撃には弱いものだ。

「昌志さんは、彩子さんのことより、会社のことの方が重要なんですか？」

何の気なしに、そう訊いた。

「彩子は一人だ。だが社員は五百人いる」

と昌志は答えた。その意味を、俺はあえて問い質さなかった。

「俺に箱根に行けと？」

彩子がいるという保証はない。だが、そのロボットの研究に父の秘密があるのはほぼ確実だろう。彩子が見つかろうと、見つかるまいと、父を社長の椅子から引きずりおろせる材料に、俺は確実にぶち当たる。

六本木のステーキ屋で、懐かしそうに俺を見る父の顔を思い浮かべた。最初は彩子が後継者として使い物にならなくなったから、俺のところに来たのだろう、と不信感も抱いた。だが久しぶりに父と再会できて、まったく嬉しくないと言ったら嘘になる。

俺は父を裏切るのか？

父が会社から追い出されたら、俺の入社の話もなくなるかもしれない。俺はまた路頭に迷うかもしれない。

「強制はしない」

と昌志は答えた。

俺は――。


俺の返事を満足げに聞いてから、昌志はタクシーで去っていった。送ろうかと言ってくれたが、神保町を暫く歩いてみたいからと断った。

神保町は本屋街で、大小様々な書店がある。カフェを併設した雰囲気の良い書店から目を背け、俺はこの街一番の規模の大型書店に飛び込んだ。彩子が好きだったアガサ・クリスティーを、俺も読んでみようと思ったのだ。だが翻訳物のミステリーのコーナーにはアガサ・クリスティーの小説が百冊近く並んでいたので、俺は圧倒され、しばらくその赤い背表紙の前で立ち尽くしてしまった。

迷った末、タイトルだけは知っている『オリエント急行の殺人』と『そして誰もいなくなった』を買うことにした。この二冊を読んでから、ネットで次に読むべき作品をのんびりと探そうと考えた。

翻訳物の文庫本の背表紙は赤、黄、緑、青、とカラフルで、こういう色はどういう基準で決めるんだろうな、と思う。案外適当に決めているのかもしれないが、そのせいでアガサ・クリスティーといえば赤、というイメージが決定されてしまった感は否めない。

　俺はその売り場に並べられている翻訳ミステリーを順々に見て回った。アガサ・クリスティー、クリスチアナ・ブランド、ドロシー・セイヤーズ——。

第三部

ハーフウェイ・ハウスの殺人

第五章

気がつくと私は自分の部屋の『ベッド』にいました。

天井を見つめました。見慣れた景色です。身を起こし、部屋を見回します。棚に並べられているアガサ・クリスティーの小説の真っ赤な背表紙が目を引きますが、それ以外にはさして特徴のない部屋です。

窓を見つめます。朝の日差しがさんさんと差し込んできます。

健一と一緒にオベリスクを潜ったのに、どうしてこんなところにいるのだろう？

私はしばらく『ベッド』から降りずに自分の身に起きた出来事に思いを馳せましたが、どう考えても答えは一つしかありませんでした。

オベリスクを潜ったせいで、私もヨシオのように意識を失って倒れたのです。そして先生たちに助けられて、この部屋に運ばれたのでしょう。

言いつけを破ったことで園長先生を失望させるな、と思いましたが、そんなことより、オベリスクの向こう側に行けなかったことがショックでした。健一は今、いったいどこにいるのだろう。私を見捨てて、一人で街に帰ってしまったのでしょうか。

『ベッド』から降りて靴を履きました。それは、おろし立てのように真っ新《まさら》な靴でした。『ハウス』の庭は舗装などされていません。土の地面が緑の芝生で覆われています。そんな場所を歩いたら、当然靴は汚れてしまいます。

私はいったん靴を脱いで、ひっくり返して裏側をまじまじと見つめました。汚れていないラバーのソウルには、やはり外を歩いた痕跡はありませんでした。

どうして靴が新しくなったのだろう？

自分の部屋を出ました。いつもの見慣れた『ハウス』の廊下です。

アキナが、私を見つけて駆け寄ってきました。

「アヤコ、おはよう！」

いつもの朝の挨拶。だけど私はアキナに返事をすることができませんでした。

「アヤコ。どうしたの？」

「ねえ――アキナ。先生たちからなにか聞いてない？」

「なにかってなに？」

「私がオベリスクを潜って倒れたとか」

「オベリスクを潜ったの⁉」

　アキナが大きな声を出したので、私は思わず口の前に人差し指を立てました。

「健一と一緒にオベリスクを潜ったのよ。そしたら次の瞬間、朝になっていて『ベッド』に寝てたの。先生に助けてもらったとしか思えない」

「健一って誰？」

「ええっ？」

　その返事があまりにも予想外だったので、私は素《す》っ頓狂《とんきょう》な声を上げてしまいました。

「健一よ。外から来た、私のお兄さん」

　アキナは首をかしげました。

「そんな人、知らないわ」

「嘘！　初めて健一がここにやって来た時、あなたも一緒にいたじゃない。マナブと一緒に狭山先生を連れて来てくれたのよ。不審者が『ハウス』に入り込んでいるって」

　アキナはじっと私の顔を見ました。まるで気味悪がっている様子でした。

「アヤコ。あなた夢でも見たんじゃないの？」

「――そんな」

　アガサ・クリスティーの小説では、事件の重要関係者が実は夢の中に出てきた人物で現実には存在しない、なんて展開は絶対に起こりません。そんな展開になったらなんでもありになってしまって、話が面白くなくなります。

もちろんこれは現実です。現実には、面白い面白くないとは関係なしに、いろいろなことが起こりえます。でも私は健一の存在が夢だとはどうしても思えないのです。健一に触られた時の、あの電気が走るような喜びがすべて現実ではなかったなんて、受け入れがたいことでした。

それから私は、マナブやヨシオにも健一のことをたずねましたが、二人ともそんな男は見たことがないと、口を揃えて答えました。予想していたとはいえ、衝撃は小さくありませんでした。

そう言えばオベリスクを潜ったヨシオが、翌日私たちの前に姿を現した時、彼は実に変なことを言っていました。

――自分が自分でないような気がする。

――現実が現実じゃないような気がする。

今ならそのヨシオの言っていたことが分かるような気がするのです。私は健一との一時を、とてもリアルなものとして考えていました。あれが夢ならば、今いる世界だって夢かもしれない、そういう話になってきます。私は今、夢から覚めた夢を見ているのでないと、いったい誰が断言できるのでしょう。もしそうだとしたら、すべてはどうでもいいことになります。だってすべて夢なのだから！

私は狭山先生に会いに行きました。狭山先生も健一の姿を見ているはずです。

「どうした？」

部屋のドアを叩くと、どことなく不機嫌そうな狭山先生が姿を見せました。私は、アキナとヨシオとマナブにしたのと同じ質問を、狭山先生にもしました。あの三人は私の友達だから、私をからかって嘘をついている可能性も否定できません。

でも狭山先生の答えは、あの三人と同じでした。

「健一？　誰だ、それは？」

「狭山先生がフェンスの外に連れ出した、あの健一です。私の兄の――」

「君に兄がいたのか？　それは初耳だな」

「部外者が『ハウス』に入り込んできたんです。それで狭山先生が連れ出しました」

「俺が？　おい、夢でも見てるんじゃないか。この『ハウス』に部外者が許可なく入り込んだことなんて、今まで一度もないじゃないか！」

私はお礼もそこそこに、狭山先生の前から逃げ出しました。

もうおしまいです。健一なんて男は存在しないと、みなが言っているのです。その現実に抵抗する術を私は持っていませんでした。

その時でした。

「おい、待ってくれ」

背後から狭山先生の声がしました。

私は立ち止まって、おずおずと後ろを振り返りました。そこには優しい顔をした、いつもの狭山先生がいました。

狭山先生は私に近づき、まっすぐに私の目を見て、言いました。

「園長先生にも言われただろう。大人になるってことは、現実を受け入れて、可能性は無限ではないと認めることなんだ。いいかい？」

それだけ言って、狭山先生はまた私に背中を向けました。その瞬間、ぽつりと狭山先生が口にした言葉を、私は聞き逃しませんでした。

「――アガサ・クリスティーはもういないんだからな」

狭山先生が部屋に戻っても、私はしばらくその場に立ち尽くしていました。頭の中では、彼が最後に告げた言葉がぐるぐると渦を巻いていました。

――アガサ・クリスティーはもういない。

部屋に戻って、棚に並べられた真っ赤な本の背表紙を見つめながら、考えました。なぜ、狭山先生はそんなことを言ったのでしょう。確かにアガサ・クリスティーはもういません。過去の作家でとっくの昔に亡くなっているのですから。

その時、私はあることを思い出し、アキナに会いに行きました。部屋をノックすると、どこか心配そうな顔のアキナが顔を出しました。

「どうしたの？」

「ヨシオがオベリスクを潜って倒れたこと覚えてる？」

「もちろん、忘れるわけないよ」

ヨシオの一件は夢ではなかったようです。

「その時、私、みなにあだ名をつけたでしょう？」

「あだ名？」

「アキナがミス・レモン。マナブがポアロ。ヨシオがヘイスティングズ」

「ああ、それね。確かアヤコは、アガサ・クリスティー？」

あだ名の一件も夢じゃなかった！

「それがいったいどうしたの？」

「さっき、狭山先生に言われたの。アガサ・クリスティーはもういない、って」

アキナは目をぱちぱちさせました。

「あの時、私たち植芝先生に見つかったでしょう？」

「うん」

二人にとっての共通の認識と思っていることも、もしかしたら夢だと否定されるかもしれないので、私は一つ一つのエピソードをできるだけ丁寧に、嚙み砕くようにして言葉にしました。

「あの時、私たちのその話も、植芝先生に聞かれていたんだと思う。で、それを植芝先生は狭山先生に話した」

「ああ、なるほどね。でもだからって、どうしてアガサ・クリスティーはもういない、なんて言葉が出てくるの？　アガサ・クリスティーってアヤコのことでしょう？　アヤコはここにいるじゃない。どういうこと？」

「――そんなくだらないあだ名をつけあって遊ぶような子供はもういない、ってことかもしれない。大人になれって、そういう意味なのかな」

「アヤコは、十分大人だと思うよ。だってあんな大人の本を読んでるじゃない。私も今『クリスマス・プディングの冒険』を読んでる。正直、難しいけど、私、アヤコに憧れてるから、一生懸命読んでるの」

アキナに本を貸したことも、夢ではありませんでした。にもかかわらず、どうして健一のことだけが夢なのでしょう。私の記憶の中に健一が登場する場面は、まるごと夢なのでしょうか。

ふと、思い立って訊きました。

「あのドアのことは覚えてる？」

「ドア？」

「ほら、マナブが見つけたドアよ。西の方の地面が盛り上がった場所に、金属製のドアが埋まっていたじゃない」

「それがどうしたの？」

　私が健一と初めて出会ったのは、みなであのドアを見物に行った時のことです。それは現実なのに、その直後に現れた健一は夢なのでしょうか。

「ううん。なんでもない。でも、マナブがあれで諦めるとは思えない。きっとあのドアを開けようと必死になってるんじゃないかな」

「ああ、マナブならやりかねないね。でも、無理だと思う。あんなに頑丈なドアだもの。ちょっとやそっとのことじゃ開かないよ」

　私はアキナににっこりと笑いかけました。無理に作った笑顔でした。

「私、きっと寝ぼけてたのね。夢の出来事と現実の出来事の区別もつかなくなったなんて、ちょっと恥ずかしい」

「そんなことないよ。そういうことって、よくあるよ」

　妙にアキナが優しいと思いました。もし私が本当に寝ぼけて変なことを言っているのなら、冷やかしたり、からかったりしても良さそうなのに。

　それからの私は、まるで抜け殻のようでした。毎晩『ベッド』に横になって、健一が窓を叩くのを待ち続けました。たとえ夢の中の存在でもいい、健一と会えるのならば。そう祈りながら眠りにつきます。でも不思議なことに、私は夢などまるで見ないのです。もしかしたら、夢を見ても起きた時には忘れてしまっているのかもしれません。それなのにどうして健一と出会った夢は、克明《こくめい》に覚えているのでしょうか？

私は、健一と初めて出会った西のオベリスクの近辺を、一人ふらふらと出歩くようになりました。誰も信用できませんでした。自分すら信じられないのに、どうして他人を信じられるでしょう。

その時、ふと背後に人の気配を感じました。

振り返ると、そこにはヨシオがいました。

「まだ健一って奴が本当にいると思ってるのか？」

私の心を見透かしたように、ヨシオは言いました。私は首を横に振りました。

「ううん。あれはやっぱり夢だと思う。だって、私はオベリスクを潜ったのよ。そんなことが先生たちにばれたら、きっとみなの前でお説教される。ヨシオみたいに」

本当は夢だと信じたくなかった。もう一度、健一に会いたかった。でもそれを言ったらみなを困らせるだけなのは分かっていました。私は心では健一の実在を信じ、口では健一を否定しました。波風が立たないのであれば、それでいいと思いました。

「別に僕はお説教なんかされなかったよ」

「みなの前で、ああやってさらしものになったんだから、お説教されたのと同じことだよ。オベリスクを潜った私を、先生たちがただで許してくれるとは思えない。にもかかわらず、なんのおとがめもない。だから答えは一つよ。あれはやっぱり夢だった」

「夢じゃない方が良かったよ」

「どうして？」

「だって、君もオベリスクを潜ったら、僕とお揃いじゃないか」

「同じ罪を犯したから？」

ヨシオは頷きました。

「でも僕の罪はもう消えたけどね」

「どうして？」

「あの日、教室に戻る前に、狭山先生に言われたんだよ。君の罪はもう水に流れたって」

「水に流れる？　罪って、流れるの？」

「よく分からない。でも、そう言われたんだ」

「流れたらどうなるの？　罪そのものが消えるの？」

「だから、分からないって」

健一と手をつないでオベリスクを潜った瞬間、やはり私は園長先生を裏切った罪悪感を感じていたのです。その罪を誰かが水に流した。結果としてオベリスクを潜った事実そのものが健一もろとも消えてしまった。私はそんなありえない推測をします。でも『水に流す』という言葉にはそんな超常現象を彷彿《ほうふつ》とさせるような不思議な響きがありました。

「狭山先生に訊きに行こう」

と私は言いました。

「え？　今？」

「うん」

ヨシオはたいして興味はなさそうでしたが、それでも私はヨシオを引っ張るようにして狭山先生に会いに行きました。

狭山先生は面倒がることなく『水に流す』という言葉の意味を教えてくれました。

「禊《みそぎ》、って知ってるかい？」

私とヨシオは首を横に振りました。

「罪や穢《けが》れがある場合、川や海で身体を洗い清めることを禊って言うんだ。穢れについて話すとキリがないけど、この場合の穢れは罪と同じものと考えてもらっても構わない。つまり罪は、水で身体を洗わないと落ちないってことなんだ」

「ヨシオは、身体を水で洗ったんですか？」

「僕、そんなことをしてないよ」

狭山先生は微笑みました。

「ヨシオはフェンスを潜って園長先生を悲しませた。園長先生は君を憎んだかもしれない。園長先生だけじゃなく、植芝先生も、そして僕も。重要なのは、君がフェンスを潜っった罪も穢れなんだけど、そのことに対して悲しんだり恨んだりすることも、また穢れなんだよ。だからやはり身体を水で洗わなきゃいけない。でも、そんなことでいちいち水を浴びていたらキリがないだろう？　だから言葉で済ますんだ。『水に流す』って言葉で。それは、あなたへの恨みはもう洗い清めた、って意味なんだ。つまり、もう恨んではない、ってこと」

「私も誰かに酷い目にあわされたら、その罪を水に流せばいいんですか？」

「そうだね。そりゃ酷いことの程度にもよるけど、日本人は水に流すのが好きなんだ。恨みをずっと抱いているって状態は、ずっと身体が穢れているってことだから。それはなによりも忌《い》むべきことなんだ」

「じゃあ、外国人には、そういう考えはないんですか？」

ヨシオの質問に、狭山先生は丁寧に答えています。こういう優しいところが、狭山先生がみなに人気のある理由でしょう。

私の方から狭山先生に訊きに行こうとヨシオを引っ張って来たのですが、正直、私は水に流すという言葉の意味になど、それほど関心はありませんでした。ただそれを口実にすれば狭山先生に会いに行けると思ったのです。

アガサ・クリスティーはもういない、という言葉の意味を教えてもらいたかったから。

「日本人特有かも知れないな」

「それはなぜなんですか？」

「いろんな説があるけど、先生は日本は昔っから綺麗な水で溢れた国土だからだと思う。たとえばヨーロッパではワインの文化があるけれど――」

その瞬間、狭山先生ははっとしたように口をつぐみました。

狭山先生の視線を辿ると、向こうから植芝先生が歩いてきました。

「狭山先生」

植芝先生がとがめるように言いました。

「困りますね。調子に乗ってあることないこと話されると」

「すまない。つい――」

「君らも、自分の部屋に戻りなさい。くだらない質問をして、狭山先生を困らせるんじゃない」

狭山先生は植芝先生に追い立てられるようにして、自分の部屋に戻っていきました。私は質問の途中で植芝先生に横入りされたような気持ちになって、思わず抗議するような口調で言いました。

「植芝先生。狭山先生に、ヨシオがフェンスを潜った日のことを話したんですか？」

「なに？」

「狭山先生が私に言ったんです。アガサ・クリスティーはもういない、って。それってきっと、あだ名をつけ合うなんて子供っぽいことは止めろって意味だと思うんです。でも狭山先生は私たちがあだ名をつけて遊んでいたことを知らないから――」

するとみるみるうちに植芝先生の顔が険しくなりました。そしてそのまま不機嫌そうに向こうに行ってしまいました。

私はなにか悪いことを言ったでしょうか。

「あいつ、嫌いだ」

とヨシオが言いました。同感、とまではいきませんが、気持ちは分かりました。

私はそれから暫く、狭山先生が話してくれた穢れと禊の話を思い返していました。話の意味は正直、よく分かりませんでした。でも、けがれ、だとか、みそぎ、という言葉を口にすると、なんだか心地よくて、周囲に誰もいないような時は、よく一人でそれらの言葉をつぶやきました。

そしてワイン。

確かアガサ・クリスティーの小説中に、そんな言葉が出てきた記憶があります。ワイン。とても素敵な響きです。いったいワインってどんなものなんだろう。どれくらい素晴らしいものなんだろうか。そんな想像がいつまでもぐるぐると頭を巡りました。

第六章

その週の交換会で、私はアガサ・クリスティーの『ABC殺人事件』を買いました。タイトルに惹《ひ》かれたのですが、良い意味で他の小説とは趣が違いました。

アガサ・クリスティーの作品の舞台は田舎のお屋敷が多く、とても親近感がありました。きっと、この『ハウス』のようなお屋敷なのだろうと想像します。しかしタイトル通り、名前のABC順に人が殺されるこの作品は、舞台も次々に変わります。なにしろ名前だけではなく、殺人の舞台となる場所もABC順なのですから！　殺人現場には必ず時刻表が置かれているという要素も、私の興味をそそりました。外の世界には列車という乗り物があって、それは時刻表という本に記載された時間通りに動いているのです。人々は時刻表をガイドにして、列車に乗っていろいろな土地に行きます。ポアロも、ヘイスティングズも、そして『ABC殺人事件』の真犯人も。

私も列車に乗って遠くに行きたいと思いました。この『ABC殺人事件』は『ナイルに死す』に続いて、私のお気に入りの物語になりそうです。

読書をしながらふと、窓の外を見やりました。夢の中で、健一が叩いてくれた窓。外の世界へと繋がる象徴だった窓の向こうでは、アキナが白いワンピースを着て、くるくると回るように踊っています。交換会で買ったワンピースなのでしょう。

女の子たちはアキナの周囲を取り囲んで、彼女を羨望の眼差しで見つめています。交換会では毎回のようにヘアゴムや手鏡を買っているのに、よくそんなお金があるな、と思いましたが、きっとアキナなりに節約していたのでしょう。

私も綺麗な洋服には興味があります。だからアキナが羨ましかったのですが、それよりも、アキナを取り囲んでいる生徒たちの中に自分がいないことの方が不満でした。私はアキナの一番の友達だと思っていました。だから一番の買い物をした時、真っ先に見せびらかしてもよいはずです。仲間はずれにされたみたいで、面白くありませんでした。

読みかけの『ABC殺人事件』を閉じて、私は外に出ました。今度は窓からではなく、ちゃんと靴を履き替えて玄関から出ました。

みなに近づくと、他の女の子たちは私をいつものように迎えてくれたのですが、アキナだけはほんの少し顔をこわばらせました。なぜそんな顔をするのだろう、と思いました。

「アヤコ。見て！　可愛いでしょう⁉」

アキナが言いました。無理に笑顔を作っているように見えました。そして私に見せつけるように、再び、先ほどのくるくると回るダンスを始めます。その時――。

ひらひらと靡《なび》くアキナのスカートの向こうに、私は見たのです、まるで残像のように。

半袖のポロシャツを着た、健一の姿を。

「お兄さん！」

私は叫びました。その瞬間、健一は、その場でくるりとUターンして私から全速力で逃げていきました。

「待って！　置いてかないで！」

私は叫びながら、きょとんとした顔をしたアキナの横を通り過ぎて、逃げていく男の後を追いました。しかし一生懸命に追いかけても、どうにもなりません。健一らしき人物は、あっという間に私の目の前から姿を消しました。

「どうして——どうして——」

私は地面に跪《ひざまず》いて、つぶやきました。あれがもし本当に健一なら、喜ぶべきなのです。健一との思い出は夢ではなかったのですから。

しかし本当に健一ならば、どうして私から逃げるのでしょう？

「アヤコ——」

私は振り返りました。そこには心配そうな顔をしたアキナがいました。他の女子たちはアキナの後ろで、遠巻きに私を見つめています。

「——健一がいた」

「あなたが夢で見たっていう、あの健一？　本当にそうなの？」

心なしかアキナのその声は少し震えているように感じました。

「分からない。一瞬しか顔を見なかったから」

「じゃあ、きっと誰かほかの男子を見間違えたのよ」

確かにそれが一番現実的な答えのように思えました。夢の中の健一は、私たちとほとんど背の高さが同じです。それが、健一とは『ハウス』の男子の誰かをモデルにして私が作り上げた理想の恋人である、という証明に他ならないように思えました。

「そうね」

私は頷きました。健一のことは夢だと結論づけたはずです。もちろん未練はあります。でも、やはりあれは健一と顔が似た男子の誰かだったのでしょう。仮にまったく顔が似ていなくとも、私がずっと健一のことを考えているから、健一と勘違いしてしまった可能性は否定できません。あの服だって、半袖というだけで本当にポロシャツかどうかは分かりません。男子の制服には確か半袖のシャツもあったはずです。

私はアキナに慰められながら、彼女の部屋に行きました。アキナの部屋には、可愛いリボンやおしゃれな小物が沢山ありました。目立つものといえば赤い背表紙の小説しかない私の部屋とは大違いです。

アキナは健一の話題を避けているようでした。私を気遣ってくれたのでしょう。

「そんな可愛い服を買ったなら、真っ先に教えてくれればいいのに」

「ごめんね。アヤコに貸してもらった本をまだ読んでいないのに、こんな高いものを買って悪いと思ったのよ」

「そんなこと、気にし過ぎよ」

私が初めて買ったアガサ・クリスティーの小説は『ポケットにライ麦を』でした。ライ麦ってなんだろう、そんな好奇心から手を伸ばしたのです。一行一行舐めるように読みました。今では昔の小説を読むのにも慣れたので、もう少し早く読めますが、初めてのアキナが時間がかかっても、これは仕方のないことです。

「私ね。小説に分からない言葉が出てきたら、それをノートに書いてるの」

「ノートに？」

「うん、ほら」

そう言ってアキナはノートを開いて私に見せてくれました。ノートに書くというアイデアは思いつかなかったので、私は軽い衝撃を覚えました。気に入ったフレーズや、不思議な言葉をもう一度読み返したい時には、律儀に本を開いていたのです。でも確かにノートに書けば、自分なりの気に入った言葉のコレクションが作れます。

「アキナってヘイスティングズみたいだね」

「ヘイスティングズはヨシオじゃないの？」

「そうだけど、アキナにもヘイスティングズの要素はあるよ。ヘイスティングズの何気ない一言がヒントになってポアロが事件を解決するのがパターンだもの。アキナは今、私にヒントをくれた。それがとっても嬉しい」

アキナはにっこりと微笑みました。作り笑いではなく、本心からの微笑みのように思えました。

自分の部屋に戻ってから、私は本棚に並べられたアガサ・クリスティーの本をもう一度ざっくりと読み直し、心に残った言葉をどんどんノートに書き写していきました。まるで自分が本当にアガサ・クリスティーになった気持ちでした。言葉って読むのも書くのも心地よい、そんなことを思いました。

その時です。

誰かが窓を叩きました。

私ははっとして、ノートから顔を上げました。健一が迎えに来てくれたんだ、と一瞬思いました。でもそんなことはありえないのです。だって健一は夢の中の登場人物なのだから。それでも私は、なんらかの期待を胸に窓を開けました。すると果たしてそこにいたのは、ヨシオでした。

「なんだ」

と思わずつぶやきました。

「なんだって、なんだよ」

「ううん。なんでもないの」

「健一かと思ったのか?」

私は答えませんでした。

「そんな男のことは忘れろ。しょせん、夢の中の男だ。夢の中の男とは愛し合えない。それが決まりなんだ」

なぜ突然そんなことを言うのでしょう。ヨシオはオベリスクを潜って倒れてから、性格がなんとなく大人しくなりました。もしかしたら、変わったのはそれだけではないのかもしれません。

「ヨシオ。ちょっと変だよ?」

「君だって変だ。さっき健一がいるって騒いだそうじゃないか」

「騒いでなんていない。ただ半袖を着た男子がいたから、健一と間違えたの。それだけ」

「それだけ? 君が健一を忘れられないから、そんな間違いをするんじゃないか?」

私はじっとヨシオを見つめました。

「なんだよ」

「顔、汚れてるよ。髪もぼさぼさ」

ヨシオは手ぐしで髪をすき、泥で汚れた頬を手で拭いました。外でいったいなにをしていたのでしょうか。

私は上履きのまま窓から外に出ました。相手はヨシオでまだ陽が高かったけれど、夢の中での健一との出会いを再現しているようで、悪い気分ではありませんでした。

二人並んで地面に腰を下ろします。もし明日の朝目覚めて、上履きが汚れていなかったら、この時間は夢だということになります。でも今この瞬間に、それを確かめる術はありません。そんなことを思いながらヨシオの方を見やり、改めて彼の異変に気付きました。

私たちは先生たちによく言い諭されているから、だらしなく制服を着る、ということができません。だからこそ交換会の洋服に憧れているのです。もちろん交換会の洋服でも、だらしなく着ていたらきっと怒られるでしょうが、みな制服を窮屈に感じているのです。

今のヨシオのありさまは、ブレザーがはだけ、シャツの裾がズボンからはみ出しています。ズボンの膝小僧もなにかでこすったみたいに真っ白になっていました。すり切れる一歩手前といった感じです。ただ外で遊んでいるだけで、こんなになるとは思えません。まるで誰かと争ったみたいです。

「そんな格好でいたら、先生に叱られるよ」

「いいんだ」

とヨシオは短く言いました。

「誰かとケンカでもした？」

そう私が言った途端に、私はヨシオに地面に押し倒されました。こんなことをされたのは初めてでした。

「俺じゃ駄目なのか?」

「え?」

「そんなに夢で見た健一って男の方がいいのか?」

「――分からない。だって夢で見た人だもの」

「もし夢じゃなく現実にいたら、俺じゃなく健一を選ぶのか?」

選ぶ選ばないの問題ではありませんでした。健一は現実にはいないはずだし、そもそも私はヨシオを男の人として見たことはありません。健一と出会って初めて、私は異性を意識したのですから。

私は無言でした。するとヨシオは私に唇を近づけてきました。キスをしようとしているんだ、ということは分かりました。

私は目を閉じました。好奇心は人並みにあったからです。そしてヨシオは私に口づけました。しかし、私はなにも感じませんでした。なんだ、こんなものか、などという感想すら抱きませんでした。私のヨシオに対する印象は、キス以前と、キス以後でも、まるで変わるものではなかったのです。

「健一はもういないんだ」

そうヨシオはつぶやきました。そして私はヨシオに抱き締められました。そこからはもちろん、健一に頬を触れられた時のような甘美な気持ちを味わうことはできませんでした。まるで人形と抱き合っているようでした。

「僕たちはこの『ハウス』から外に出ることはできない」

とヨシオが言いました。

「だからこの『ハウス』で一緒になる人間を見つけるしかないんだ――」

そしてヨシオは私から身体を離しました。私も身体を起こしました。ヨシオのように服がぐちゃぐちゃになっていないか、気が気ではありませんでした。

「いつも本読んでるよな」

「アガサ・クリスティーのこと?」

「それって人殺しの話なんだろう?」

人殺しの話とは酷い表現だと思いましたが、平たく言えばその通りなので、私は、うん、と頷きました。

「その小説、どうやって人を殺すんだ?」

「いろいろよ」

「いろいろって?」

「例えば今読んでる『ＡＢＣ殺人事件』じゃ、ＡとＣの犠牲者は頭を殴られて、Ｂの犠牲者は首を絞められて、Ｄの犠牲者はナイフで刺される」

「頭を殴れば、人間は死ぬのか?」

「そりゃ、強く殴れば死んじゃうでしょ」

「首を絞めても死ぬのか?」

「死ぬと思う」

「ナイフで刺しても?」

「それが一番、確実に死んじゃいそうね」

それからヨシオは私に訊きました。

「ナイフってどこにあるんだ?」

私はそのヨシオの質問に答えることができませんでした。ナイフのある場所を知らなかったからです。もちろん知っていたら、なおさら教えることはできません。

「そうやって殺された人間は、幽霊になって出てくるのか?」

また変なことを訊くので、私は思わず笑ってしまいました。

「出て来ないわよ。だって推理小説だもの。そういう超常現象はルール違反よ」

しかしヨシオはその私の言葉に納得していないようでした。どうせ作り事のお話だから、幽霊ぐらい出てきてもいいじゃないか、そんなことを言いたげな口ぶりでした。

その日を境に、ヨシオは変わってしまいました。もしかしたらオベリスクを潜ったあの日、すでにヨシオは別人になっていたのかもしれません。

翌日の朝、上履きを確認すると、ちゃんと汚れていたので私はほっと胸を撫で下ろしました。しかし部屋を出ると、なんだか不穏な空気を感じました。その理由はすぐに分かりました。先生たちが誰も顔を見せなかったのです。

注意する人間がいないから、生徒たちはまるで休み時間のように思い思いに過ごしていました。しかし、これは本当の休み時間ではないということは分かっている様子で、教室の外に出て行く生徒はいませんでした。

やがて、私は姿を見せないのが先生たちだけでないことに気付きました。その場にはヨシオもいなかったのです。先生たちはヨシオを探しているのではないかと考えました。その程度の推理はポアロやミス・マープルじゃなくてもできます。

昨日のこともあり、気が気でなかった私は教室から出て先生たちを探しました。先生たちは『ハウス』の外にいました。

先生たちは私が後ろにいることに気付いていない様子で、深刻そうに話をしていました。園長先生、狭山先生、植芝先生、三人だけで話している光景を見るのは、何だか新鮮でした。

「フェンスは全部見たの？」

「はい。どこにもありません」

「でもそんなはずはないわ。あの子が一人でフェンスから遠く離れたところに行けるはずがないんだから。必ずここの敷地付近にあるはずです」

「でも、アヤコの例もありますからね」

「いや、これはアヤコの時とは違うだろう。ヨシオにご執心な人間はいないはずだ」

「そう言えば、以前、外からここに子供が迷い込んで来たことがあったじゃないですか」

「図書室でクリスチアナを見られた時のこと?」

「はい。その時は単なる迷子だと思いましたが、もしかしたらヨシオも外の世界の人間と通じているかもしれません。その子供、確か名前は葉山涼《はやまりょう》とか言ったかな――」

「どうであれ、見つからない以上、アヤコと同じ手段を使うしかないでしょうね」

「狭山先生。あなたは簡単にそう言いますが、それは最終手段なんですよ。コストだってかかるんですから」

「そうですね。これ以上ボディを増やすことはできない」

私は先生たちのその話の意味が分かりませんでした。私のことを話している――?

ボディという言葉の意味は知っていました。死体という意味です。アガサ・クリスティーに『書斎の死体』という小説があります。原題は『The Body in the Library』です。これ以上死体を増やすことはできないとは、どういう意味でしょうか。どこに死体があるのでしょうか。

その場に立ち尽くしていると、園長先生と目が合いました。園長先生は一瞬で、私たち生徒を相手にしている時の、いつもの園長先生に戻りました。その様子に気付いたのか、植芝先生と狭山先生も私の方を向きました。

「なんの話をしているんですか？」

しかし園長先生は私のその質問には答えてくれませんでした。

「ヨシオがいなくなったんです。だからあなたは教室に戻っていなさい」

私は先生たちがなにを話していたのか気になったのですが、訊いても教えてはくれないだろうと諦めました。そして昨日の出来事を先生たちに話しました。ヨシオに抱き締められたとか、人の殺し方を訊かれただとか、そういった箇所は省き、ヨシオが乱れた服装で私の部屋にやってきた、ということだけを端的に話しました。

「服が乱れてた――？」

「はい。だから私、誰かとケンカしたのかなって、思って」

「そんな様子の生徒はいた？」

と園長先生は植芝先生と狭山先生に訊きました。しかし二人は首を横に振りました。そうです。もしヨシオがケンカしたのだとしたら、必ず相手がいるはずなのです。

「なにか言ってた？」

と園長先生が私に訊きました。

「そういえば――」

「僕たちはこの『ハウス』から外に出ることはできない、って言ってました」

先生たちはぎょっとしたような顔で私を見つめました。その表情に背中を押され、私はたたみかけるように先生たちにたずねました。

「さっき、なんで私のことを話していたんですか？ ヨシオの言っていたことと、なにか繋がりがあるんですか？ 大人になれば、ここから出られますよね？ 一生ここで過ごすなんてことはありませんよね？」

園長先生がその私の質問に答えようと、ゆっくり口を開きました。その時——。

「アヤコ！」

アキナの声がしました。振り返ると、びっくりしたような顔をしたアキナがいました。私が先生たちと一緒にいるとは思わなかったのでしょう。しかしすぐに我に返ったように、アキナは先生たちに言いました。

「ヨシオが屋根の上にいます！」

「ええ⁉」

先生たちは同時にそんな声を出しました。急いでアキナについていくと、そこには既に他の生徒が集まっていました。私が外に出たので、他の生徒も同じように外に出たのでしょう。そしてヨシオを見つけたのです。

「おい！　なにやってるんだ！　そんなところで！」

植芝先生が空を見上げて叫びました。太陽の光がまぶしくてよく見えませんが、確かに屋根の上にヨシオが座っています。まるで屋根の装飾の一部のようでした。見ると三階の窓が開け放たれていました。そこから屋根に上ったのでしょう。

「僕は死ぬんだ！　死んで幽霊になるんだ！」

とヨシオが叫びました。はっ、としました。確か昨日もそんなことを言っていたような気がします。

「なんだあ――？」

ヨシオの発言があまりにも突拍子がなかったようで、狭山先生はそうつぶやきました。

「いい加減にしなさい！　幽霊なんかにはならない！　人は死んだら――それまでだ！」

と植芝先生は叫びました。少し言いよどんでいるようにも聞こえました。

その時、はっとしました。『ＡＢＣ殺人事件』です。ナイフで死ぬことはできません。ナイフがないのですから。首を絞めて死ぬこともできません。ロープがないのですから。だとしたら後はもう頭を殴って死ぬしかありません。もちろん自分で自分を殴ることはできません。でも高い所から頭を下にして飛び降りれば、それは成せるのです。

本当にヨシオは死ぬつもりなんだ、と私は思いました。でも、どうして？

先生たちの制止の言葉にも耳を貸さずに、ヨシオの姿は屋根から消えました。座っている体勢から、そのまま後ろに倒れ込むようにして向こう側に落ちたのです。

どさっ、という鈍い音が建物の裏から聞こえてきました。きっと頭から落ちたのでしょう。そしてそのまま、誰もなにも言いませんでした。ヨシオを助けに行こうとするものも、言葉を発するものもいませんでした。先生たちさえも。

しかし口火を切ったのは、やはり園長先生でした。

「様子を見てきなさい」

その園長先生の言葉で、弾かれるようにして、植芝先生と狭山先生が建物の裏に向かいました。生徒たちも向こうに駆け出します。でも私は動けませんでした。

頭を殴られた死体について、私は何度も本で読んでいます。そのたび私は、人間の死体って、いったいどんなふうなんだろうな、と思いを馳せるのです。それが今、建物の裏にあるのです。しかも友達のヨシオの死体が。あまりにも突然すぎる出来事に、私はどうすることもできませんでした。

しかし、聞こえてきた先生たちの声に、私ははっとしました。

「いないぞ！」

私も建物の裏手に回りました。無残なヨシオの骸《むくろ》は、そこには存在しませんでした。

「どこに行った？」

先生たちは途方に暮れたように、辺りを見回していました。

ヨシオの死体は消えました。完全犯罪だ、と私は思いました。この謎の解答を出せる者は、それこそポアロやミス・マープルしかないでしょう。

私は跪いて、ヨシオの身体が激突したであろう地面に触れました。人間が大の字に横たわったような形で地面がへこんでいました。しかしおびただしく流れ出たはずの赤い血を、私はそこに見つけることはできませんでした。本心を言うと、私は死体だけではなく、赤い血も見たかった。そんなものを見たことは、今まで一度もなかったからです。

第七章

ヨシオはオベリスクの外で見つかりました。意識を失って倒れていたのです。私は屋根から飛び降りたヨシオが消失したことを、ポアロやミス・マープルが活躍するにふさわしい難事件だと思いましたが、なんてことはありませんでした。

地面に激突したヨシオは、立ち上がってそのままオベリスクの方に走り去ったのです。あの時、もしすぐに私たちが『ハウス』の向こうに駆け付ければ、きっと逃げ去っていくヨシオの後ろ姿を目撃することができたでしょう。

ヨシオはしばらく教室に戻ってきませんでした。死んでしまったという噂がまことしやかに流れましたが、三日後、再び私たちの前に姿を現しました。しかし前回のような歓迎ムードはなりをひそめ、先生たちがヨシオのことを皆の前で話すようなこともありませんでした。その事実が、先生たちもヨシオの処置に困っているという、何よりの証明に思えました。

私は勇気を出して、皆から孤立しているヨシオに話しかけました。

「大丈夫？　落ち着いた？」

「ああ――まだ生きてる」

「どうしてあんなことをしたの？」

「屋根から飛び降りたことか？　それともまたオベリスクを潜ったことか？」

「――両方よ」

「死にたいと思ったんだよ」

「だから、どうして――」

「それは君と――いや、いい」

ヨシオは口ごもりました。

「どうしたの？　私がなにか関係あるの？」

ヨシオがいなくなった時、先生たちは私の話をしていました。ヨシオがこんなふうになったことと、私が関係があるとでも言うのでしょうか。

ヨシオは言いました。

「僕、本当に生きてるのかな」

「生きてるわよ」

「どうしてそうだと分かる？」

「どうしてって――」

「あんな高さの屋根から落ちたのに、無事だ。ちゃんと頭から落ちた。君の言う通り頭を打ったんだ」

「きっと急所を外れたんでしょう。運が良かったのよ」

ヨシオはうつむき、訥々《とつとつ》と話し始めました。

「何年か前に、交換会で買った縄跳びがあったんだ。今はもうほとんど使わないけど、捨てるのももったいないからとってある」

「縄跳びがなんの関係があるの？」

「Bは首を絞められて殺されたんだろう？」

一瞬なんのことか分かりませんでしたが、『ABC殺人事件』の二番目の被害者のことだと分かりました。

「自分じゃ首を絞めても死ねないと思ったけど、でもきいたことがあるんだ。ロープで輪っかを作って、そこに首を突っ込むと死んじゃうって。だからやってみたけど、できなかった。きっとやり方がまずかったんだと思う。だから屋根に上ったんだ。頭を打てば死ねると思って。でも駄目だった。仕方がないから、地面から起き上がった後、全速力でオベリスクの方に走った」

「どうして？」

「全速力で突っ切れば、オベリスクを抜けた瞬間から意識を失うまでの間、かなりの距離を走ることができる。つまりオベリスクからできるだけ離れた場所で倒れることができるんだ。一回オベリスクを潜っているから、加減は分かってる」

「どうしてオベリスクから離れた場所で倒れなきゃいけないの？」

「そうなれば、なかなか見つからないから、救出が遅れると思ったんだ」

「そうなれば、死ねるかもしれないと？」

ヨシオは頷きました。

「でもあなたは助かった」

「ああ、やっぱり大人たちが全力で探せばすぐに見つかるんだ。距離は関係なかった。夜にやれば良かったんだ。朝になるまで見つからない」

夢の中で健一とオベリスクを潜った時のことを思い出しました。あれは夜でした。

「でも、すぐに見つかったから、あなたはまだ生きている」

「――死にたかったんだよ」

「どうして？　そんなことをしたら、みんなともう二度と会えなくなるよ。それでもいいの？」

ヨシオは私から目をそらし、吐き出すように言いました。

「死んで幽霊になりたかったんだ。いや、もう幽霊かもしれない」

私は困惑しました。ヨシオの言っていることはあまりにも荒唐無稽です。

「あなたは幽霊じゃないわ。だって、ちゃんと歩いてるし、言葉を喋ってるじゃない」

「幽霊だって、ちゃんと歩いて、言葉を喋るかもしれないじゃないか」

「でもヨシオ、他のみんなと同じだよ。とても幽霊とは思えない」

するとヨシオは言いました。

「僕だけじゃなく、みんな、幽霊かもしれない」

「なに言ってるの？　私は幽霊じゃないわ」

ヨシオはじっと私を見つめてきました。

「なによ」

「――いや、いい」

いったいなにが言いたいのでしょう？

「でもそう考えると納得がいくじゃないか」

「なにが？」

「僕は首を吊《つ》っても死ななかった。屋根から飛び降りても死ななかった。なぜだと思う？　最初っからもう死んでるからだよ」

　軽い衝撃を覚えました。それはたとえるならば、アガサ・クリスティーの小説を読んで、真相に驚く感覚とどこか似ていました。でもそんなはずはないのです。ヨシオは生きているのですから。もし今のこの状態のヨシオが死んでいるならば、いったい生きているとは何をもって定義すればいいのでしょう。

「じゃあ、ヨシオは最初にオベリスクを潜った時に、もう死んでいたっていうの？」

　ヨシオは首を横に振ります。

「いや、そうじゃない。もっと昔に死んでいたんだ。いいか？　考えてもみろ。どうして僕らはこの『ハウス』から出られない？　それは全員とっくの昔に死んでるからだよ」

「――そんな」

「大人はオベリスクを潜れる。大人だから潜れるんじゃない。生きてるから潜れるんだ。当然のことだ。物理的な障壁はなに一つないんだから。大人たちはあれをフェンスと呼んでいるけど、君が名付けたオベリスクという名前のほうが的確だった。オベリスクはモニュメントだ。きっとあれには霊的な結界のようなものが張り巡らされているに違いない。それに――どうしてここが『ハーフウェイ・ハウス』と呼ばれているか分かるか？」

「大人になる途中、だからでしょう。そう先生たちが言っていた」

「違う！　そんなんじゃない！　きっとあの世とこの世の途中って意味なんだ！」

ヨシオは声を荒らげました。他の生徒たちがなにごとかとこちらを見やりますが、すぐに関わり合いになりたくないといった様子で、顔を背けました。

「じゃあ、私たちは何なの？　幽霊？」

ヨシオは私を見て、

「そうだ」

と頷きました。

「ここは、きっとあの世なんだ。僕らは全員死んでいるんだ」

私はオベリスクの向こう側で倒れたヨシオを、こちら側に引きずるようにして運んできた植芝先生の姿を思い出しました。

「僕らは幽霊だからオベリスクを潜れない。あれは結界なんだ」

「――本気で言ってるの？」

「本気だよ！」

「じゃあ、ここは天国なの？　それとも地獄なの？」

ヨシオは私のその質問に答えず、こちらに手を伸ばしてきました。ヨシオの指先が、私の頬をそっと撫でました。そこからは、健一に撫でられた時のあの喜びは微塵《みじん》も感じられませんでした。

ヨシオと別れた後、私は茫然と庭をさまよい歩きました。

『ハウス』があるここは、本当に死後の世界なのでしょうか。地獄なのでしょうか。それとも天国なのでしょうか。外に出られない以外は『ハウス』での生活に不満はないから、地獄では多分ありません。でも天国と言うほど素晴らしいか、と考えると、やはり違うようにも思います。

辺獄という言葉を聞いたことがあります。キリスト教の洗礼を受けていない人が死んだら行く場所です。煉獄《れんごく》という言葉もあります。天国にも地獄にも行けない人が行く、ちょうど中間のような場所です。私たちはキリスト教徒ではないと思いますが、天国や地獄なという両極端な表現よりも、そちらの方が相応しいように思います。

だからここは『ハーフウェイ・ハウス』なのだと。

それとも——。

健一との記憶が現実で、逆にここが夢の世界なのでしょうか。だからこの世界の人々は健一のことを知らないのでしょうか。私はあの時、オベリスクを潜って死んだのでしょうか。この世界はすべて、死ぬ間際の私が見ている夢なのでしょうか。

そうして私はさまよいながら、あの忘れられない言葉を繰り返しつぶやくのです。

「アガサ・クリスティーはもういない、アガサ・クリスティーはもういない、アガサ・クリスティーはもういない——」

その時、私はふと、向こうにマナブの姿を見かけました。一人でずんずんと脇目も振らず歩いていています。いったいどこに行くつもりなのでしょう。

知らず知らずのうちに私はマナブの後を追っていました。マナブは目立たず、決してリーダーにはなれないタイプだと思っていましたが、ヨシオがあんなふうになってしまってからは、代わりにマナブが目立ち始めました。小さな丘に隠されたドアを見つけたのもマナブですし、彼には彼なりの考えがあるのかもしれません。

そしてマナブは、正にあの丘の前で立ち止まりました。そしてかがみ込んで、なにかを探しています。私は見つからないように、側にあった木の後ろに隠れました。

やがてマナブは手に石ころを持って立ち上がりました。そしてすだれのようにドアを隠している木のツルを無造作にかき分けてから、ドアに向かって石を振り下ろしました。がーん、がーん、と轟《とどろ》くような音が、辺りに響き渡りました。

私は木の陰から出て、恐る恐るマナブに近づきました。しかしまるで気付かない様子で、マナブは一心不乱に石をドアに叩きつけています。

「マナブ」

はっとしたふうに、マナブは振り向きました。

「なんだ！　アヤコか！　びっくりさせるなよ！」

「なんだじゃないわよ。そんなに音をたてたら『ハウス』にまで聞こえるわよ。それでなくても私たちは、先生たちから目をつけられているんだから。そのドアを壊したら、どれだけ怒られるか分からない」

マナブはふてくされたように、足下に石ころを放りました。

「目をつけられてるってなんだよ」

「オベリスクに近づいた前科があるし、それにヨシオとも仲が良いから」

「あいつがおかしくなったからって、僕らまで白い目で見られちゃたまらないよ」

私は別にどんな目で見られようと構いませんでした。そんなことより、この『ハウス』の真実が知りたかった。

「このドアの中には、きっとなにかがあるんだ。僕はそれを知りたい」

「知ってどうなるの？　ただの物置かもしれないじゃない」

「そうかもしれない。でもそうじゃないかもしれない」

「でも、いくら中になにがあるか知りたいからって、そんな石ころで叩いたところで、どうにもならないと思うよ」

「いや、ここの蝶番《ちょうつがい》のところを壊せば、ドアごと取り外せるはずだ。ほら、よく見ろよ。錆《さ》びてるだろう？　これを、上手いこと、壊せばっ」

音が出るのも構わず、マナブはドアの蝶番に石をぶつけました。確かに錆びているようですが、こんな鉄でできた部品がそう簡単に壊れるとは思えませんでした。

その時、私はマナブの足下になにか汚い紙切れがはためいているのを見つけました。私はなんの気なしにそれを拾い上げました。次の瞬間、私は衝撃で言葉を失いました。それは私が夢で描いた『ハウス』の地図でした。

思えばあの時、一枚だけ風に飛ばされてどこかに飛んで行ってしまいました。あのまま風に流されて、この小さな丘のツルや木々に引っかかったのです。どうして夢の中で書いた地図が、今ここに、現実の世界に存在しているのでしょう。

「なに、それ?」

私はマナブの質問に答えずに、大きな声で叫びました。

「どうしてみな、私に嘘をつくのよ！　健一は実在するんでしょう⁉」

そして私は、紙飛行機で健一に自分の部屋を知らせたことをマナブに教えました。マナブはその私の話を茫然と聞いていました。

「そんなことがあったのか――」

「ねえ。今度こそ本当のことを話して。健一が初めてここにやって来た時、マナブもそこにいたでしょう⁉　どうして健一は存在してないなんて嘘をつくの⁉　どうして私を騙すのよ！」

マナブは観念したように、おもむろに答えました。

「先生たちが、君には黙ってろって。あの健一という男と会ったことは、すべて夢だって、そうアヤコに思わせておけって――」

私は茫然としました。

「どうして？　どうして――」

「アヤコに黙ってれば、お金をあげるって言われた――」

「お金って、交換会で使うお金？」

マナブはこくりと頷きました。そして言い訳がましく、

「僕は、園長先生の言う通りにしたほうが良いと思ったんだ。あきらかに園長先生はなにかを隠している。だから園長先生にしたがった方が、それがなんなのか探りやすいと思ったんだ――」

と言いました。どうでもいいことでした。素直にお金が欲しいから騙したんだ、と言えばいいのにとすら思いました。

アキナが交換会で白いワンピースを買っていたことを思い出しました。あれはきっと私を騙してもらったお金で買ったのでしょう。妙に私によそよそしかったのは、きっと後ろめたい気持ちがあったからに違いありません。

「ヨシオは健一が嫌いなんだ。僕ら四人で仲良く遊んでいたのに、君の兄さんがその中に入ってくるのが気に入らなかったんだと思う。たぶんヨシオは、お金をもらわなくたって、先生たちの言う通りにしたと思うよ」

「じゃあ、みな、現実だったの――」

私は茫然とつぶやきました。

「でもどうして、先生たちは君のお兄さんがいない方が良いと思ってるんだろうな――。外の世界の人間がやって来て、僕らにあることないこと話されると『ハウス』の秘密がばれる？　だから先生たちは健一を存在しないことに――。でも秘密って何だ？」

マナブは一人でぶつぶつとつぶやいています。分からないことはまだあります。あれから何日も経ったのに、どうして健一は私に会いに来てくれないのでしょう？　まさか健一まで先生たちにお金を渡されて――もちろん外で使える本物のお金です！――私を見捨てたのでしょうか。

はっ、としました。

アキナがワンピースを買った日、私は庭で健一に似た人物を見かけました。あれはもしかしたら本当に健一だったのかもしれない。でも、もしそうだとしたら、いったいどうして私から逃げ出したのでしょうか。

園長先生に真相を訊こうと思いましたが、アキナとヨシオとマナブにお金を払ってまで、私を騙していたのです。訊いたところで教えてはくれないでしょう。

その時、私はあることを思い出しました。それはあの上履きのことです。健一との思い出がすべて事実だとしたら、当然上履きは汚れていなければなりません。上履きを履いたまま窓から外に出たのですから。それなのに上履きはまるで新品のようでした。きっと私を助け出した時に、先生たちが新しい靴を用意したのでしょう。そして健一が夢の中の存在だと思わせたいがために、外を歩いた証拠となる汚れた上履きを処分したのです。『ハウス』に戻ると、またヨシオが事件を起こしていました。ヨシオが首吊りに使ったという縄跳びでアキナの首を絞めたのです。幸い大事には至りませんでしたが、ヨシオは園長先生の部屋に呼び出されて、しばらく帰ってきませんでした。

「大丈夫？」

私はアキナに声をかけました。

「大丈夫じゃないわ」

とアキナは答えました。とても暗い表情でした。親友だと思っていたヨシオに酷いことをされたのです。暗い顔にもなります。

「Bの方法を試してみたのね」

「え？　なに？」

私はアキナに『ABC殺人事件』の粗筋を説明しました。でもアキナは納得しがたいふうでした。どうして小説と同じ殺し方を試されなければならないのか、と思っているのでしょう。もっともな話です。

「四人で楽しく遊んでたけど——もう駄目なのかな」

「ヨシオに恨まれるようなことをしたの？」

「あいつにはなにもしてないわ！」

そう叫んで、アキナは私の顔を見ました。でもすぐに、その表情は罪悪感で一杯になりました。

あなたには悪いことをした、とアキナは言いたいのだと思いました。

「どうしてヨシオがあなたにそんなことをしたのか、分かる？」

アキナは答えませんでした。

アキナは私を騙して手に入れたお金で、高い買い物をしました。動機がお金であろうがなかろうが、結果的に三人は私を騙しました。しかしヨシオは、自分がアキナと同じ理由で私を騙したと思われるのが嫌だったのかもしれません。

「アキナ」

私は、彼女の顔をじっと見つめました。アキナも私を見つめ返してきました。

「マナブから全部きいたわ」

アキナの表情はしばらく凍り付いたようになって、その口からはなんの言葉も発せられませんでした。

「いいのよ。誰だってお金欲しいもの。私だってあなたと同じ立場だったら、友達を騙したわ。だってそれでアガサ・クリスティーの小説を全部買えるかもしれないでしょう？」

「――私のこと、許してくれるの？」

私はにっこりと笑って、こう答えました。

「水に流すわ」

「ありがとうね。アヤコ――ヨシオはきっと、あなたを騙してもらったお金で、あんな服を買った私が許せなかったんだと思う。ヨシオはあなたが好きだったから、お金をもらわなくても喜んで口裏を合わせたと思うし、マナブだって、きっともらったお金は手つかずだと思う」

「だからって、縄跳びで首を絞めるのは酷いわね」

「――ヨシオ、どうなるのかな。一時の気の迷いでおかしくなっているだけだと思うから、なんとか許してもらえないかな」

被害者であるはずのアキナはヨシオを庇《かば》いました。きっと私に対する罪悪感が、ヨシオへの被害者意識を消し去っているのでしょう。

許してもらえなかったらどうなるのでしょう。『ハウス』にいられなくなるのでしょうか。そうなったら外に出られるのでしょうか？

でも先生たちは、お金で三人を買収し、外から健一という人間がやってきたという事実そのものをなかったことにしようとしたのです。そこまで私たちを外の世界から隔離しておいて、ちょっと悪いことをしたからといって外に連れ出すのは考えがたいです。そんな前例を作ったら、きっと外に出たいがために罪を犯す生徒が続出するでしょう。

では私たちは罪を犯しても許されるのでしょうか？　人を殺そうとするよりも、オベリスクを潜る方が、先生たちにとっては絶対的な『悪』なのでしょうか？

結果的にヨシオは許されたようでした。先生たちがどんな判断をしたのか、私には分かりませんが、罰を与える方法がないということも大きな理由だったのかもしれません。

ある日、廊下で植芝先生と狭山先生が話しているのを偶然聞きました。

「ヨシオはもう駄目なのかもしれないな」

「しかしアヤコの方が酷い状態のはずなのに、彼女は普通じゃないか」

「それこそ、個人差ってやつさ」

——私の方が酷い状態？

私は衝撃に震えながら、二人に気付かれないようにその場を後にしました。思えば一連の出来事が起きてから、先生たちは私を避けているような気がします。先生たちに三人を買収してまで私を騙した理由を、また狭山先生に「アガサ・クリスティーはもういない」という言葉の意味を訊きたいと思ったのですが、それは叶いそうにありません。

先生たちが私たちを実験動物のような目で見ている気がして仕方ありません。私は園長先生に特別に気に入られていると思っていました。だからこそ今は特別に監視されているような、そんな気になるのです。

それでも私は日常を漫然と生きていました。ヨシオはまるで魂が抜かれたように大人しくなり、アキナもお金をもらって私を騙した罪悪感から、なんとなく私から距離を置いているように思えます。ただ一人、マナブだけがポアロのように『ハウス』の敷地内をあちこち嗅ぎ回っていました。そしてもちろん、健一が姿を現すこともありませんでした。

これでもうお終いなのかな、と考えました。こうやって子供の頃の友情が終わるのが大人になることかもしれない、とぼんやり思いました。だから今ならオベリスクを潜れるかもしれません。しかし既に私からは、オベリスクを潜ろうだとか、外の世界に行きたいだとか、健一に会いたいだとか――そんな情動はすべて失われてしまっていたのです。

そんな折り、あの事件が起きました。

第八章

その日、目覚めると、またヨシオがいなくなった時のような不穏な空気を感じました。先生たちが私たちの前に姿を見せなかったのです。

私はヨシオが心配でたまりませんでした。あれほど騒ぎを繰り返したのです。またなにかやったのなら、今度こそ罰を受けるでしょう。どんな罰を受けるのかは分かりませんが、これで四人の友情が完膚《かんぷ》無きまでに崩壊することは間違いないように思えました。

しかし、ヨシオはなに食わぬ顔をして教室にやってきました。私はほっと胸を撫で下ろしました。なにか起こったのは確かなようですが、少なくともヨシオは関与していないようでした。

私たちは教室で先生たちを待ちました。しかし植芝先生も、狭山先生も、そしてもちろん園長先生も、現れる気配はありませんでした。

――いったい、なにが起こったのだろう。

その時、生徒の一人が立ち上がって大声で叫びました。

「自動車だ！」

その言葉で、みな、一斉に窓のほうを見ました。私も目をこらして窓ガラスの向こうを見つめます。向こうからこちらに向かって、本当に自動車が走ってきました。それも一台だけではありません。三台、四台、もっとかもしれません。

確かにこれは大事件です。こんな光景は、この『ハウス』で暮らしてから一度も見たことがありませんでした。

私は恐怖を感じました。私たちにとって、この『ハウス』は世界そのものです。走ってくる車はまるでこの世界を荒々しく踏み荒らす侵略者のように思えたのです。

しかし、そんな考えを持っているのは、どうやら私だけのようでした。みな、先生たちがいないのをいいことに、喜び勇んで外に駆けだしていきます。アキナもまるでためらわない様子で教室を飛び出しました。マナブは少し躊躇《ちゅうちょ》している様子でしたが、結局外に行きました。

瞬く間に生徒たちがいなくなって、残ったのは私とヨシオだけでした。

「ヨシオ——」

そう声をかけると、彼は間髪容れずに言いました。

「僕がなにかしたから、あいつらが来たと思っているのか？」

「別にそんなこと言っていないよ」

「いいさ。僕は捕まって、連れて行かれるんだ。覚悟はできてる」

「ヨシオは捕まるような悪いことをしてないじゃない」

屋根から飛び降りたのは、ヨシオが勝手にやったことで、いくらなんでもこれは罪にならないでしょう。オベリスクを潜ったことは罪になるのかどうか不明です。ただ、狭山先生は水に流すと言っていたから、つまりその程度の罪なのでしょう。大したことではありません。

唯一、誰の目にも明らかな罪は、アキナの首を縄跳びで絞めたことでしょうか。しかしアキナは死んだわけではありません。ヨシオが本気でアキナを殺そうとしたなら殺人未遂かもしれませんが、そんなことであんなに沢山の自動車がやってくるものでしょうか？

「悪いことをしてなくても、捕まることはある」

とヨシオはいいました。

「僕が『ハウス』にふさわしくないから、連れ出しにきたとは考えられないか？」

「ヨシオをオベリスクの向こう側の世界に連れ出して、どうするつもりなの？」

「そんなの知らないよ。奴らに訊いてくれ。でもたぶん——もう用済みだと処分されるんだろうな。僕は大人になることに失敗したんだ、きっと——」

「ヨシオ。あなたまさか、オベリスクの外に連れ出してもらいたいがために、あんな騒ぎを起こしたの？」

ヨシオは答えません。当たらずといえども遠からず、といったところではないでしょうか。外に連れ出されても、未来があるとは思えません。ただ少なくとも、オベリスクの外の世界がどうなっているのか知ることができるのです。

私は再び窓の外を見やりました。車が続々と『ハウス』の前に停まります。なぜオベリスクの外の駐車場に停めないのでしょう。それでも、初めて間近に見る自動車は私を興奮させました。大きな鉄のかたまりのようなものが、小さな四つのタイヤだけで、あんなに速く走るのです。あれに乗ったら、どれだけ気持ちがいいでしょう。車種などはとても分かりませんが、全体的にシルバーのようなグレーのような、くすんだ色の車が多いです。また、どこか全体的にずんぐりむっくりしています。あの一台一台が、ずらりと繋がっているのが列車なのかもしれない、と私は考えます。

車のドアから、ぞくぞくと人間が降りてきます。先生たちのように、肌の色がまだらな人たちです。つまり大人です。私たちが制服を着ているように、みな同じ青い作業着のような服を着ています。帽子も被っています。その格好がまるで兵隊のように思えて、私はますます恐ろしくなりました。

外に出た生徒たちは歓声を上げながら車を取り囲んでいます。しかし青い制服を着た大人たちは、生徒たちには目もくれず、狭山先生に案内されて『ハウス』の中に入っていきます。彼らの一人と話している園長先生の姿が見えました。園長先生は生徒たちをとがめているようですが――きっと教室に戻りなさいと言っているのでしょう――なかなかみなその場から立ち去ろうとしません。植芝先生の姿は見えませんでした。

その時、向こうからまた一台車が走ってきました。その車の色もシルバーでしたが、しかし青い制服を着た大人たちが乗っている車とは比較にならないくらいスリムでした。流れるようなフォルムで格好の良い車でした。

外に出ている生徒たちも、皆、その車に目が釘付けになっていました。車は生徒たちの前に停まり、そしてドアが開いて、一人の髪の長い女性が降りてきました。他の人々とは違って、スマートなスーツ姿でした。

私は衝撃を受けました。ここからでははっきりと分かりませんが、たぶん、間違いないと思います。その女性の肌は、とても綺麗だったのです。少なくとも先生たちや、青い制服を着た他の人々のように、まだらの肌をしていませんでした。

　つまり、彼女は子供に違いないのです。それなのに車を運転して『ハウス』にやってきた。いったいなぜそんなことができるのでしょう。

　外の世界からやってきた人々は、一日中『ハウス』への出入りを繰り返していました。最初こそ外に出て大騒ぎしていた生徒たちも、かまってもらえないと分かると、つまらなそうに教室に戻ってきました。それでもやはり車——特に肌が綺麗な子供が乗っていた——は皆の興味を引いたようで、誰も彼も窓から名残惜《なごりお》しそうに眺めていました。

「乗せてもらえないかな」

　とアキナが言いました。

「オベリスクの外に出なければ平気なんでしょう？　『ハウス』を何周かするだけでも」

　するとヨシオがアキナに言いました。

「欲の固まりだな」

「なんですって！」

「ワンピース欲しさに、アヤコを売ったんだろう？　今度は車に乗りたいってか」

「——ちょっと止めてよ！　こんなところで」

　私を騙すために、お金をもらって三人で口裏を合わせたというのは、私たちだけが知っているのです。三人が特別にお金をもらっていることを知ったら、他の生徒たちもきっと良い気持ちはしないでしょう。

「——僕、もらったお金、アヤコに渡すよ。まだ使ってないから」

とマナブは言いました。

「僕もそうする」

とヨシオも言いました。

「なによ！　私ばっかり悪者にして！」

「悪者じゃないのか？　アキナはアヤコを騙した罪悪感なんてない。むしろお金が欲しかったから、進んでアヤコを騙したんだ。僕はそんなアキナが許せなかった。だから首を絞めたんだ」

「もう止めてよ！」

私は叫びました。

「私は別に騙されてもいいから！　お金もいらない！　だから皆、仲良くしてよ！」

その私の言葉でみな、黙りこくりました。そんなどんよりとした雰囲気の中、ようやく先生たちが教室に現れました。園長先生と狭山先生です。そして車に乗ってやって来た、あの子供もいました。

こうして間近で見つめると、本当に私たちのように肌がすべすべです。彼女は腕組みをして教室の壁によりかかりました。そして私たちを品定めするように、教室を見回しました。子供のくせに生意気だと思いました。

「皆さんにお伝えしなければならないことがあります」

と園長先生が物々しく告げました。

「残念な事件が起こりました。植芝先生が亡くなりました」

亡くなる、そんな言葉をきいたのは、思えば初めてのように思います。もちろん、意味は知っています。しかし私は、自分の身近な人が亡くなるという経験を今まで一度もしたことがありませんでした。他のみなもそうでしょう。

「亡くなったって、死んだってことですか？」

とマナブが質問しました。

「その通りです」

教室中が静まりかえりました。その沈黙を破ったのはヨシオでした。

「平気だよ」

みな、一斉にヨシオの方を向きました。

「死んでも、幽霊になって出てくるから」

「黙りなさい！」

園長先生がヨシオを一喝しました。まるで空気が振動するかのような大声でした。そんな園長先生の声を、私は初めて聞きました。

「植芝先生は死んでしまった。決して蘇りません。幽霊にもなりません。私たちは死んだら——それまでなんです」

しばらく誰もなにも言いませんでした。生徒はもちろん、先生たちもあまりの事態に言葉少なになっている様子でした。

そんな中、私は勇気を出して園長先生に質問しました。

「植芝先生は、どうして亡くなったんですか？」

園長先生は、偉そうに壁によりかかっている子供を見やりました。しかし彼女は無言のまま、その偉そうな態度を崩そうとはしませんでした。

園長先生は、おもむろに答えました。

「事故ではありません。自殺でもないでしょう。植芝先生は、殺されたのです」

騒然としたざわめきが、まるで音叉《おんさ》を叩いたように教室中に伝播しました。

「誰にですか？」

「それはまだ分かりません。それを調べるために、警察がやって来たのです。こちらの方はこの事件を捜査するためにいらっしゃった刑事さんです」

刑事？

外見は私たちと同じにしか見えません。それなのに、この人が刑事なのでしょうか。

「外に停まってる車は？」

「あれはみんな、警察の車です」

殺人事件だ。

と私は声に出さずにつぶやきました。そんなものはアガサ・クリスティーの小説の中だけに登場するものだと思っていたのに。

「皆さんにこんなことを話すのは、本当は心苦しかった」

植芝先生が死んだ――しかも殺された！――なんて事実は生徒に話す必要はないと園長先生が判断しても不思議ではありません。こうして外の世界から捜査員が入ってきてしまった今、植芝先生の死そのものを隠すことは難しいでしょう。でも死因そのものはいかようにでも誤魔化せるはずです。なにしろ園長先生は、三人にお金を渡して健一の存在そのものも消去しようと試みたのですから。生徒を騙すくらい朝飯前でしょう。

健一は確かに存在しているのです。それを考えると喜びよりも先に恐れを感じました。殺人事件が起こった今、警察が健一を容疑者としてマークしても不思議ではありません。

「ただ、黙っていては皆さんにも危険が及ぶかもしれません。それに、刑事さんが皆さんに訊きたいことがあるそうです。犯人を捕まえるために、是非協力してください」

その園長先生の言葉を合図に、子供のような刑事は教卓の前にやってきました。彼女はオオトモと名乗りました。私は、同じ子供に上から目線でものを言われなければならないのかと思い、すこぶる気分が悪かったです。

オオトモは言いました。

「君たちに単刀直入に訊きます。これを知っている人はいる？」

そう言って、オオトモは指でつまんだ小さなビニール袋を私たちにかかげました。袋の中には更に小さななにかが入っていますが、あまりに小さ過ぎて、なんなのかよく分かりません。

「これはボタンです。被害者の植芝さんが握りしめていたものです。おそらく犯人ともみ合った際にむしり取ったのでしょう」

つまり服にボタンがないものが犯人ということなのでしょうか。

「みなの制服にはこのタイプのボタンはついていない。したがって、犯人は犯行時に君たちが『交換会』と呼んでいるバザーで買った洋服を着ていた可能性が非常に高い」

教室がざわめきました。

「いい？　今から回って一人一人にボタンを見せるから、心当たりがあるなら言いなさい。隠していても、君たちが交換会で買った服を確認すれば分かることなんだから」

そう言いながらオオトモはゆっくりと生徒たちの間を回りました。私はまるで興味がありませんでした。なにしろ一度も交換会で洋服を買ったことがないのです。ワンピースを買ったアキナは戦々恐々としているようでした。余計な疑いがかかるのは、誰だって望みません。

　私の番が回ってきました。私はほとんど事務的にオオトモのてのひらの上のボタンを見やりました。そしてはっとしました。ボタンに心当たりがあったからです。

「みなの前では言えないこともあるでしょう。だからもしこのボタンに見覚えがあるのなら、あとで先生にでも私にでもいいから伝えて欲しい。これは大事なことなのよ」

　そんなことは決してできませんでした。

　決して。

　その時、教室が再びざわめきました。なにごとかとそちらを向くと、オオトモがヨシオの前に立っていました。

「ちょっと来てくれない？　君と話がしたい」

「そんなボタンのことなんて知らない。交換会で服を買ったこともない」

　とヨシオは答えました。どこかふてぶてしい態度でした。

「ボタン以外にも、いろいろ訊きたいことがあるの」

「なんで僕が」

　とヨシオはふてくされたようにそっぽを向きました。

「園長先生から話は聞いている。君が常々騒ぎを起こしてるってことを」

「だからって、植芝先生が殺された事件と、なんの関係があるんだ！」

その時、園長先生が口を開きました。

「ヨシオ。オオトモさんの言う通りになさい。あなたはあんなことをしたんだから、こういう時に疑われてもある程度は仕方がないのよ。みな、余計な疑いをかけられたくないから、ちゃんと真面目に生活しているの。なにもやましいことがないのなら、話をしても平気なはずよ」

渋々といった様子で、ヨシオはオオトモにうながされるようにして立ち上がりました。そして教室を出て行きました。

「園長先生」

マナブが手を挙げました。

「植芝先生は、どんなふうに殺されたんですか？」

ポアロにふさわしい質問でしたが、そんな単刀直入な質問には答えてはくれないだろうな、と私は思いました。

しかし意外にも園長先生は、ためらう様子もなく答えました。

「植芝先生は自分の部屋で殺されました。縄跳びで首を絞められたんです。没収したヨシオの縄跳びで」

園長先生も教室を後にすると、生徒たちは半ば騒然としました。

「まさか、本当にヨシオが植芝先生を殺したの？」

アキナが言いました。

「動機はなくもない。植芝先生は厳しかった。最初にヨシオがオベリスクを潜った時のこと覚えてるか？　ヨシオがオベリスクを潜ったのは植芝先生に対する反抗心もあったからじゃないか？」

「でも、だからって殺すの？」

いいえ、殺しません。植芝先生を殺したのはヨシオではないことを、この教室の中でおそらく私だけが知っていたのです。

植芝先生が握っていたのは、健一が着ていたポロシャツのボタンでした。

つまり事実はこうなのです――私の恐れたとおり、植芝先生を殺したのは健一なのです。凶器がヨシオの縄跳びだからって、ヨシオが犯人とは限りません。縄跳びは没収されていたのですから。現場にあった縄跳びに偶然気付いた者の発作的犯行ということも考えられます。

「もしかしたら私も――植芝先生みたいに殺されていたかも――」

アキナが心底ぞっとしたように言いました。アキナもヨシオに縄跳びで首を絞められたのです。確かに植芝先生が身代わりになったかのような印象を覚えずにはいられません。

オオトモが見せて回ったボタンは、まるで健一がわざと現場に残していったように私には思えました。俺は夢じゃない、現実に存在しているんだ、そう訴えかけているかのようでした。

一番の容疑者は、ヨシオであることは間違いありません。そしてあのボタンが健一のものであることを知っているのは、おそらく私だけなのです。ヨシオの容疑をはらすためには、健一を犠牲にしなければなりません。

アキナがワンピースを見せびらかしていた時、私が目撃した人物は、確かに健一だったのでしょう。でもあの時、健一はどうして私から逃げ出したのでしょう？　先生たちに見つかると思った？　それも理由の一つかもしれません。でも先生たちに気付かれないように会うことも可能なはずです。健一は明らかに私から逃げていったのです。いったい、どうして？

そもそも、健一との記憶がすべて現実だったとしたら、私は健一と共にオベリスクを潜って、そして失敗したことになります。オベリスクを潜った先の記憶はまるでないのですから。私はきっとヨシオのように倒れたのでしょう。そして『ハウス』の私の部屋まで運び込まれたのです。誰が――？

おそらく、健一が先生たちを呼んだのでしょう。そうとしか考えられません。私の命を助けるための苦渋の選択だったのでしょう。

問題はその後です。

先生たちが、健一など存在しないと私に思わせた方がいい、と判断した理由は分かります。健一への憧れ、ひいては外の世界への憧れを根こそぎ摘むためでしょう。現に私は、健一を夢の中の存在だからと諦めかけたのです。

　問題は健一がどう思ったかです。

　健一はその日暮らしをしているような印象を受けました。経済的に見通しがないことは、容易に想像がつきます。そんな折り、先生たちにお金を渡されたら、健一はいとも容易く私のことを諦めるでしょう。悲しいけれど仕方がありません。私も夢の中の存在だからと、彼のことを忘れかけていたのですから。それですべて解決のはずです。そう――。にもかかわらず、再び健一はここにやって来た。お金を積まれても私を忘れられなかった？　それでは私を目撃して逃げ出した理由が分かりません。

　健一は、もっとお金が欲しかった――それが妥当な結論に思えてなりません。そして、お金のいざこざで健一は植芝先生を殺したのです。

　私はその結論にほとんど納得しかけていました。しかしよく考えると、それも少しおかしいように思うのです。

　事件の直前に、お金を渡して口をつぐませた人間がいる。ましてや現場にあったのは生徒たちが着ている制服のものではないボタンです。真っ先に健一が容疑者として浮かび上がっても不思議ではありません。にもかかわらず、そうはならなかった。

　園長先生も、狭山先生も、健一のことをオオトモに黙っているのかもしれない。いったい、なぜ――？

「アヤコ」

マナブが声をかけてきました。

「大丈夫だよ。いくらなんでもヨシオが植芝先生を殺すはずがない」

「分かってるわ」

と私は答えました。マナブのそれはただの気休めでしょうが、私はかなりの確証をもって、ヨシオが無実であることを知っているのです。

「あのボタンがヨシオのものでないことが証明できれば、ヨシオは助かるはず」

「そうだよ。ヨシオのものであるはずがない。だってヨシオは交換会で服なんか買わないじゃないか。第一、あれだけ騒ぎを起こしておいて、アキナにやったのと同じ手口で植芝先生を殺すとは考えられない」

「マナブ。あなたはあれ以来、健一の姿を見てないよね？」

「見てないよ。これは本当だ」

私は頷きました。マナブもアキナも、そしてたぶんヨシオも、健一とは彼がオベリスクを潜ってここにやってきたあの日、一度しか会っていないはずです。だから先生たちは私を騙すこともできると考えたのでしょう。

「マナブ。あなたに相談したいことがあるの。私、ヨシオを助けられるかもしれない」

第九章

　私はマナブに、植芝先生を殺したのは健一である可能性を告げました。私は健一とヨシオを天秤にかけて、ヨシオを選んだことになります。

　私から逃げ出した健一の姿は脳裏に深く焼き付いています。つまり健一は私を否定したのです。しょせん健一は外からやってきた人間です。この『ハウス』の人間ではないのです。たとえ私の兄であっても。

「でも、ヨシオを助けるのは難しいかもしれない」

「どうして？」

「だって君のその考えだと、先生たちは健一の存在を隠しているってことになるじゃないか。大人は大人同士で協力している。僕らの言っていることなんて握りつぶされるに決まっている」

　私はマナブを、じっと見つめました。

「なんだよ」

「マナブ。あのオオトモっていう女性の刑事、本当に大人だと思う？」

「大人だろう。だって刑事だぞ」

「私にはとても大人に思えない。見た目だって、私たちとほとんど同じじゃない」

「そう言われれば――でも大人とか子供とかは、きっと見た目じゃないんだろう」

先生たちと、あの肌がすべすべしているオオトモが同じ大人だとは信じられませんでした。でもそれをマナブと議論しても仕方がないので、その問題は一先《ひとま》ず置きました。

マナブと相談した上で、先生たちの目を盗んでオオトモにボタンのことを告げることにしました。オオトモは第三者であり、誰の味方でもないはずです。

「きっと大丈夫だ。ヨシオは助かる」

私は頷きました。健一を生《い》け贄《にえ》にするのですから、助かってもらわなければ困ります。

しかし私たちの計画は思いのほか困難でした。オオトモはほとんどずっと先生たちと一緒なのです。そうでない時も、授業などで先生たちが教室にやってくるので、もちろんオオトモと接触する機会はありません。植芝先生がいなくなったから、園長先生が直接私たちを教えることもありました。以前の私だったら喜んでいたでしょうが、今はそんな気分ではありませんでした。

そしてヨシオはずっと戻ってきませんでした。私は焦りました。無実の罪でヨシオが裁かれたらどうしよう。どれだけ時間に猶予があるかは分かりませんが、そう長くはなさそうです。

私はアガサ・クリスティーの小説の登場人物になった気分でした。『ハウス』では楽しいことはそう多くありませんから、小説を読むことは私の人生の一部のようなものでした。そして植芝先生が殺されたことで、ミステリーの世界がまさに現実になったのです。

私はその日の夜、こっそり自分の部屋を抜け出しました。今度は窓からではなく、ちゃんとドアから外に出ました。

夜の『ハウス』はまるで世界が終わったような静寂につつまれていました。私は思わずヨシオが以前、ここの生徒たちはみな、既に死んでいるんだ、と言っていたことを思い出しました。話を聞いた時は笑って一蹴しましたが、もしかしたらそれは正しかったのかもしれない、とそんな気持ちになりました。

私は静かに植芝先生の部屋に向かいました。『立ち入り禁止』と書かれた黄色いテープが張られていますが、ドアは薄く開いていました。私はゆっくりドアを開け、テープを潜って部屋の中に入りました。

初めて入る植芝先生の部屋でした。電灯をつけたかったのですが、気付かれると思ってできませんでした。園長先生の部屋ほどではないですが、やはりそれなりに豪華な部屋のようでした。

もう死体はありませんが、ここで植芝先生は殺されたのです。

窓から差し込む月明かりの中、おそらく警察が置いたのでしょう。AとかBとかアルフアベットが書かれた小さなプレートが置かれているのが分かります。死体が倒れていた場所や、凶器の縄跳びが落ちていた場所をこれで示しているのでしょう。

私は絨毯の上で跪き、アガサ・クリスティーの『牧師館の殺人』の一節を思い浮かべました。

> 私は書斎に行った。気のせいか、依然として不気味な感じが部屋中にただよっている。こうしたことには打ち勝たねばならない。ひとたび屈してしまったら、おそらく二度とこの書斎を使わなくなってしまうだろう。私はそろそろと書き物机に近寄った。ここにプロズロウが座っていたのだ。赤ら顔で元気がよく、独善的なあのプロズロウが。そしてここで、一瞬のうちに撃ち殺されたのだ。ここに、私が今立っているところに、敵が立っていたのだ……。
> だから――プロズロウはもういない……。（田村隆一訳）

殺人現場での主人公のレナード牧師の独白です。見知った人が殺されたら、果たして本当にこんな気持ちになるのか確かめたかったから、私はこうして植芝先生の部屋にやって来たのです。

はたして、私はレナード牧師と同じ気持ちになりました。世界が終わったかのような禍々しい雰囲気は、この殺人現場で頂点に達しました。厳しかった植芝先生の顔が脳裏を過ぎります。決して好きな先生ではなかったけれど、だからといって殺されて良かったなどとは思いません。

確かにここに植芝先生を殺した者がいて、そして植芝先生はもういないのです。それは決して覆すことのできない事実なのです。

辺りを見回すと、別の部屋に続く小さなドアがありました。私は何気なくその部屋のドアを開けました。

そこは真っ暗でした。小さな窓があるようですが、あまりにも小さすぎて月の光は望めません。ゆっくりと壁に手をやると、電灯のスイッチに指が触れました。

私はほとんど衝動的にそのスイッチを押しました。押した瞬間、明かりをつけたら忍び込んだことに気付かれると思いましたが、もう遅かったです。

なにもかもが真っ白な部屋でした。電灯の光が反射して、その部屋の白さは光り輝いているかのようでした。そしてその白い部屋の真ん中には、同じように白い未知の物体がありました。どう形容していいのか分かりません。あまりにも神々《こうごう》しい、それはまるで小さな神殿のようでした。いくつかのボタンやレバーのついた機械仕掛けの神殿です。

神殿の中央はなにかをいれるようなくぼみになっていて、そこに透明な液体が溜まっていました。水、のように見えました。とても綺麗な水でした。

これはいったいなんなのだろう。どうして植芝先生の部屋にはあって、私たちの部屋にはないのだろう。園長先生の部屋にはあるのだろうか。私は必死に考えましたが、まるで答えが出ませんでした。

私は狭山先生が教えてくれた、穢れの話を思い出しました。罪を犯すと人は穢れる。植芝先生を殺した健一も穢れたでしょう。でもその罪は水に流れるのでしょうか。もしそうだとしても信じたくありません。植芝先生はもういなくなってしまったのです。その原因を作った健一が、罪を水に流したぐらいで許されるなんて、考えたくありません。

私は、そっとくぼみの中に手を入れました。そして水に手を浸しました。穢れを濯《そそ》いだのだ、と思いました。

植芝先生を殺した健一を愛したこと、それが私の穢れでした。

その時です。

「誰かいるんですか？」

向こうの部屋から声がしました。明かりに気付かれたのです。

私は電灯を消しました。入れ替わるように、向こうの部屋の電灯がつきました。

私は怒られるのを覚悟して、真っ白な部屋から出ました。

そこにいたのはオオトモでした。

「君か」

とオオトモはあきれたように言いました。

「こんなところでなにをしてる？　立ち入り禁止のテープが見えなかったの？」

「ヨシオが無実の証拠を見つけようと思ったんです」

「それは君の仕事じゃない」

「でも、このままじゃヨシオは捕まってしまうんでしょう？」

「まだ、そう決まった訳じゃない」

嘘だ、と思いました。そんなことで騙される私ではありません。

「殺人現場なんかに入り込んだら、君も容疑者にされても不思議じゃないのよ」

「別に構いません。私は植芝先生を殺していませんから」

オオトモは困ったような顔をしました。

「園長先生と狭山先生にも話を訊きましたか？」

「もちろん。明日、君ら全員にも話を訊く予定」

「先生たちは健一のことを話しました？」

「健一？　誰？」

——やっぱり。

私は、マナブに話した推理をオオトモに語りました。特にボタンの件は彼女の興味を引いたようでした。

「それは本当？」

私は頷きました。

「君の兄の存在を、園長先生と狭山先生が隠していたってこと？」

「はい。たぶん、植芝先生も殺される前は健一のことを誰にも話さなかったと思います」

「まあ、こんな場所に外部の人間が侵入したことは隠しておきたいという気持ちも分からなくもない。だが警察にも黙っていたのは感心しない」

「私が、この話をしたってことを、園長先生たちには黙っていてもらえませんか？」

「ええ、分かったわ」

オオトモは微笑んで頷きました。私は少しオオトモに好感を抱きました。

「さあ、自分の部屋に戻りなさい。あの怖い園長先生に見つかったら嫌でしょう」

「別に園長先生は怖くありません」

「分かった、分かった」

植芝先生の部屋を出る直前、私はオオトモに質問しました。

「あなたは、大人なの？　それとも子供なの？」

大人に決まってるじゃない、とオオトモは答えました。本当かな、と私は思いました。

翌日から、まるでなにごともなかったかのように以前と同じ日常が始まりました。しかし植芝先生の不在は、確実に私たちの間に暗い影を落としていました。殺人事件について狭山先生や園長先生に訊いている生徒もいましたが、しかし先生たちは生徒たちに多くは語りませんでした。

ヨシオは教室に戻ってきました。容疑が晴れたのだとほっとしましたが、安心はできません。警察は、どうせオベリスクから外に出られないのだから、ある程度は自由にさせてボロを出させた方が良いと考えているのかもしれません。

「ヨシオ。僕たちは信じてる。植芝先生を殺したのは君じゃないって」

とマナブは言いました。ヨシオは小さな声で、ありがとう、とつぶやきました。しかし私は、もし健一が真犯人として捕まって容疑が晴れても、決してオベリスクを潜る以前のヨシオは戻ってこないのだと思うと、もうなにもかもどうでも良いと、そんな投げやりな気持ちになるのでした。

アキナは、首を絞められたわだかまりがまだあるのか、ヨシオが帰ってきても、一言も口をききませんでした。

夜、私はいつものようにアガサ・クリスティーのお気に入りのフレーズをノートに書き写していました。そして健一のことを考えていました。健一が窓を叩いたのは、今のような夜でした。どうして健一は植芝先生を殺す前でも、後でも、私の部屋をたずねてくれなかったのだろう。もうどうでもいい、あんな人。そんなふうに考えていると、ノックの音が聞こえました。誰だろうとドアを開けると、そこにいたのはオオトモでした。

「入ってもいい？」

私は頷き、オオトモを部屋に招き入れました。棚に並べてあるアガサ・クリスティーの小説を見やって、へえ、と彼女は言いました。

「健一のことを園長先生に訊いた。君の名前は出さなかったけど、園長先生は私に健一のことを教えたのは、君ら四人のうちの誰かだろうと思ってる」

健一を知っているのは私たち四人しかいないはずでしたから、それは当然でした。

「別にかまいません。知られたら、知られたで」

オオトモは頷きました。

「確かに、あれは健一のボタンでしょう。交換会で仕入れた服、過去に売れた服を全部調べたけど、あのボタンがついた服はなかった。園長先生は健一の存在を認めたわ。だから私は健一に話を訊かなければならない。でも問題がある」

「どうしたんですか？」

「健一がどこにいるのか分からないの。なにか聞いてない？　今現在、健一がどこに滞在しているのか」

一緒にオベリスクを潜ったあの夜、健一は自分が今住んでいる家の場所を教えてくれました。今もそこにいるのか分かりませんが、手がかりを残していないとも限りません。

「それは――」

不思議なことに、私は口ごもってしまいました。

「――分かりません」

「本当に？　なにも聞いてない？」

私は頷きました。

「なにも、知りません」

「そうか――じゃあ、仕方ないね」

そう言い残して、オオトモは部屋を出ていきました。

私は一人、立ち尽くしていました。

どうして健一の家への道筋を言えなかったのだろう。健一が捕まることを恐れたのでしょうか。それなら最初っからボタンのことを黙っていれば良いだけの話です。私は今更なにをためらっているのでしょうか？　昨日の昼間はヨシオを陥れた健一を許せないと思っていたのに――。

――昼間。

もしかしたら私は、その時が昼間だから健一を許せないと思ったのかもしれません。でも太陽が昇ると健一を許せなくて、逆に太陽が沈むと健一を許そうと思うなんて――。

そんなことはありえないのです。なぜなら、オオトモに健一のボタンのことを告げたのは植芝先生の部屋に忍び込んだ昨日、正確に言うと今日未明のことなのです。夜は健一を許そうという心境になるのであれば、ボタンのことをオオトモに黙っているはずです。矛盾しています。

そこまで考えた時、私はある可能性に気付いて、はっとしました。

もしかしたら私は健一が憎かったのではなく、殺人現場に忍び込んだことを許してもらいたい一心で、健一が犯人だという情報をオオトモに差し出したのではないでしょうか？　きっとそうに違いないと思いました。今、私は健一を捕まえるためにオオトモに協力するのをためらったのです。私は深層心理の奥底では、健一を許そうと思っているのです。その心理状態が夜になると表に現れるのです。

「ああ！」

私は思わず声を上げました。健一が着ていた洋服です！

健一は昼間はポロシャツ、夜はスウェットを着ていました。そして植芝先生が握っていたボタンが健一のものであるならば、それは必ずポロシャツのボタンなのです！　なぜなら——スウェットには元々ボタンが一つもありません。そういう洋服なのです。

植芝先生が殺されたのは夜でした。死体は朝見つかったのだから夜のはずなのです。その前日の昼間、植芝先生はいつものように生徒たちの前に姿を見せているのですから。

つまり、もし健一が植芝先生を殺したとしても、その現場に健一のポロシャツのボタンが存在しているはずがないのです——夜は『寒い』からいつもスウェットを着ていると健一自ら言ったのです。事実、健一が夜、私の部屋を訪れた時、彼はスウェットを着ていたのです！　そんな健一が、植芝先生を殺した時だけポロシャツを着ていたなんて考え難いものがありました。

つまり健一は植芝先生を殺していない。

では、どうして現場に健一のボタンが落ちていたのでしょう？

考えても考えても、答えは一つしかありませんでした。

私はその足で、ヨシオの部屋に行きました。ヨシオはまるで死んだような顔で私を迎えてくれました。

「話があるの」

「なんの話？」

「どうしてアキナの首を絞めたのかってこと」

その私の問いに、ヨシオはしばらく答えませんでした。答えを促すようにヨシオを見つめると、彼は渋々といった様子で答えました。

「君のせいだ」

「私のせい？」

「君が教えてくれたんじゃないか。Bは首を絞められて殺されたって。だから試してみたかったんだ」

そう言うと思いました。でも私はそんな答えを望んではいません。

「それは理由にならないわ」

「やった本人がそう言ってるんだ。ならそれでいいじゃないか！」

「アキナの首を絞めて殺したかったの？」

「そうだよ。君に嘘をついたことで一番得したのはアキナだから、許せないと思った」

「嘘」

「嘘じゃない」

「あなたはアキナなんてどうでも良かったのよ。あなたはただ、誰かの首を絞めた、という既成事実が欲しかっただけ」

「既成事実？」

「そうよ。あなたはわざと失敗したのよ」

「アキナを殺すふりをしたって言うのか？」

私は頷きました。

「じゃあ、その理由を聞かせてくれよ。アガサ・クリスティーさん？」

「あなたがアキナの首を絞めて、危うく殺しかけたその夜、健一が『ハウス』に忍び込んで、植芝先生を殺した。あなたがアキナの首を絞めた縄跳びで——今現在、事態はそっちの可能性に傾きかけている。でもおかしくない？　AやCのように頭を殴っても、Dのようにナイフで刺し殺してもいい。どうして健一はBの殺し方――つまり絞殺《こうさつ》を選んだの？　それもあなたと示し合わせたように、同じ縄跳びで――」

「そんなこと、僕は知らないよ。ただの偶然だろう」

「いいえ、偶然じゃないのよ。そもそも植芝先生を殺したのは健一じゃないんだから」

私はスウェットの一件をヨシオに話しました。ヨシオは黙って聞いていました。

「現場に健一のボタンが落ちていたことが、逆説的に健一が犯人でないことを証明しているのよ。分かる？　健一が現場にあのボタンを落とせるはずがないんだから。あの健一のボタンは、罪を健一になすりつけるために真犯人が植芝先生の死体に握らせたのよ」

「健一の服のボタンなんか、持っているやつはいないよ」

「いいえ、いるわ」

「誰？」

私は告げました。

「あなたよ」

「僕が？」

「そうよ」

「ちょっと待てよ。どうしてそういうことになるんだ？」

「アキナが交換会でワンピースを買った時、私は健一を目撃した。その時は誰かほかの男子と見間違えたんだと思ったけど、健一が存在しているのが明らかになった今は、私が見た男性は、正真正銘、本物の健一としか考えられない」

健一が私から逃げ出した理由を指摘されたらどうしようかと不安でした。そのことに関しては、私はなんら意見を持っていなかったからです。しかしヨシオがそれを指摘することはありませんでした。

私は話を続けました。

「それからあなたに会った。あなたは私の部屋の窓をノックしたのよ。私が健一を目撃したのと、同じ日に。あなたの制服は酷く乱れてた。誰かと喧嘩《けんか》したみたいに――」

「僕が健一と喧嘩をしたっていうのか？」

「その日、あんなにも制服が乱れていたのはあなただけよ。もし『ハウス』の生徒のうちの誰かと喧嘩したのなら、あなたと同じように服装が乱れている生徒がいたはず。でもそんな生徒はいなかった。したがってあなたの喧嘩相手は、外部の人間ということになる。

それが――」

「健一か？」

私は頷きました。

「推理小説で、一番意外な犯人って誰だか分かる？　それは最初っから容疑者として疑われている人物よ。読者は、まさかこいつは犯人じゃないだろう、と考える。だって犯人と思われている人物が犯人であっても、なんの意外性もないもの――でも真犯人はまさにその容疑者だった！　読者の裏の裏をかいた、これが本当に意外な犯人。あなたが小説をヒントにそんなことを考えたのかは分からない。ただ、自分にわざと疑いを抱かせて、それを晴らせば、もう自分を疑う人間はいない――そう考えたんじゃない？」

ヨシオは答えませんでした。だから私は話を続けるしかありません。

「あなたは植芝先生を縄跳びで絞め殺すことに決めていた。だから前もってアキナの首を縄跳びで絞めたのよ。縄跳びを没収されることも計画の一部だった。普通だったら、首を絞める騒ぎをしでかしておいて、わざわざ同じ手段で人を殺すのかって考える。自分に疑いの目を向けさせるようなものだから。現に私もそう考えた。それがあなたの狙いだったのよ！　健一と喧嘩して、あなたは健一が着ていたポロシャツのボタンをむしり取った。その時にあなたは、大嫌いな植芝先生を殺して、その罪を健一になすりつけることを思いついたんじゃないの？　私たち四人で仲良く遊んでいたところに、急に入り込んできた邪魔者だから！」

ヨシオは答えません。

「オベリスクを潜ってからあなたがおかしくなったのは、今回のことに備えるための演技だったの？　最初から全部仕組んで、チャンスがくるのを待っていたの？」

「そんなんじゃない」

「じゃあ、なんなの？」

　ヨシオは私を見つめ、言いました。

「君の推理には穴があるよ」

「穴？」

「そもそも僕の服が汚れていた原因が、第三者との喧嘩によるものだと決めつけるのは、あまりにも早とちりじゃないか」

「いいえ。喧嘩のはず。そうでなきゃ、健一のボタンが『ハウス』の人間にわたった理由が説明できない」

「ほらそれだ！　君はまず結論ありきで物事を話している！　状況はそんな単純じゃないんだ」

　私は黙りました。

　ヨシオが真犯人である可能性に気付いた瞬間は、まるでアガサ・クリスティーの小説の解決編を読んでいる時のように興奮しました。だからその興奮冷めやらぬうちにヨシオに会いにきたのです。もしかしたら真犯人はヨシオではないのかもしれません。でもヨシオはなにかを隠しています。これは絶対にそうなのです。

「じゃあ、どうしてあんなに服が汚れてたの？」

　ヨシオは観念したように答えました。

「墓を掘っていたんだ。シャベルを持ち出して――」

「お墓？　誰の？」

「誰の墓でも良かった。強いていえば、アキナかな。君は僕がアキナを殺すふりをしていると思っているようだけど、そうじゃないんだ。僕は本当にアキナを殺そうと思ったんだ。でも失敗した。それだけなんだ」

しばらく世界が終わったような静寂が私たちを包み込みました。

「どうしてアキナを殺そうと思ったの？」

「さっきも言った。君を騙したお金で服を買ったからだ」

「そんなことで本気で殺そうと思ったの？」

「そうじゃない――僕は誰か殺してみたかったんだ。アキナじゃなくても、マナブでも、他の誰かでもいい。でもその時は、たまたまアキナが気に入らなかったから殺そうと思ったんだ」

ヨシオはさっき、私の推理を結論ありきだ、と批判しました。しかしヨシオの話を信じるならば、彼もまず、人を殺したいという結論が先にあって、それから殺人の動機を探していたことになります。こんな異常な話があるでしょうか。

「首を吊った。でも死ねなかった。屋根から飛び降りた。でも死ねなかった。オベリスクを潜った。でも死ねなかった。自分で自分を殺すことはできないんだ。じゃあ、他人なら殺せるのかと思った。だからアキナの首を絞めた。でもそれも失敗した——」

「殺せるのなら、自分でも他人でも良いの？　じゃあ私でも良かったたってこと？」

しかし、ヨシオはゆっくりと首を横に振りました。

「君は駄目だ。君は殺せない」

「——どうして？」

そしてヨシオは私に告げました。

「だって君は、もう死んでいるから」

第十章

思えばヨシオは、以前この『ハウス』の生徒たちはみな幽霊なんじゃないか、という考えを私に示唆したことがありました。私はそれを真剣に信じ、生きている人間が大人で、死んでいる人間が子供だと推測しました。だからこそ先生たちはオベリスクを潜れるのに、私たちは潜れないのだと。

でもヨシオのその発想の出始めは、健一によって私の死を知らされたからなのです。そこから生徒全員が幽霊だという考えに至ったのです。

ヨシオはじっと私を見つめました。そして、

「良かった」

とつぶやきました。

「自分が幽霊であることを知ったら、君が消えてしまうような気がしたんだ。だから今まで黙っていた」

私は半ば呆然とヨシオに告げました。

「私は幽霊なんかじゃない」

「いいや、幽霊だ。だって健一がそう言ったんだよ」

ワンピースをはためかせながら、くるくると踊るアキナの遥か彼方で、呆然と私を見つめ、そして逃げ出した健一の姿をまざまざと思い出します。あれは――。

「あの時、僕は偶然健一と出くわした。そのことに関してだけは君の言った通りだ。でも喧嘩なんかしなかったよ。健一は幽霊になった君を目撃して、おびえて君から逃げてきたんだ。そして健一は一部始終を教えてくれた。君は幽霊なんだ。そして『ハウス』に取り憑いている。だから僕は墓を掘った。君の墓じゃないよ。だって君の墓はもう健一が作ったんだから。誰を埋める墓かはまだ決めてなかったけど、人が死んだら幽霊になるのか、僕は確かめたかったんだ。だから本気でアキナを殺そうとしたんだ」

「私は幽霊なんかじゃない！」

叫びました。足下がぐらぐらと揺らぐような、そんな感覚を覚えました。

「君は健一と一緒にオベリスクを潜った。その時、君は死んだんだ」

「じゃあ、あなたはどうなの？　あなただってオベリスクを潜った！」

「僕はすぐに助け出された。だから無事だった。でも君はそうじゃない」

「助け出されたわよ！　だからここにいるんじゃない！」

「そうじゃないんだ」

そう言ってヨシオは首を振りました。

「君は本来ここにいるべき人間じゃないんだ。だって助け出されなかったんだから」

私はずっと思っていました。あの後、ヨシオのように助け出されたから、私は『ベッド』で目覚めたのだと。健一は先生たちに買収されて、私のことを諦めたんだと。でもそんな事実がいっさいなかったとしたら？

「オベリスクを出て君が倒れた後、健一は君を自分の住まいまで運んだんだ。健一は君を殺すために『ハウス』に来たっていうじゃないか。それは簡単にできたんだ。オベリスクの外に連れ出すだけで」

違う。私を殺すために連れ出したのではありません。私と一緒に暮らすために連れ出したのです――でもそんなことはなんの反論にもなりません。

「自分の住まいに連れ帰って、君が息をしていないことを確認した健一は、君の墓を裏庭に作って埋めたんだ。今でも君の死体は、健一の家の裏庭に埋まっているはずだ。だから君は幽霊なんだよ。それが唯一の論理的な回答だ」

「じゃあ、健一はどうしてまた『ハウス』にやってきたの？」

「オベリスクから連れ出して君を殺したことは、まったくの不可抗力だったんだ。健一は君が死んで悲しかった。そして日に日に罪悪感に苛まれた。だから君が死んだことを先生たちに伝えようと『ハウス』にやって来たんだ。でも健一がそこで見たのは、なに食わぬ顔でアキナと一緒にはしゃいでいた君の姿だった――」

だから私から逃げ出した。私のことを幽霊と思ったから。

「僕も確かめたかったんだ――人が死んだら本当に幽霊になるのかどうか。そのために墓を掘った。でも掘っただけだ。埋めてない。僕は誰も殺してないんだ」

それから私たちは沈黙しました。

先生たちは、健一なんて存在しない、そう私に嘘をつけとヨシオとアキナとマナブを買収しました。そして、あれはすべて夢の中の出来事だったのだと私に思い込ませました。それはもしかしたら先生たちの優しさだったのかもしれません。だって私はもう死んでいるのです。幽霊となった今が確かな現実で、生きていた頃はあやふやな夢だと思わせておいたほうが、これから先、私にとって幸せだと――。

でも、信じられませんでした。

私はこうしてここにいます。自分のことを自分だとちゃんと分かっています。それなのにどうして死んでいることになるのでしょう？

「私に触ってみて」

ヨシオは私を見やりました。彼が私を好きなことは分かっていました。

ヨシオは、静かに、そしてとても期待を込めたような顔つきで、私の頬に触れました。

「これでも私が幽霊だと思う？　私は生きている。触ることだってちゃんとできる」

「確かに幽霊とは思えない——でも僕の感想なんてどうでもいいんだ。君の身体は、健一が墓に埋めたんだ。その事実がすべてだ」

「もし健一が嘘をついていたとしたら？」

「そんな嘘をつく理由なんか、どこにもないよ」

健一に触られた時、身体に電気が走るような喜びを覚えました。その後、ヨシオに触られても、そんな喜びを感じることはありませんでした。もちろん今もそうです。私はそれを、ヨシオを異性として見ていないからだと思いました。でもたとえそうであってもヨシオも男です。なにかもう少し感慨のようなものがあってもいいはずです。

もし健一に触れられた時は生きていて、ヨシオに触れられた時は死んでいたとしたら？　健一に触られた時になんの感動も覚えなかったら、私が正真正銘死んでいるという、なによりの証明になるのではないでしょうか？

「私のことはもういいわ——でもヨシオ。今の話はあなたが犯人だという私の推理を後押しするものにしか思えない。あなたが植芝先生を殺したんじゃないの？　あなたは私を幽霊だと思った。だから人を殺してみたかった。人が死んだら幽霊になるのか実験したくて。自殺しようとして失敗した。アキナを殺そうとして失敗した。植芝先生でようやく成功したのよ！　ケンカをしていないって言ったけど、健一とあなたが偶然出会ったのは事実よ。ちょっとした小競り合いぐらいあったんじゃないの？　それであなたは健一のボタンをむしり取った。違う？」

ヨシオは小さな声でつぶやきました。

「——違う。僕が健一と会った時、すでに健一が着ているポロシャツにはボタンはなかったんだ」

「嘘」

「嘘じゃない。健一と会った時、彼のポロシャツのボタンが取れていたことを、はっきり覚えている。でもその時は、ボタンがそんなに重要な証拠になるとは思わなかったんだ」

私はその言葉を信じたくはありませんでした。しかし、あれだけの騒ぎを起こしたヨシオが、この期に及んでじたばたするとは考えがたいものがありました。

「あのポロシャツには、胸元にボタンが二つあったわ。二つとも取れてたの？」

ヨシオはしばらく考え込んでから、こう答えました。

「いや、一つだけだと思う。一つは取れて、一つは残っていた。たぶんそうだ――」

私は無言のままヨシオの部屋を後にしました。ヨシオが呼び止めてくると思いましたが、そんなことにはなりませんでした。

ボタンの件は気掛かりでしたが、ヨシオはもっとも疑わしい容疑者にほかなりません。もしこの事件がアガサ・クリスティーの書いた小説だったら、まず間違いなく犯人はヨシオでしょう。そして語り手が実は幽霊だった、などという非現実的な展開を、アガサ・クリスティーは決して採用しないでしょう。

自分の部屋に戻りました。今のヨシオとの話をオオトモに教えようか悩みました。黙っていても、すべてが明るみに出るのは時間の問題です。遅かれ早かれ、健一は警察の事情聴取を受けるでしょう。警察相手では健一もすべてを告白せざるを得ません。そして健一の住まいには、私が幽霊であるという、絶対無比の証拠があるのです――私のお墓が。

私は窓から外に出ました。今夜こそ健一に出会えるはず、そして自分が何者か証明する、そう心に固く誓いました。

私が今から行おうとしているのは、ある種の実験です。

あのオベリスクがどういう基準で通すもの、通さぬものを判別しているのかは、いまだに不明です。通れるものは大人だけ、という私の推論は間違ってはいないように思えます。オオトモや捜査員たちはオベリスクを潜って『ハウス』までやって来ることができたのですから。

でも今、私が証明しようとしているのは、私が大人かどうかではありません。私が生きているかどうかです。健一やヨシオの言ったとおり、私が幽霊だとしたら？　私はそのままオベリスクを潜れるはずなのです。だって私はもう死んでいるのですから。一度死んだ人間は、もう死ぬことができないのです。

オベリスクに辿り着くまで西に向かって歩きました。あの小さな丘に埋め込まれるようにして存在している金属のドアを通りかかりましたが、私は脇目も振らずに歩き続けました。境界線にはほどなくして到着しました。私はためらうことなくオベリスクを通り抜けました。しかし倒れるようなことにはなりませんでした。私の意識は、オベリスクを抜けた前も、後も、どこまでもどこまでも鮮明でした。

「私は死んだ」

そう言いながら歩き続けました。どんどん遠くなってゆくオベリスクを私は振り返りませんでした。

「私は死んだの！」

そう叫びながら、歩き続けました。健一の住まいを目指して、ひたすら歩き続けました。彼に、そして私の死体に会うために。

ふたりの果て

C

『そして誰もいなくなった』と『オリエント急行の殺人』を読んだ。翻訳物を読み慣れていないということを差し引いても古典的な小説だな、という印象を受けた。ミステリーには詳しくないが『そして誰もいなくなった』は一人一人殺されていくサスペンスで『オリエント急行の殺人』は探偵が犯人を探すオーソドックスな推理物だ。どちらの作品も当時としては意外な犯人なのだろう。だがこちらの予想を遥かに超える意外な犯人とは言い切れないように思った。

世に出回っている映画にせよ小説にせよ、このような古典を経ているのは間違いないから、今となってはありきたりなトリックに思えてしまうのかもしれない。百年近く前の小説、というエクスキューズがあるから、教養として読む価値があるのだろう。

昌志に箱根に行くと答えたものの、計画はないに等しかった。例のハコネロボット研究所の住所は分かっている。だが、中に潜入して彩子を連れ去るという作戦は現実的ではない。強いて言えば、研究所にかかわっている人間を昌志にリストアップしてもらい、その中で一番懐柔しやすい大学生などに声をかけることか。宏明の時と同じやり方だ。しかしそれでできるのは、せいぜい研究所がどんな状態なのか探ることぐらいだろう。

いきなり押し掛けて中を見せろと詰め寄ったところで、門前払いされるに決まっている。しかるべき理由を持った、しかるべき身分の人間でなければ研究所の中には入れない。もちろん俺は研究資金の提供者の息子なのだから、素直に身分を明かせばそれなりの対応はしてくれるに違いない。しかし、即座に父にバレる。彩子は別の場所に移動させられてしまう。同じ理由で、末永や昌志に手を回してもらうのも不可能だ。

彩子は実はもう死んでいて、父がその事実を必死になって隠しているのかもしれない、という疑惑が再び頭をもたげた。そうであって欲しいとすら思った。もし既に死んでいるのなら、探す必要もないからだ。

行動を起こすことを躊躇しながらも、時間は無情に過ぎて行った。それからアガサ・クリスティーの小説を何冊か読んだが、昔の小説だなという印象は変わらなかった。有名なエルキュール・ポアロやミス・マープルの出てくる作品ばかり選んだのがいけなかったのかもしれない。

そんなある日の夜、洋子が家を訪ねてきた。

彼女は高校時代からつき合っていた元カノだった。ここで一緒に暮らしていた時期もある。何となく彼女と結婚するんだろうな、と思っていたが、隠れて別の女と付き合うほど、俺は器用ではなかった。別れはそれなりの修羅場だったが、何とか納得させたのだ。

正直、当時はもう二度と会いたくないと思ったが、彩子があんなことになってしまった今、洋子の訪問は無性に嬉しかった。我ながら勝手なものだと思う。

「引っ越したと思ってたわ——まだ、ここに住んでいたのね」

そう洋子は言った。

「——上がれよ」

「誰かと住んでるんじゃないの?」

「今は一人だ」

「——そう」

安堵したような声を、洋子は発した。確かに俺も彼女と再会できて嬉しいという気持ちはあるが、彩子のことで頭がいっぱいで新しい恋人を探そうという気にはなれなかった。仮に洋子とよりを戻したとしても、あの頃の楽しい日々は二度と戻ってこないだろう。

「何の用だ?」

「用がなきゃ来ちゃいけない?」

当然だ。もうお前とは何の関係もないんだから——などという薄情な言葉を、俺はぐっと飲み込んだ。

「お前は俺が女と暮らしていると推測していたはずだ。そんな部屋に来るなんてよっぽどのことだろう?」

「探偵みたいなことを言うのね」

「ポアロか?」

俺はキッチンでコーヒーを沸かした。その間、洋子はここに来た理由を話した。

「望月《もちづき》さんから電話がかかってきたのよ」

「望月? どうしてお前の電話番号を知っているんだ?」

俺がライターとして雑文を書き散らしている、風俗雑誌の編集長だ。

「一度、あなたと三人でお酒を飲んだことがあったでしょう? その時、私、酔っぱらってて名刺を渡しちゃったんだ」

ネイリスト見習いの洋子に名刺が支給されるはずもない。恐らくゲームセンターで作ったおもちゃのような名刺のことだろう。パソコンで作った俺の名刺と同じようなものだ。

「そんなに軽くて、よく俺のことを批判できるよな」

「別にいいじゃない。望月さんから電話がかかってきたのだって初めてなんだから」

俺は風俗店のボーイなどしていたから、女の子は選《よ》り取りみどりなんだろう、などとよく誤解される。実際はボーイがプライベートで風俗嬢と接触するのは禁止されている。性風俗産業こそ、この手のルールは厳しいものだ。つき合っていた当時の洋子だって、俺がそういう仕事をしているのを快くは思っていなかっただろうが、少なくとも風俗嬢との浮気の心配はしていなかったはずだ。

「それで、望月は何だって？」

「向こうとほとんど連絡取っていないそうじゃないの。望月さん、心配してたわよ」

確かに望月から電話が来ても出なかった。ボーイを辞めたからだ。俺が書く記事は、風俗店の裏話を面白おかしく綴《つづ》ったものだから、仕事を辞めた俺には価値がない。ちゃんと挨拶をするのが社会人としての筋だと思うが、あれこれ訊かれるのが億劫《おっくう》だった。この業界は、人が『飛ぶ』のが日常茶飯事だ。特に深く探しはしないだろう。俺の代わりはいくらでも、とは言わないが、それなりにいる。

仕事を辞めたというと、洋子は目を丸くした。

「どうして？　転職するの？」

「転職と言えなくもないけど、暫くは無職だ」

「どうするつもり？　貯金もほとんどないんじゃないの？」

「実家に戻って考えるさ」

ボーイは給料も安いし、激務だから折りを見て辞めたいと思っていたのだ。もちろん、どんな仕事だって大変だろう。しかし未来が見えないという意味で一生の仕事とは思えなかった。

バイトであればいくらでも求人はあるし、所詮、父の会社に就職するまでの繋ぎに過ぎなかった。とりあえず、もう未来の心配はないのだから、あのアホな店長に頭を下げる必要もないというわけだ。

「健一。三十まではあっと言う間よ。今の時期にちゃんと将来のことを考えないと、後で後悔することになるわよ」

「母親みたいなことを言うなよ」

俺はコーヒーが零《こぼ》れるのも構わず、洋子の前に、どんっ、とマグカップを置いた。

「あなたのことを心配して言っているのよ」

「それが母親みたいだって言ってるんだよ。関係ないだろ。もう別れたんだから。何だ？まだ未練があるのか？」

洋子は黙った。図星だな、と思った。望月から電話が来たのは事実だろうが、洋子にとってそれはここに来る口実に過ぎないのだろう。

洋子は俺の部屋をぐるりと見回し、そして言った。

「あの子とは別れたみたいね。誰だか知らないけど」

「どうして分かる？」

「分かるわよ。女の気配がないもの。大方、私と別れてすぐにその子とも別れたんじゃないの？　あんなに大騒ぎしたのに、そんなすぐに別れちゃうなんて皮肉ね」

言い返そうと思ったが、不毛な議論になるだけだと思って止めた。

「――そっちはどうなんだ？」

「どうなんだって？」

「男だよ。いるんじゃないのか？」

洋子は黙った。つき合っていた俺が言うのも変な話だが、洋子はいい女だ。俺だってできれば別れたくはなかった。新しい男を作らないのは、きっと俺にまだ未練があるからに違いない。そうでなければ、そもそもここに来たりはしないだろう。

「ただ私は――あなたがどうしているのかって――」

俯き、吐き出すようにそう言う洋子を見つめていると、彼女と付き合っていた頃の楽しい日々の記憶が、次々に脳裏に蘇っては消えていった。

「心配してくれなくても大丈夫だ。就職は決まっているから」

「本当？」

「ああ、まだ先になると思うが、父さんの会社に就職すると思う」

「本当!?」

「嘘ついてどうするんだ」

「でも、あなたとお父さんって、その――」

洋子は口ごもった。俺が父の私生児だということは、当然洋子も知っている。

「妹が事故にあって、命は助かったらしいんだけど、復帰は難しそうなんだ。だから、俺に声をかけた。隠し子でも血の繋がった子供の方が信頼できるって考えがあるんだろう」

それで俺はここ最近の出来事を洋子に話さざるを得なくなった。父、末永、宏明、昌志――本当はこんな俺のプライベートを洋子に話したくはない。洋子は関係もないのにあれやこれや首を突っ込みたがる嫌いがある。一年前だってそれが鬱陶《うっとう》しくて別れたようなものなのだ。

「怪しいわね」

と洋子が言った。始まった、と俺は思った。

「何がだ？」

「こんなことを言ったら悪いけど、あなたは隠し子よ。いくら自分の子供が事故にあったからと言って、お妾さんの子供を後継者にする？」

「相変わらず、ずけずけとものを言うな」

「でも一般常識から考えればそうじゃない？　もちろんお父さんにしてみれば、あなたも大切な子供には変わりないでしょう。でも会社の社長ともなればあらゆる方面に気を遣わなければならないはずよ」

「役員には話をつけてあるって言っていたけど」

「そりゃ役員はいいでしょう。身内なんだから。でも取引先の人たちには？　あの会社の次の社長は正妻の息子じゃないって噂されたら？」

今度は俺が黙る番だった。

「末永って人と、昌志って人は、あなたにそういうことを言わないの？」

「あの人たちは、そんなにはっきりものを言わない」

仕方がないと割り切っているだろうが、それでも末永は自分の勤めている社が同族企業であることに複雑な思いがあるのかもしれない。どんなに努力しても専務以上の出世は見込めないのだ。だから、みそっかすとも言える俺の味方をしてくれる。

一方、昌志はその逆で俺を疎ましく感じても不思議ではないのだ。にもかかわらず突然息子に会いに行った俺に親切に寿司をご馳走してくれた。もちろん、それで彼を完全に信頼するわけにはいかないが、自分の兄に対する不信感が俺への親切となって現れたと考えても不思議ではないだろう。

つまり、父が会社の金を勝手に使い込んでいるという事実がなければ、果たして彼らが俺に親切にしてくれるかどうか分からないということだ。二人とも、俺ならば父の秘密を暴けると期待している。それはいい。でも、入社するとなったら状況は変わるだろう。洋子の言う通り、体裁が悪い。体よく追い出されてしまうかもしれない。俺の味方は父一人だけなのだから。

いくら話をつけたといっても、将来的にそういうことがまったくないとは言い切れない。父がそのことに思い至らないほど楽観的な性格だとは思えなかった。

洋子の言う通り、父は何か目的があって入社させようとしているのかもしれない。それは一体何だ？

「何かのスケープゴートじゃないの？　自分の使い込みの罪をあなたに被せるとか」

「そのために今から俺を大学に行かせ、万全の態勢で入社させる？　気の長い話だな」

「でも、あなたの妹さんの事故と、お父さんの使い込みには、犯罪の可能性もあるんでしょう？」

「お前こそ探偵みたいなことを言うんだな」

「ミス・マープル？」

と洋子は笑った。俺は笑えなかった。

「コーヒー飲んだら帰れよ。望月には俺の方から言っておくから」

「──冷たいのね。一度はつき合った仲なのに」

「彩子の一件がケリがついたら、また会おうぜ。それでいいだろう？」

「ケリがつくって？」

「だから、彩子が見つかったらだよ」

「見つけてどうするの？　お見舞いにでも行くの？」

「そうだよ」

と俺は真顔で答えた。

「どうしてそこまで妹さんのことを気にするの？」

「気にして当然だろう。父さんが俺に声をかけたのも、妹がマンションから落ちたのがきっかけなんだからな」

洋子は何か言いたそうに口ごもったが、結局黙った。そして違う視点から話を続けた。

「そのハコネロボット研究所って、どこの大学？」

俺は洋子に大学名を告げた。

「あなたがその大学を志望すれば、その研究所と接点ができるんじゃない？」

「それこそ気の長い話だな」

「あなたのお父さんも、今からあなたに大卒の資格を授けて、会社に招き入れようって言うんでしょう？　彩子さんの怪我は一朝一夕に回復するっていう訳じゃないんでしょう？」

「——もう、良くならないかもしれないな」

何年もかけてゆっくりと症状が回復するという例はないとは思わないが、現実問題、かなり少ないのではないか。治療ではなくリハビリの領域に限りなく近づくのは確かだろう。ある程度短いスパンで良くなるから『回復する』という表現が使えるのだから。

彩子は一生、その研究所にいるのだろうか？

「でも、俺の学費は結局父親から出る。大学や学部だって、ある程度は向こうに決められるだろう。都合よく父親が資金提供している大学に入学できるかな」

俺がそう気弱に言うと、洋子は心底呆れたように言った。

「何それ？　勝手に敷かれたレールの上を、お父さんの言いなりになって走るの？」

俺は笑った。

「何よ」

「いい歳こいて、思春期の高校生みたいなことを言うなよ」

「だって――」

「ボーイをいつまでも続けてられない。もちろん中には自分の店を立ち上げるような奴もいるかもしれないが、そんなのは本当に一握りの天才だけだ。ライターの仕事の給料の安さも知らないだろう。そんな職歴しかない高卒の男には、働ける仕事だって限られている。洋子、さっき言ったよな。三十まではあっと言う間だって。その通りだよ。生活するためには恥も外聞も構っちゃいられない。一生一人で暮らすならまだいいだろう。でも今のままじゃ結婚はできない。子供を作ることも」

洋子はどこか寂しそうな目をして、

「――健一。変わったのね。一年会っていなかっただけなのに」

と言った。

「人間は変わるよ」

「健一は——私と結婚したくないとばかり思ってたのに——」

　そう洋子は呟いた。

「結婚とか、子供とかは、たとえ話だ」

「でも、いつか結婚するつもりはあるんでしょう?」

　洋子は泣きそうな顔で言った。彼女の気持ちは分かった。やはり彼女は俺に未練があるのだ。しかし、俺は父の敷いたレールに乗る。結婚だって、父が決めた相手とするだろうと、彼女は思っているのだ。

　自分のようなネイリスト見習いが、それなりの会社の次期重役と結婚するなど、どだい無理な話だと。

　俺は洋子の手を取った。

「俺と結婚したいのか?」

　洋子は答えなかった。俺はそのまま洋子の手を引っ張り、こちらに抱き寄せた。洋子は抵抗しなかった。俺は洋子と口付けを交わした。

　俺とて洋子と別れたくはなかった。ただ洋子は愛ゆえに誤解をし、俺を呪縛した。洋子といる限り、俺は一歩も動けなくなった。だから別れるしかなかったのだ。

「一緒に探そう、ね?」

洋子が吐息交じりに呟いた。俺の質問に答えたくないから、話を誤魔化したのだろう。

「箱根に行こうよ。その森の中の学園を探せば良いじゃない」

洋子で寂しさを埋めたいという気持ちはある。だが正直、彩子のことに関しては彼女は邪魔だった。俺は一対一で彩子と対峙したかった——実の妹と。

「噂話を当てに森を歩くことはできないな。そんな学園本当にあるかどうか分からないし、あったとしても彩子がそこにいる保証はない。研究所にいる可能性の方が高いんじゃないか？」

「そうかな——だって大学の研究所だよ？　もちろんある程度は秘密の部分はあると思うけど、公共的な教育機関の施設だから、大なり小なり施設見学を執り行っているんじゃない？　人の出入りは多いと思う。そこにあなたの妹さんが人知れず住んでいるって言うの？　いつか見つかりそう。そんなに妹さんのことを秘密にしているのなら、森の中の学園に住まわせようって考えない？」

洋子の言っていることは一理あるような気がする。でも——。

「だから何なんだ？　彩子を探すことが難しいのは変わらない」

「確かにその森の中の学園を探すのは難しいでしょう。でも考えを変えてみたら？　研究所に立ち入るのが難しいのは、そこが開かれた公の施設だからよ。見学はさせてくれるだろうけど、ちゃんと身分を名乗らないといけない。それができないんでしょう？」

「ああ」

堂々と名乗って研究所に向かったら、すぐに父の知るところになるだろう。

「でも森の中の学園は皆に秘密にされている。つまり、こっそり会いに行って、もし誰かに見つかっても、偶然森の中に迷い込んでしまったっていう言い訳ができるでしょう？」

確かに、噂の信憑性に欠けるからこそ、面白半分で森の中を捜索するという動機付けになる。これが研究所だったら、おいそれと中には入れない。

「でも、その学園をどうやって探す？　森で迷子になった子供が学園に迷い込んだのは、単なる偶然だろう。俺たちにもそんな奇跡を期待しろって？」

洋子は少し考える素振りをして、

「登記簿を調べれば？」

と言った。

「それは駄目だな」

「どうして？」

「そりゃ請求すれば登記簿は見られるが、住所が分からなきゃ請求できないだろ」

洋子は黙り込んだ。

「その学園を見つけてから確認のために請求するのはできると思うけど、まず学園が実在しているかどうか確かめるのが先決だ」

　正直、登記簿なんかどうでも良かった。そんなものを見たところでそこに彩子がいるかどうかは分からないのだから。

「妹さんに、会いたい？」

「会いたいよ。マンションの二十階から落ちたんだぞ。生きている方が奇跡だ」

「事故？　自殺？」

「さあ、それはまだ分からない。少なくとも事故直後は彩子と意思の疎通ができる状態だったみたいだから。もし、その時点でたとえば殺人だったとしたら犯人の名前を言うだろう。警察も動く。でも現状そうはなっていない」

「事件性はないってことね——」

　そう洋子はつぶやいた。

「そっちの方から調べるってこともあると思うけど」

「転落事件を？　それはちょっと難しいだろうな。だって現場になったマンションに俺たちは立ち入れないぞ」

「別に現場検証する訳じゃないのよ。人となりというか、友達関係を探ってみたいと思って。仲の良い友達に、一人ぐらい彩子さんの居場所の手がかりを知っている人がいるかもしれない」

「彩子は本ばかり読んでいて、友人は少なかったみたいだ」

「でもまったく誰もいないって訳じゃないんでしょう？　仕事は何をしていたの？」

「父の会社で働いていた。一般事務だったらしい。要するに平社員だ。社会勉強のためという名目だが、一般社員の中で働いて、辛かっただろうな。だって今は平でも、将来幹部になるのはほぼ約束されているんだから」

どうせ同族企業なのだから、血縁関係者とそうでない者を徹底的に分けてしまえばいいのに、と俺などは思う。中途半端に差別がいけないからと一緒くたにするから歪みが生じるのだ。俺は隠し子として彼らを嫉《ねた》んで生きてきたが、彼らには彼らなりの気苦労があるのかもしれない。

「そうね――それで精神的に参ってしまった、ってことはありそうね」

洋子は分かったような口を利いた。俺はもう洋子がこの一件に完全に首を突っ込むつもりのようでいて、少し不快な気持ちになった。所詮、洋子は部外者なのだ。

「お前、もう帰れよ」

そう言われることは覚悟していたようで、洋子は無言で俺の顔を見た。

「よりを戻すとか、つき合うとか、それはまた別の機会に話そう。彩了のことは、俺の家族の問題だ。お前には関係ない」

少し冷たい言い方だったかな、と思ったが仕方がなかった。はっきり言わなければ洋子はいつまでも我が物顔で付きまとう。

「関係――あるわよ」

「どうして？」

「覚えてないの。健一、いつもいつも私に妹さんの悪口言っていたじゃない。俺は兄貴なのに妹のおこぼれにも与《あずか》れないで、あいつだけが良い思いをしてって――」

「そりゃ、それくらい言うさ。俺は隠し子だぞ」

「私、一目妹さんにあって、言ってやりたいのよ。あなたの陰で、健一やお母さんがどれだけ悲しい思いをしてきたのかって――」

　そんなことを言われても、彩子は困るだけだろう。妹には何の責任もないのだから。

「要するに、妹がどんな顔をしているのか見たいってだけだろう。そういうのを野次馬根性って言うんだよ」

　洋子は俺をじっと見つめ、

「本当に変わったわね――健一」

と言った。

「一年も経てば、人間は変わるさ」

と俺は言った。すると洋子は少し興奮した様子で語り出した。

「あなたは隠し子だし、私だっていい家に生まれなかった。専門学校しか出てないし。それでも毎晩毎晩話したじゃない。金持ちゃ良い学校出た奴が牛耳《ぎゅうじ》るこの世界に復讐《ふくしゅう》してやろうって。そうよ。私は彩子さんの顔が見たいのよ。マンションから落ちて、大怪我して、ベッドの上で動けない妹さんの姿を見て笑ってやりたいのよ。でもあなたはもうそんな情熱はこれっぽっちもないみたいね。自分も向こうの仲間になれると分かった途端に、ころっと掌返して。あなたがそんな卑怯な男とは知らなかった。あなたの言う通り。世の中、所詮お金。お金が手に入るとなれば、今まで自分が馬鹿にした連中の方に、簡単になびくんだから。もういい。あなたとは二度と会わない。それでいいでしょう？」

そう言って、洋子はすっくと立ち上がって玄関に向かった。その後ろ姿を数秒間だけ見送ってから、俺は言った。

「洋子」

「何？」

彼女は立ち止まり振り返る。呼び止められることを期待していたのは明らかだった。

「俺が悪かった。一緒に彩子に会いに行こう。それで思う存分笑ってやろうぜ」

洋子は弾かれたようにこちらに駆け寄ってきた。そのまま俺に抱きつき、激しく俺の唇を吸った。俺も洋子に口づけをし返した。その夜、洋子は俺の部屋に泊まった。

翌日、俺は充電スタンドから携帯電話を取り上げ、昌志に連絡を取った。昌志には直の携帯の番号を教えられていた。いつでも連絡して良いと言うので、遠慮なく使わせてもらったのだ。

『どうした？』

「昌志さん、話してくれましたよね。森の中で迷子になった子供が学園を見つけたって。その子と会わせてもらえませんか？」

『何だって？』

まるで俺が予想外のことを言ったかのように、昌志は声を上げた。

「いろいろ考えたんですけど、もし箱根の研究所と彩子さんが関係しているのなら、彩子さんはその学園にいるような気がするんです」

俺は洋子とした話を、昌志に説明した。話をし終わると、おもむろに昌志は言った。

『俺だってそれは考えた。だが調べさせたが、箱根のあの近辺には学校組織の類いは存在していない。まあ考えてみれば当然だろう。場所が辺鄙《へんぴ》過ぎる。寮制だとしても、もし何かあった時、外界から簡単に人が来られないような場合は取り返しがつかなくなる。文科省から認可は下りないだろう』

「非合法な学園だとしたら？」

昌志は笑った。

『何だそれは。虎の穴か？』

「え？」

『「タイガーマスク」だよ。知らないのか。まあいい。とにかく、あの場所には過去も現在も学園なんてない。あると言い張っているのは迷子になった例の子供だけだ。そういうものを見たという気になっているだけかもしれない。子供は純真だ。つまり平気で嘘をついたり、そうでなくとも時として不正確なことを言うものだ。あまり当てにしない方がいいと思うが』

確かに昌志の言う通りだ。もしその子供の言うことを皆が信じていたら、今頃森中捜索されて、とっくの昔に発見されていただろう。

「過去も現在も存在しないんだったら、未来にだったらあるかもしれませんね」

と俺は何の気なしに言った。

『その子が未来にタイムスリップしたとでも?』

少し厳しい口調で昌志が言った。忙しい時間を割いているのに、そんなくだらん意見を吐くな、と言わんばかりだった。

「いえ、何でもないんです」

『その研究所が怪しいというだけで、箱根に必ず彩子がいるという保証はないんだよ』

言い諭すように昌志は言った。俺は憤った。話を持ちかけてきたのは、昌志の方なのだ。今になって怖じ気づいたのだろうか。

俺は少し強い口調で言った。

「俺が勝手にやることです。父の知るところになっても、あなたの名前は出しません」

昌志は少し黙ってから、口を開いた。

『――正直に言おうか。いや、これは箱根の話とは直接関係ないんだが』

「はい」

『役員の中には君が入社することを快く思っていない連中もいる。だが、俺は君に期待している。俺の息子には君のようなハングリー精神はないからな。君は必ず我が社にとって有益になる人間と信じている』

そんなことを言われたからといって喜ぶほど、俺はお人好しではなかったが、

「光栄です」

と答えた。洋子の言う通り、金持ちや権力を持った者になびく人間の口ぶりだと、自分でも思う。でもこれでいいんだ。目的のためなら、どんなものでも利用しよう。口では媚を売り、心では笑っていればそれでいい。誰も俺の心までは分からない。どんな想いで俺が彩子を探しているか、知る者は誰も――。


数日後、例の子供の名前と住所を昌志に教えられ、俺は洋子と共に箱根に向かった。

やはり昌志はそれなりの立場にいる人間だけあって、人探しのノウハウを持っていた。

もちろん彼自身が行動を起こす訳ではない。手足のように動く人材を一定数確保している

ということだ。俺もまた、彼の手足の一つとなったのだろう。子供を探すのは他の者の役目。俺の役目はそこから先だ。

昌志は、彩子の捜索など急を要していないから、隠し子に任せておけばいい、という軽い気持ちなのかもしれない。昌志は俺が親族たちに反旗《はんき》を翻《ひるがえ》す可能性も十分考えているはずだ。少なくとも彩子を探している間は、そんな思い切った行動に出ないだろう、と甘く見ているのか。

「あなたがそんなシャツ着てるなんて似合わないわね」

と箱根行きの電車内で、俺の白いポロシャツを見やって洋子は言った。

「失礼だな」

「なんかテニスでも始めそうだもの」

確かに俺はそんな優雅なスポーツとは無縁の男だ。

「――叔父さん、やっぱり、あなたを騙そうとしているのかも」

洋子が少し暗い顔をして言った。

「騙そうって、どういうことだよ」

「妹さんの捜索は、お父さんの秘密を暴くことにも繋がるでしょう？　あなたとお父さんが妹さんを巡って激突すれば、スキャンダルになるかもしれない」

「父さんを会社から追い出すために、俺を利用してわざと騒ぎを起こすと？」

洋子は頷く。そして、

「彩子さんだって、その昌志さんが突き落としたのかもしれないわよ」

と言った。

「冗談でもそんなことを言うなよ」

「悪かったわ。でも、その人、命令すれば意のままに動く人材を沢山抱えているんでしょう？　殺し屋を雇っても不思議じゃないわ」

「そんなことがあるはずがない。マフィアじゃないんだから」

殺し屋などという荒唐無稽な存在を持ち出した洋子を、俺は冷めた目で見つめていた。さすがに観光気分ではないと思うが、所詮彼女は部外者だ。やはり連れて来ない方が良かったかもしれない、と思ったが後の祭りだ。

「洋子」

「何？」

「これが終わったら結婚しようか」

と俺はまるで、向こうについたら何を食おうか、と言わんばかりの口調で洋子に告げた。洋子は信じられないと言いたげな顔で俺を見つめ、そして両手で顔を覆ってさめざめと泣き出した。俺はそんな洋子をぼんやりと見つめながら、車中に人が少なくて良かった、と考えていた。

「泣くなよ」

「――泣くわよ。いきなりなんだもん」

「予告してプロポーズしたら、プロポーズの意味がない」

「そりゃ、そうだけど、もうちょっと雰囲気作りって言うか、やりようはないの？」

今突然、洋子と結婚しようという気持ちになったのだから仕方がない。箱根では何が待ちかまえているか分からない。もしかしたら、今後の俺の人生を決定づけてしまう何かと遭遇するかもしれない。ならば、その時隣にいた人間と婚約するのは理に適っていると思ったのだ。一度別れてしまったものの、洋子とは気が合っていたのは事実だ。俺の妻には向いているだろう。

「あなたはお父さんの会社に就職するから、私なんかと結婚してくれないと思った」

「隠し子には政略結婚の話も来ないだろう？　俺は多分、結婚相手は自分で見つけなきゃいけないと思うから。今隣にお前がいる。それだけで十分だ」

「嬉しい――」

そう言って洋子は俺にしなだれかかった。簡単にプロポーズしてしまったが、もうこの言葉を取り消すことはできないな、と考えると自分は今この瞬間に人生の選択をしたという事実をまざまざと思い知る。

婚外子に見合い話が来るかどうか定かではない。ケース・バイ・ケースだろう。もし洋子と婚約したことで就職の話が流れたら、その時はその時だ。今の俺にはもっと重要な、考えなければならない問題があるのだ。

車中では、洋子は終始機嫌が良く、俺の手をぎゅっと握って離さなかった。つき合っていた頃は急に機嫌が悪くなったり、すねたり、理屈に合わない言動に悩まされたが、一向に二人の関係に結論を出さない俺に憤っていたのだろう。あの時くだした別れるという結論に後悔はないと思っていた。だが一年後こうして俺の方からプロポーズしたのだから、やはり後悔していたのだろうか。少なくとも状況を客観的に鑑みればそうなる——。

俺の思惑と洋子の悦《よろこ》びを連れて、電車は箱根湯本《はこねゆもと》に到着した。

「婚前旅行みたいね」

と洋子は言った。俺は思わず、笑った。

「今さら婚前旅行もないだろう。何度も一緒に寝泊まりしているんだから」

「そんな身も蓋もないこと言わないの！」

「洋子」

俺は思わず真顔になった。

「今回は遊びじゃない。思い出作りだったら、今回のことが終わったらいくらでもする」

「分かったわ。ごめんなさい」

そんな言い方ないじゃない、と文句を言ってくると思ったが、洋子は従順に頷いた。俺と結婚できるという悦びの前には、すべてを我慢できると言わんばかりの態度だった。

迷子になった子供の住所と電話番号は教えられたが、前もって約束を取るなどということはしなかった。そんなことをしたら、必ず親が出てくるはずだ。確かに事前に保護者に話を通しておくのが筋だと思うが、こっちは元風俗店のボーイとネイリスト見習いだ。まともな親なら、そんな不審な男女と我が子を会わせようとはしないだろう。できるならば、親を経由せず直接その子と話がしたい。

箱根湯本の駅前から小田原《おだわら》方面に向かうバスに乗り、小学校の最寄りのバス停で降りた。都心のマンモス校なら、校門の前で待ちかまえて目的の子供を探すなど現実的ではないが、箱根の小学校は全校生徒百人ほどなので、直に探すのは決して不可能ではなかった。下校時間まではまだ少し時間があるようで、俺達は暫く学校の前で待たなければならなかった。時間を潰そうにも周囲には喫茶店のようなものはない。

「不審者扱いされたら、温泉街に行こうとしたけど見当違いのバスに乗ってしまった、とでも説明しようぜ」

「温泉街行きの無料バス、駅前から沢山出てたじゃない。あれを見逃して有料のバスに乗っちゃうなんて、ちょっと嘘臭いわね」

「俺、時々、自分が誰でどこにいるのか分からなくなるんだよ」

「本当？　初めて知ったわ」

そう言って、俺と洋子は笑いあった。程なくして下校のチャイムと共に子供たちがちらほらと姿を現す。彼らに訊くとすぐに教えてくれた。目的の小学三年生、葉山涼は一人でぼんやりと歩いていた。天然パーマのくるくるとした髪が可愛らしい少年だった。

俺が声をかけると彼は弾かれたように顔を上げた。

「葉山君？　ちょっと君に聞きたいことがあるんだ」

「何——？」

「この学校に、去年、森の中で道に迷って、まる一日かかって救出された生徒がいるって聞いたんだけど、それは君のことで間違いない？」

彼は答えなかった。もしかしたら、そのことは思い出したくないトラウマなのか。

彼の返事を待たずに、俺は話を続けた。

「その時さ、森の中にある学園を見つけたんだろう？」

すると涼は目を剝いて俺を直視した。脈ありだな、と思った。

「俺、その学園を探しているもんなんだ。もし良かったら話を聞かせて欲しいんだけど」

「——信じてくれるの？」

俺は思わず洋子と顔を見合わせた。

「ひょっとして、今まで誰も信じてくれなかったの？」

と洋子が涼に訊いた。涼が何かを言おうと口を開きかけた。その時、校舎の向こうから教師と思しき中年女性がこちらにやってきた。俺達が校門で涼を探していることを、生徒の誰かが密告したのだろう。

やばい、と思うのと涼が俺の手を引くのはほぼ同時だった。

「話をするから、行こう」

そう言って涼は駆け出した。

「ちょっと！　あなたたち――」

背中から聞こえる声を無視して、俺達は涼の後を追った。ちょこまかと足が速いから、こっちも本気で走らなければ見失ってしまいそうだった。交通量が極端に少ないので、車道を我が物顔で走っている。

「待って――待ってったら――」

洋子が息を切らし始めた。

「おーい！　もう大丈夫だ！　先生は追ってこないぞ！」

それでようやく涼は走るのを止めた。俺は軽く息を吐きながら、涼のもとに近づいた。

「もう、妖怪オニババスペシャル追っかけてこない？」

と涼は言った。あの女性教師が生徒達にどれだけ恐れられているのか、よく分かる表現だった。

「どっか、休める場所ないか？　ジュースでも飲みながら話そうぜ」

やった、と涼は小さく声を上げた。追いついてきた洋子と一緒に、俺は涼に連れられて箱根の町を歩いた。いきつけのファストフードの店でもあるのだろうかと思ったが、案内されたのは『駄菓子のなかざわ』という店だった。買い食いできるように店の外にテーブルが出してある。

「奢《おご》ってくれるの？」

「ああ、何でも好きなものを選ぶといい」

仕事を辞めたばかりだし、今の俺の財政状況は決して芳《かんば》しいものではないが、駄菓子などいくら食われても高が知れている。涼は両手で抱えるほどの駄菓子、俺と洋子はコーラを買ってテーブルについた。

子供相手に体裁を取り繕っている場合ではないと思い、身分を告げてから、俺は単刀直入に言った。

「腹違いの妹が、母親が違う妹ってことなんだけど、大怪我をして箱根に運ばれてきたらしいんだ。君が森の中で見つけた学園にいるんじゃないかと思うんだけど――」

「本当に妹なの？」

と涼は訊いた。

「本当だよ」

「じゃあ、どうして妹が大怪我して今どこにいるのかも分からないの？　俺んとこに来るくらいだから、誰もあなたに妹の居場所を教えないんでしょう？　本当に妹なの？　ひょっとしてストーカーなんじゃないの？　テレビで観たよ、そういうの」

俺は洋子と顔を見合わせた。小学生だと思って舐めていたら、とんでもないクソガキだ。だが小学三年生ともなれば、そろそろ大人びた考え方をし始める頃かもしれない。

洋子が諭すように言った。

「今、このお兄さんが言ったでしょう？　腹違いの妹だって。お兄さんは妹さんと会いたいんだけど、向こうの家族が会うのを許してくれないのよ。だからこうして探してるの」

「どうして妹が、あの学校にいる、ってことになったの？」

「俺の父親は金持ちで、君が迷い込んだ森を所有している大学に研究資金を提供しているんだ」

「それだけで？　金持ちだから、あちこちにお金を出してるんじゃないの？」

出資の意図が不明なのは、この箱根の研究所だけだ、と反論しようと思ったが、確かにそれでも妹がこの箱根にいる保証はなかった。

「ねえ、涼君。涼君って呼んでいい？」

と洋子が言った。

「いいよ。皆、そう呼んでるから」

「涼君、さっきこのお兄さんが森の中の学園を探している、って言ったら、信じてくれるないの？　って答えたよね。誰も学園の話を信じてくれなくて、悔しい思いをしているんじゃないの？」

洋子の言葉で、涼は少しすねたように俯いた。

「少なくとも、あなたの言っていることを信じている大人が、ここに二人いるのよ。話してくれない？」

涼はそれでもプライドがあるようで、うじうじと駄菓子を指先で玩《もてあそ》んでいた。

「どうして、俺が森で迷ったことを知ってるの？」

「俺の父親の弟が、人を使って調べてくれた。お母さんやお父さんを心配させて、相当騒がれたんじゃないか？　近所の人に聞き込めば、誰が迷子になったのかはすぐに分かる」

田舎とまでは言わないが、やはり都心部と違って皆噂好きなのかもしれない。葉山涼という少年の存在は簡単に見つかったに違いない。

「そこから先は俺の仕事だ。だから今日、ここに来たんだ」

涼は洋子をちらりと見やって、

「恋人？」

と訊いてきた。

「奥さんだ」

と俺は言った。洋子がどんな表情をしたのかは、そちらを見なかったから分からない。

「あなたたち二人だけ？」

と涼が訊いた。一瞬、意味が分からなかった。

「あの学校を探すのは」

「ああ、そうだよ」

「あなたのお父さんの弟がそんなに人を使えるなら、皆で一斉に探せばいいのに。そうすればすぐに見つかるよ」

尤《もっと》もな意見だが、そうする訳にはいかない。

「妹を探していることは、金持ちの父親に隠している。あんまり大勢で動くと、どこからバレるか分からない。それにまだ雲をつかむような話だから、先発隊として俺達が大体の場所に当たりをつけておくんだ。本格的に探すのはそれからだ」

まったくの嘘ではないが、真実でもなかった。箱根に彩子がいるという確証はない。だが昌志は俺などよりもずっと、父や会社のこと、そして彩子のことを知っている。そんな彼が、金の流れ、使い込みの時期等を鑑みてここに妹がいる可能性がある、と言うのであれば信じていいのではないか。仮に何かの意図があるとしても構わない。彩子に辿り着けるのであれば。

涼はもぐもぐと駄菓子を食べ、口の中の菓子がなくなるとおもむろに口を開いた。

「俺が迷子になったって皆言うけど、そうじゃないんだ」

そこだ。そもそも、何故涼は森の中で一夜を過ごすことになったのか。

「母ちゃんも大学行ってないくせに、俺に勉強しろ勉強しろって——。自分が勉強しなくて苦労したからって、子供に八つ当たりされちゃたまんないよ。だって、親に教養がないから、子供も頭が悪く育つんでしょう？　俺が頭悪いのは親のせいなのに——」

思わず苦笑した。どこにでもある、子供を持つ家庭の風景だ。俺は親に勉強しろと口を酸《す》っぱくして言われたことがなかった。だから、その手の親との諍《いさか》いはなかったが、もしかしたら私生児の俺に、母も腫《は》れ物に触るように接していたからかもしれない。

結果として俺は大学には行かなかった。だから、そう言われるだけありがたいと思えよ、などという言葉が口をついて出そうになったが、止めた。彩子とは何の関係もない話だからだ。

「だから家出をしたってこと？」

洋子の質問に、涼は頷く。

「それで、森に入ったのか？」

「森に入ったっていうか、気がついたら森の中を歩いていたんだ。どこかに出るって簡単に考えてたけど——」

やはり迷子になったのか。だが、そう他人から言われると認めたくはないだろう。小学生にもプライドはある。

「でも、こういう道を歩いていたら、いきなり森の中にワープしたって訳じゃないんだろう?」

そう言って俺は、足下のアスファルトの地面を見やった。

「うん。研究所に行ったんだ。敷地に入っちゃったから、反対側から向こうに出ようと思ったんだけど無理だった。元の道を戻ろうとしたんだけど、その時はもうどこを歩いているか分からなくなっちゃって――」

父が出資した大学の研究所のことだ。

「どうして、その研究所に行ったんだ?」

「意味なんかないよ。その日の昼間に社会科の見学で行ったから――ここから近いし、道は覚えていたから」

些細なことで親と喧嘩し、涼は家を飛び出した。軽く家出でもして心配させてやろうと思ったのかもしれない。

「昼間、研究所で何を見学したんだ?」

「ロボット。でもラジコンみたいだった。ゴーグルをかけると、ロボットからの映像が見えるんだ。その映像を見ながら操作できる。あれ、製品化したら売れるね」

と大人びた口調で涼は言った。

「ねえ、涼君。研究所の建物って、どんなのだった?」

「どんなのって？」

「広かった？　部屋数は沢山ありそうだった？」

涼は暫く考え込むような素振りを見せてから、

「こぢんまりしてたよ。庭の方が広いぐらい」

「壁や天井から物音が聞こえてきたりは？」

「――どうしてそんなことを訊くの？」

「涼君たちが社会科見学をしている間、研究所の別の場所で何か作業をしていたかもしれないと思って」

涼は首をぶるぶると横に振った。

「そんなの分かんないよ。でも、変な音は聞こえてこなかったと思うな」

洋子は無言で俺を見た。俺も頷いた。もちろん、涼の話だけでは何とも言えない。彩子一人を介護する部屋ぐらいあるだろう。だがロボットの研究所で要介護者を匿《かくま》うなどという特殊な事態が発生したら、恐らく小学校の社会科見学など受け入れないのではないか。

「それで森の中を歩いたんだね。どういうルートを辿ったか――覚えていないよね」

「道なんて、分からないよ。暗かったし」

「じゃあ、何分間ぐらい歩いた？」

「腕時計も、携帯電話も持ってない」

と涼は答えた。迷子になるだけあって、まったく何も分からないのだ。せめて学園に辿り着くまでの大体の時間が分かれば、研究所からのおおよその距離を割り出せるのだが。

「とにかく君は、学園に辿り着いた——君がそれを学園と思ったのは、そこで出会った人物に、ここが学園だと教えられたから——そういうことで間違いない？」

「学園、とは言われなかった。学校って言われた」

「ああそうか。その学校の敷地に入って、いきなりその人に出会ったの？」

涼は首を横に振る。

「違う。電気がついてたから窓から中を覗いた。そしたら中にいた男の人と目が合った」

「中にいたのはその人だけ？」

涼は暫く黙り込み、

「もう一人いた。女の人みたいだった。よく顔を見なかったけど」

——女の人。

「どんなふうだった？　立ってた？　座ってた？」

「座ってた。でも全然動かないで、死んでるみたいだった」

それが彩子だと断定するのは、さすがに拙速《せっそく》かもしれない。だが、やはりその『学校』には何かあるのだ、という思いを俺は強くした。

「部屋には何があった？」

「本棚。図書館みたいだった」

「それで、その人が連絡してくれたの？」

「ううん――学校の敷地に勝手に入るなって叱られて、逃げたんだ。名前を訊かれたから答えたけど――」

「また森に戻ったの？」

涼は頷く。

「酷いわね！　迷子になっている子供を追い返すなんて」

と洋子が憤ったように言った。

「それで、森で夜明かししたのか？」

「うん――疲れて地面に横になってたら、そのまま寝ちゃって。僕のことを探しに来た人に起こされたんだ」

「捜索隊？」

「お金を出して雇った人じゃなくて、心配して探してくれた近所の人たち。ボランティアってやつだね」

まったく他人事のように涼は言った。

「それで、その学校のことを話した？」

「話したけど、信じてないみたいだった。信じてないっていうか、それが重要だと思っていないっていうか」

確かにそうだろう。涼が無事に見つかったのだから、それで話はお終いだ。警察は、涼が森で過ごした一晩の話の裏付けなど取らないだろう。

「ひょっとして君はその時、森の外に出たんじゃないか？　辺りは暗かったんだろう？その建物の反対側に回れば、道路があったんじゃないか？」

「違うよ！　そんなおっちょこちょいじゃない。森の中か外かぐらいかは分かる」

「そうか、分かった」

取りあえず、今は涼の話を聞けるだけ聞こう。

「その学校にいる人に頼んで、電話を貸してもらおうとは思わなかったの？」

「だって——」

涼は口ごもった。よほど激しく怒鳴られたのだろうか。それでなくとも、小学三年生はまだ子供だ。たとえ大人びた話し方をしていてもだ。見知らぬ大人に助けを求める勇気はないかもしれない。だからこそ迷子になるのだろう。

「他に何かなかったか？　変わったものは？」

その俺の質問に、涼は考え込み、そして、

「なんか、塔みたいのが立っていた」

と答えた。

「塔？」

「塔？」

俺と洋子は同時に訊き返した。

「結構高かった。大人の身長の倍ぐらいはあるんじゃないかな」

三メートルから四メートルといったところか。

「どこにあったの？」

「学校がある敷地と、森の境目辺り。離れた場所にも同じようなのが立ってたっぽい。俺は一本にしか近づかなかったけど」

「その他は？」

「他は――あ！　何か、小さな丘みたいな場所に、鉄の扉が埋まってた。ばっちい感じがして触らなかったけど」

複数本の塔と、丘に埋まった鉄の扉か。

「話を聞かせてくれてありがとう。あと一つだけ頼みがあるんだけど、その研究所に案内してくれないか？」

「別にそれはいいけど――俺は手前で帰ってもいい？」

「ああ、構わないよ」

あんな騒ぎを起こしたのだから、研究所の人間に睨まれているのかもしれない。迂闊に近づきたくないのだろう。

　行ってどうするか、具体的なことは何も考えていなかった。もちろん森の中を探したいと思う。だが、その森だって研究所の敷地だ。こっそり中に入ることはできるが、見つかった場合バツが悪い。小学生ならいざ知らず、こちらは三十に手が届こうかという立派な大人なのだ。

「涼君は今の話、お友達にも言ったの？」

　と洋子は訊いていた。

「話したよ。時空の乱れに巻き込まれたんじゃないかって言われたよ」

　洋子は笑った。

「バック・トゥ・ザ・フューチャーみたいにタイムスリップしたって？」

　俺はもちろん洋子の言わんとすることが分かったが、涼はよく意味が分からないようできょとんとした顔をした。

「君が森の中のワームホールを通って、過去か未来に行ったというのでもない限り、その学校は必ず存在する筈《はず》だ」

　その学校に彩子がいる確証はない。だがそれは研究所にしても同じなのだ。研究所に彩子がいないとなったら、消去法的に学校の方を当たらなければならない。そのために、わざわざ箱根まで来たのだから。

——その時。

「ねえ、この人たち親戚の人？」

と駄菓子屋のおばさんが涼に話しかけてきた。顔なじみなのだろう。駄菓子屋のおばさんらしからぬ、などと言ったら世の駄菓子屋のおばさんに失礼かもしれないが、上品な感じの女性だった。黒っぽい洋服を着た老婦人といった感じだ。

「ううん、違うよ」

と馬鹿正直に涼は答えた。

「じゃあ何？」

「分かんない。でも奢ってくれるって言うから」

おばさんはこちらに向き直って、

「あなたたち、どちらさまですか？」

と訊いてきた。都心のファストフードの店だったら、こんなことは決してないのだが。田舎の駄菓子屋のおせっかいさを甘く見ていた。

「お前こそ誰だよ」

と俺は言った。おばさんは顔面蒼白になった。

「健一！」

洋子が俺をたしなめて立ち上がった。

「すみません。私たち、こちらの涼君が森の中で迷子になったって聞いて話を訊きに来たんです。その森、私たちが通っている大学の敷地だったから——」

俺は思わず苦笑した。口調は丁寧だが、洋子だってなかなかの悪党だ。

「大学の人？　そうなの？」

とおばさんは涼に訊く。

「知らない。妹を探してるって言ってた」

「どういうこと？　話が違うじゃない」

とおばさんはこちらに向き直る。

「大学の人間で妹を探してるんだよ。違くねーだろ」

「ま！」

とおばさんは言った。何が、ま！　なのかよく分からない。

おばさんは俺たちと話すことを諦めたように、

「今日、ここでこの人たちと話すことをお父さんやお母さんは知ってるの？」

と涼に訊いた。

「知らないよ。校門の前で待ってたんだ」

「——ちょっとこっちに来なさい」

おばさんは涼の手を引っ張って店の中に連れて行った。電話の受話器を取り上げてなにか言っている。どうやら涼の家に連絡をさせるようだ。

確かに俺達の行動は、傍から見たら誘拐犯と思われても仕方がないかもしれない。やましいことなどない、とは言えない。警察でも呼ばれたら、俺の身元を調べられるだろう。万が一このことが父の耳にでも入ったら、彩子の手がかりが途絶えてしまうかもしれない。それは何としてでも避けたかった。

俺は立ち上がって、洋子の手を取った。

「行こう。誰か来たら面倒だ」

「うん――」

洋子は店の中の涼に小さく手を振った。涼も無表情で手を振り返した。

俺達は小走りでその場所を後にした。

「あんな喧嘩腰で話さなくても、もっと上手いこと言い繕えないの?」

「お前みたいに嘘はつきたくないよ」

「いいじゃないの!　ちょっとぐらい嘘ついたって、それで上手くいくなら」

「俺は不器用なんだよ」

「――だから仕事をちょくちょく変えるの?」

と洋子は訊いた。俺は答えなかった。

研究所まで涼に案内してもらえなかったのは残念だが、携帯のＧＰＳを頼りに探すと、目的の研究所はすぐに見つかった。涼はすぐ近くと言っていたが、それでも三十分ほど歩いた。田舎の子供は筋力があるから、この程度は遠出の内に入らないのかもしれない。

研究所は背後に鬱蒼とした森を抱えているだけあって、緑の木立に包まれて存在しているかのようだった。研究所に向かうためには道路から外れた、森へと続く一本道を歩かなければならない。ただ、その一本道もせいぜい十メートルほどだ。研究所に来ただけで道に迷うとは考え難いものがあった。やはり涼は意図的に、向こうの森に踏み入ったのだ。

俺は暫く腕組みをして、研究所を睨みつけていた。

「どうするの？」

「分からん」

暫く洋子も俺と同じようにしていたが、やがて、

「小学校の社会科見学を受け入れてるぐらいだから、私たちがいきなり行っても多分、受け入れてくれるんじゃないかしら」

と言った。

「そんな簡単に行くかな」

「駄目元よ。話だけでも聞いてみましょうよ」

そう言って洋子はさっさと研究所の玄関に近づき、インターホンを押してしまった。俺は鞄の中にまだ出版社で使っていた頃の名刺が入っていたことを思い出した。不審がられ

たら、この名刺を出して出版社の取材という名目で話を聞くこともできるが、しかしそうすると俺の名前を残してしまうことになる。どうするべきかあれこれ考えたが、杞憂《きゆう》に終わった。

「出ないわね」

インターホンの応対がなかったからだ。

「休みなのかな」

と洋子はつぶやいた。しかし考えてみれば、別にここは商店ではないのだから、いつも必ず誰かがいるという場所ではないのかもしれない。

俺は玄関を見た。監視カメラがあるのはもちろん、ホームセキュリティで有名な企業のロゴマークが入ったステッカーが貼られている。迂闊にうろうろするのは好ましくない。

俺達はいったん研究所から引き下がり、来た道を戻った。

「あの研究所の敷地から森に入るのはちょっと抵抗があるな。道なりに歩いて、森の中に迷い込んでしまっても不思議じゃない場所を探そう。もし誰かに見つかっても、観光客が道に迷ったと大目に見てくれるだろう」

「本当に森の中に入るの？」

そう洋子が不安げに言った。確かに女を連れて森の中に入るのは、行動が制限されて良くないかもしれない。もちろん安全が保障されている訳でもない。

「とりあえず、どこかホテルにチェックインするか？　お前はそこで待ってればいい」

もともと旅は気軽なのが好きだし、今回は先の展開がどうなるか分からないから、いちいちホテルを押さえなかった。寝泊まりするだけだったらラブホにでも入ればいい。

「嫌よ、私も一緒に行く」

「そうか、じゃあ行こう」

そう言って俺は歩き出そうとする。

「ちょっと待ってよ！」

「なんだ⁉︎　行くのか？　行かないのか？」

「だって、何の手がかりもないんでしょう？　森の中にあの子が言うような学校があるのかもしれない。そこにあなたの妹さんがいるのかもしれない。それはいいわ。でも何の手がかりもなしに探せるの？　方角も分からないのよ」

「あの研究所の反対側の森に入ったんだ。そこからまっすぐ歩いて学園に辿り着いたんだとしたら、大体の方角は分かるだろ」

「まっすぐ歩いたって保証はないじゃない！」

「じゃあ、どうする？」

洋子は携帯を出した。ＧＰＳの地図で学校の所在地を探そうというのだ。そんな簡単に見つかるなら、とっくに誰かが試していると思ったが、案の定、携帯の画面には特に建造物らしい表示はなかった。

「どうせ私有地の中の建物だ。金持ちが庭に作った祠《ほこら》は地図には出ないだろう」

と俺は言った。しかし洋子は諦めなかった。

「衛星の画像から探しましょうよ」

「本気か？　見つかったとしても豆粒みたいなもんだろ」

「ないよりマシよ。研究所からの方角と大体の距離が分かれば、探す手がかりにはなる」

洋子は携帯を睨み付けながら、画面に指を走らせている。そんなことをずっとやっていて充電がもつだろうか。

適当な喫茶店を探して飛び込んだ。客は俺達以外誰もおらず、観光地にあるまじき無愛想な店主が対応してくれた。ここら一帯は観光客が来るような土地ではないのだろうか。もちろん余計なおせっかいを焼いて話しかけてくるような駄菓子屋のおばさんに比べれば、遥かにマシなのは言うまでもない。店主は電話で誰かと話していたが、外出している女房相手だろうと気にもとめなかった。

俺達は暫く、携帯のちまちました画面で箱根の衛星写真を検索した。タブレットやＰＣでも持ってくれば良かったと思ったが、都心ならともかく箱根でＷｉ‐Ｆｉを捕まえられるかどうかは分からない。

数十分ほど、ああでもないこうでもないと携帯と格闘し、やがてそれらしい場所を見つけた。だがすぐに見つからなかったのは、あの研究所からそれほど離れていない場所を想像していたからだ。何しろ小学生の涼が歩いていける距離にあるのだから。しかし青々と広がる木々の中、まるで円形脱毛症のようにぽつんと開けた空間は、研究所から大分距離がありそうだった。数キロはあるのではないか。

「ここぐらいしかないわよ」

と洋子は言った。俺も頷いた。

空間の中心におできのような物体が見えた。建物の屋根と考えて間違いないだろう。

「ここだろうな。少し距離があるのが気になるけど——」

俺は洋子と顔を見合わせた。

「とにかく、俺はここに行ってみる」

「今すぐに？」

「ああ。森の中をかなり歩く。迷う危険性もある。洋子、お前は帰ってもいいんだぞ」

「いやよ。ここまで来たんだから、それに——」

「それに？」

「これを二人でやり遂げれば——」

洋子は顔を赤らめた。みなまで言わなくても、言わんとするところは分かった。洋子は彩子を見つけ出すことが、俺と結婚する儀式とでも思っているようだった。

俺達は会計を済ませ店を出て、再び研究所に引き返すために歩き始めた。その時、背後から呼び止められた。

「ちょっとすみません」

振り返ると、そこには制服警官が立っていた。向こうにパトカーが停まっているのが見える。

「あなたたちここで何をしているの？」

「観光です」

そう俺は即答した。

「ちょっと交番まで来てくれないかな。話を訊きたいから。すぐ近くだ」

と警官は言った。俺の言っていることなど端から信用していないのだろう。だったら最初の質問は何だったのか、と憤った。

「駄菓子屋が通報したんですか？」

「学校の先生もだ。ここの喫茶店のマスターも。不審な男女が現れたら通報してくれって連絡を回したから」

不審な男女か、と俺はつぶやいた。

「でも随分と早く見つけましたね」

箱根の田舎警官にしては、と言葉を続けようと思った。だが駄菓子屋のおばさんや妖怪オニババスペシャルはともかく、警官相手に喧嘩を売っていいことは一つもないだろう。

「研究所に用があるって、あの子供に話していただろう？　本当か？」

「本当です。実は私たち――」

洋子が何かを言おうとしたので、俺はそれを手で制した。

「そうですよ。用があるからあの子に訊いたんだ。それが悪いんですか？」

「常識のある人間だったら親や学校を通すべきだろう。相手は小学生なんだぞ？」

「だからなんです？　たかが子供に話を訊いたぐらいで、あちこちの店が連携して俺達を警察に突き出すなんて。ここはそんなによそ者に優しくないんですか？」

「とにかく来なさい」

「嫌です」

と俺は言った。

「ちゃんとした理由を教えてくれなきゃ」

「君らが誰だか知る必要がある」

「それなら今ここで言いますよ。それでいいでしょう？」

俺と洋子は免許証を警察に差し出した。警官はそれをパトカーに持っていって何やら確認しているようだった。恐らく免許証の番号で犯罪歴の有無を確かめているのだろう。

暫くして戻ってきた警察は、

「とにかく、やはり交番で一度事情を聞かなきゃいけない」

　などと言った。

「どうしてです？」

「君らがあの葉山涼という少年を誘拐したかもしれないからだ！」

「誘拐した？」

　何を言っているのだろう。それに表現がおかしい。仮にそうであっても、誘拐するかも、という表現を使うのではないか。俺と洋子が誘拐目的で涼に近づいたのだとしても、結局は駄菓子屋のおばさんの反撃にあって逃げ帰ったのだから。

「あの子、単純に迷子になったわけじゃないんですか？」

　俺達は両親と喧嘩して森に入った涼が迷子になったとばかり思っていた。涼が俺達にそう話したからだ。だが事実はどうであれ、警察はあの涼の失踪を誘拐事件として考えているのかもしれない。迷子になった子供が見つかったのだからそれで良しと大人たちは考えていると思ったが、警察はもう少し深刻に事態を捉えている様子だった。

　俺は背筋が寒くなった。そんなやってもいない、犯行そのものがあったかどうかも分からない事件の犯人にされてはたまらない。

「じゃあ、森の中の学校のことも調べたんですね？」

　警官は俺の質問に答えなかった。こちらに質問する資格はないということらしい。

「どうして学校で待ち伏せて彼に会うなんてことをした？　そんなことをしたら疑われても当然だろう」

「誰にも知られずに彼に会いたかったからです」

「何故知られちゃまずい？　やましいことがあるからだろう」

「はい」

と俺は素直に答えた。

「父親が妹を匿ってるんです、俺達が動いていることが知られたら、妹はまたどこか別の場所に連れていかれてしまうかもしれない」

警官は鼻で笑った。

「そういう家庭間のトラブルに、警察は口を出せないんだよ」

俺はカッとなり、思わず怒鳴った。

「誰もあんたらにどうこうしてくれなんて言ってないじゃないか！　あんたらが勝手に口を出してきたんだ！」

「健一！　止めて」

警官は俺をじろりと睨み付け、

「あなたの家庭のトラブルは、あなたの家の中で解決して欲しいな。そうすれば私らが口を出すこともない」

と言った。

「そうは言っても、あの研究所に彼のお父さんから資金が提供されているのは事実だし、彼の家の中だけの話じゃ済まなくなっているんです」

俺だけに話をさせると危険だと思ったのか、洋子はできるだけ温和な口調で警官にそう言った。

「だったらハコネロボット研究所に直接話をすればいいだろう。とにかく交番でもっと詳しい話を聞かせてくれ」

「――交番で済むんですか？　警察署に連れていかれるんじゃないですか？」

「駄々を捏《こ》ねるとそうなるぞ！　さあ！」

不安が過った。何故、この警官はこんなにも俺たちを連行したがるのだろう。涼の誘拐事件にかかわっているなどというのは単なる口実で、本当はもっと別の理由があるのではないか。

この手の事情聴取は任意だから、断る権利もあるはずだ。だが現実問題、警官に職務質問されて答えない人間はいないだろう。断りでもしたら、警察も何かあるのではないかと突っ込んで訊いてくるのは目に見えている。

恐らく、交番で足止めを食う。もし警察署になど連れていかれたら、足止めの時間は更に長くなる。その間、父に連絡されたら？　父は俺が彩子を探していることを知るだろう。そして彩子はまた別の場所に連れていかれる。

俺は洋子に耳打ちをした。

「洋子——警察に捕まるわけにはいかない。俺達が足止めを食っている間に、父さんは彩子を別の場所に移す」

「じゃあどうするの？　あの人の言うことに従わないの？」

「ああ、そうだよ」

と俺は言った。洋子は目を剝いた。

「もし森の中の学校に、本当に彩子がいるんだったら、チャンスは今日一日だけだ。洋子、必ず連絡する。どこかホテルをとって、そこで待っていてくれないか？」

「それはいいけど——本気？」

「何を話しているんだ？」

「本気だ。学校の場所は分かった。後は行くだけだ」

警官が声をかけてきたが無視する。

「——そこまでして彩子さんを探さなければならないの？　どうして？」

「どうしてもだ」

そう言って、俺は一気に向こうに駆け出した。

「あ！　待て！」

完全に不意をつかれて、警官が慌てたように叫んだ。俺は道の左右に密集している木々の中に飛び込んだ。森の中に入れば車で追われることもないし、木々が姿を隠してくれるからそう簡単に追いつかれないだろう。

名前も住所も免許証番号も電話番号も控えられた。後でお小言を食らうのは必至だ。だから今日一日だけ時間の猶予が欲しかった。彩子を見つけるために。

とにかく無我夢中で走り、誰も背後から追いかけてこないことを確認してから携帯を出した。ここからハコネロボット研究所までは五百メートルほど。俺は一人頷き、研究所とは反対側の方向に向かって歩き出した。ＧＰＳと衛星写真を照らし合わせ、歩きながら逐一チェックすれば道に迷う事はないだろう。

だが森を進めば進むほど、あの涼の話は本当だったのか、という疑惑が脳裏を過る。衛星写真で見ても、研究所から学校まで六キロ程の距離がある。一時間ほどで行けるだろうと思ったが、こうして実際に歩いてみると足場が悪く、舗装されている道を歩くのとは大違いだ。

涼はこの森で一晩を過ごしたという。もちろん電灯などはないから、明かりは星の光だけだ。涼は子供だ。去年のことだというから、小学校二年生だろう。夜、森で迷子になった子供が、直線距離で六キロも歩くだろうか。仮に一刻も早く家に帰りたいという思いから一晩中歩き続けていたとしても、涼には今俺が持っているような携帯のナビはないのだ。同じところをぐるぐると回るだけではないのか。

警察が誘拐の疑いを抱くのも分かるような気がする。やはり涼は単純な迷子などではないのかもしれない。だとしたら、涼が辿り着いたという学園の話自体怪しくなる。もしかしたら信憑性の定かではない話に、簡単に飛びついてしまったのかもしれない。

そうするとこうして森の中に飛び込んだのも無駄というわけになるが、衛星写真にそれらしい建造物が写っていたのは確かなのだ。

(そこまでして彩子さんを探さなければならないの?)

脳裏に洋子の言葉が浮かんでは消えていった。だがナビもあるし、俺は大人だ。陽はまだ高い。歩き回ったとしても道に迷うことはないだろう。

その考えが甘かったことに気付いたのは、二時間経っても周りの景色に変化がなく、辺りが徐々に薄暗くなり始めてからだった。俺は不安にかられて携帯に地図を表示させた。

電波を煩雑に送受信すると充電のもちが不安だから、地図は時折しか表示させなかった。俺の位置を示しているピンは、例の円形脱毛症のような開けた空間に立っていた。俺は思わず周囲を見回した。見渡す限り、木、木、木だ。この場所を上空から撮ったらきっと緑の絨毯のように写るだろう。けっしてこんな開けた空間にはならない。

俺はその場にしゃがみ込んだ。昔読んだ、携帯のGPSは百%信頼できるものではなく、木々があるような場所では電波が上手く届かず精度が落ちるというネットの記事を、ぼんやりと思い出した。

——どうする？

二時間も歩いたのだ。きっと研究所からは何キロも離れてしまっているだろう。今更引き返すのは逆に危険だ。

じゃあ、前進するか？

俺は笑った。笑うしかなかった。子供だと思って涼を馬鹿にした。子供だから迷子になっても仕方がないと。それがどうだ？　この有り様だ！

洋子の携帯にかけた。電波が通じないかもと思ったが、そんな心配はいらなかった。

『もしもし？　健一！　今どこにいるの？　まだ森の中？』

余計な心配をかけたくなかったから洋子の質問には答えず、

「そっちこそどこにいるんだ？」

と訊いた。

『駅前に戻って、あなたが言った通りにホテルに入ったわ。女一人でいろいろ詮索されたから、後でもう一人来るって言っておいた。ますます怪しまれたわ』

俺は笑った。目に浮かぶようだ。

「あのうるさい警官はどうした？」

『いったん交番に連れていかれて、あなたが逃げたから散々お説教された。戻ってきたら必ず連絡しろって言われたけど——もちろんそんなのに従う気はないわよね』

「ああ。それで、あいつどっかに連絡しなかったか？」

『——してたみたい。お父さんの会社に電話したのかどうかは、分からないけど』

少なくとも母には確実に連絡が行っているだろう。どうであれ、最終的に父の耳に入るのは間違いない。

『それであなたは？　学園だか学校だか見つかったの？』

「——あと、もう少し時間がかかるかもしれない。明日また電話するから温泉にでも入って待っててくれよ」

『一人で温泉に入って何が楽しいのよ。ねえ、早く決着をつけて帰ってきてよ』

「何だ？　俺と一緒に入りたいのか？」

『そういう意味で言ってるんじゃないわよ！』

俺は笑った。乾いた笑いだった。ペットボトルの水ぐらい用意しておけば良かったと思った。警官と遭遇して焦って正確な判断ができなかったとしても、そこまで俺は彩子に会いたかったのか。

洋子にプロポーズしてまで。

そうだ、洋子だ。彼女にプロポーズしたのは保険のようなものだ。あの状況は、洋子をおいて自分一人で彩子に会う決定的なチャンスだった。だから俺は後先考えず、水も持たず、深い箱根の森の中に足を踏み入れたのだ。

『――やっぱり嫌なの？』

「何がだ」

『私と結婚するのが――』

俺は暫く黙った。

『ねえ、何か言ってよ。電話の最中に黙られると不安になるじゃない』

「俺がお前と結婚するのが嫌だから、彩子を探すと嘘をついて逃げたと思っているのか？」

『あなたは冷たいところがあるけど、言いたいことははっきり言う人だから、そんなことはないと思うけど――でも、結婚の話も唐突だったから――』

「お前は俺と結婚したくないのか？」

『したいわ――』

「俺も、したいよ」

『本当――？』

「ああ、明日にでも籍入れてもいいぜ」

生きてここから帰れたらな、という言葉を飲み込んだ。大げさだとは思わない。まさかこんなところで、と思うような場所で、人間は低体温症や脱水症状で死ぬのだ。

「それじゃあ、携帯の電池がもったいないから」

『充電できるような場所がないの？　やっぱりまだ森――』

洋子が何かを言いかけたが、俺はその前に電話を切った。

いくらなんでも、もう死を覚悟するなんてオーバーだろうか。だが、俺がしようとしたことを考えると、罰が当たったのだろうか、と思わずにはいられない。偶然、必然、運命の皮肉。そんなものはすべて人間が意味付けるのだから。ならばここで俺が死ぬことも、俺が意味付けた運命なのだろう。

眼を閉じて、横たわった。死ぬか生きるか分からないが、どうであれ二時間も歩き続けて疲れたのは間違いない。少し身体を休めたかった。


ふと気付いて目を開けると、もう辺りはすっかり夜になっていた。携帯を見ると午前四時だ。こんな森の夜は本当に真っ黒だろうな、と思っていたが、夜の星々が木々を薄ぼんやりと照らしていて、どこに何があるかぐらいはだいたい分かった。だが歩き回るのは昼間よりも余計に危険なことには違いない。

携帯にはコンパスの機能があるが、ＧＰＳの件もあり何となく信用できない。北極星でも探そうかと思った。大体の方角が分かれば、森の外に脱出はできるだろう。少なくとも命は助かる。

でも、ここでおめおめと帰ったら、結局彩子には会えないまま終わるのだ。学園にいるという保証はない。だが、今のところ手がかりはそこにしかない。だからいるはずだ。いなければ困るのだ——彩子に会いたいという思いは、ほとんど妄執に近かった。自分でもそれが分かっているだけに始末が悪い。

もう一度、地図ソフトを作動させる。GPSは確かに正確ではないかもしれないが、しかしこの森の中にピンが立っている程度の精度はあるわけだ。

これが平坦な地面だったら二時間で十キロほど歩けただろう。だが足場は悪いし、休み休み歩いていたから、せいぜい五キロから六キロほどではないか。この森に足を踏み入れた場所は分かるし、少なくともGPSを頼りに歩いたから、真っ直ぐ歩いたのは間違いない。ただ方角を少し間違えただけだ。

木々の向こうに大きな山が見えたような気がする。あれは箱根山ではないか。もしそうだとしたら、ここから研究所に戻るように、南東の方向に歩けばこの地図の開けた空間に辿り着く筈だ。俺は携帯電話のコンパスを見ながら歩き出した。時折方角が狂うので、立ち止まって調整しなければならない。

GPSの精度が悪かったにせよ、バッテリーの残量を気にして、時々しか携帯をチェックしなかったから余計に道に迷ったのは否めない。俺はコンパスのアプリを起動させせっぱなしにして夜の森を歩いた。

段々と空が明るくなってゆく。とうとう、この森で夜明かししてしまったのだ。

ふと気付くと、目の前に奇妙な物体があった。高さ五メートルほどの金属製の柱だった。柱のてっぺんには、一メートルぐらいだろうか、緑の細長い金属片が、東西南北の方向に向かって四枚設置されていた。

はっとした。涼の話を思い出したからだ。

『なんか、塔みたいのが立っていた』

変わったものはなかったか？　との問いに対する涼の答えだ。これのことではないか？

俺は周囲を見回した。目を凝らすと百メートルほど向こうにも同じような塔が立っているのが見える。

俺は塔に近づいた。すると根元の方にある文字が刻まれたプレートがネジ留めされているのが分かった。

そのプレートにはこんな文字が刻印されていた。

『HALFWAY HOUSE 17/32』

こんな塔が三十二本あって、これはその中の十七本目ということなのだろうか。向こうの塔の刻印も確認したかったが、取りあえず先を急ぐことにした。念の為、その塔の全景と刻印を写真に撮り、再び歩き始める。

地面が盛り上がった小高い丘のようになった場所に差しかかった。大した興味が湧かず通り過ぎそうになったが、丘に埋め込まれるように鉄の扉が埋まっていることに気付いて、思わず足を止めた。

『小さな丘みたいな場所に、鉄の扉が埋まってた。ばっちい感じがして触らなかったけど』

俺は手が汚れるのも構わず、鉄の扉に手をやった。びくともしなかった。この扉には何か表示がないかと思ったが、それらしいものは見当たらなかった。

その扉も写真に撮り、俺は歩き続けた。ふと自分の姿を見やると、洋子がテニスでも始めそうと評した白いポロシャツは土と汗で酷く汚れていた。もしここで彩子と会えるのなら、こんな格好は恥ずかしいと思ったが、着替えがあるわけでもなく、とにかく今は前に進むしかない。

明らかに今までと様子が違う。とにかく今まではずっと視界に鬱蒼とした木々が続いていたが、進むにつれて木々が少なくなっているようで、向こうまでよく見通せる。するとぼんやりと、ある建物が見えてきた。あれがプレートに刻印されていた、ハーフウェイ・ハウスなのか。

俺は歩みの速度を緩めなかった。遂に辿り着いたという実感があった。

ここに彩子がいるのだと。

第四部　ハーフウェイ・ハウスの殺人

第十一章

「それからどうなったの？」

オオトモは話の先を促しました。私は話を続けました。

「オベリスクを抜けた私は、健一に会いに行きました。健一は突然現れた私に驚いていました。本当に私のことを幽霊だと思っていたんです。でも、たとえ幽霊でも私に会えて嬉しかったみたいで、自分の住まいを恥ずかしがりました。この『ハーフウェイ・ハウス』に比べて、あまりにも粗末だと思っていたんだと思います。でも私はそんなことは気にしていなかった。とにかく健一に会えて嬉しかった」

「君はその時、自分が幽霊だと本気で思っていたの？」

私は頷きました。

「自分のお墓を見ました。墓石でもあるのかと思いましたが、そんなものはありませんでした。穴を掘って埋めただけといった感じで、知らない人が見たら、ただのならした土の地面と思うだけでしょう。でも――」

「でも？」

「その地面に、健一は綺麗な花を植えていました。それが私は嬉しかった――」

「ヨシオはその話を健一から聞いたから『ハウス』の敷地内に墓を掘ったのね？」

「たぶん、そうだと思います」

「ヨシオの服が乱れていたのは、健一と争ったからではなく、墓を掘っていたからね？」

「そうヨシオは言いました」

「植芝先生が殺される以前に、もうあの墓は掘られていたということね。たぶんアキナを殺すのに成功したら、彼女をその墓に埋めるつもりだったんでしょう。でも失敗したから手付かずのまま残された。それが今回使われた」

「確かにヨシオは本気でアキナを殺そうとしました。私も以前はヨシオが犯人じゃないかと考えました。でも今は違います。彼は植芝先生と園長先生を殺した犯人ではないと思います」

「どうして？」

「もしヨシオが犯人だとしたら、殺した二人をきっと墓に埋めたと思います。彼が犯人だった場合、動機は、人を殺したら幽霊になるかどうか実験するためだったんですから」

「だからといってヨシオの嫌疑が晴れる訳じゃない。殺した死体を墓まで運ぶのが困難だったとも考えられるから」

「たしかに植芝先生は自分の部屋で殺されました。でも園長先生はそうじゃなかったんでしょう？」

オオトモは頷きました。

「中澤《なかざわ》先生の死体は、ヨシオが掘った墓の中に横たわっていた。とても穏やかな表情だった」

園長先生が殺されて初めて、私は園長先生が中澤という名前だと知りました。

園長先生の死体の表情をオオトモが説明したのには別の意味があります。園長先生の死体は埋められていなかったのです。園長先生が殺されるまでヨシオが掘った墓は手付かずでしたが、掘り出した土はあるわけですから、それで埋めればいいだけです。

しかし掘り出した土はそのまま、墓の隣に積まれていました。

「ヨシオが園長先生を殺したとしたら、必ず土をかぶせて死体を埋めるはずです。そのためのお墓なんですから」

「君のお墓も——土で埋められていたから？」

私は頷きました。

「私は、自分の死体が見たかったけど、掘り返す勇気もありませんでした」

「それから――どうしたの？」

「健一とたくさん話をしました。いろんな話を――楽しかった。でもそこで目が覚めて、気付くと私は自分の部屋の『ベッド』にいました」

「だから、フェンスを潜って健一に会いに行ったことは、すべて夢だったと？」

「もちろんそうです。あなたは、私を幽霊だと思いますか？」

オオトモは私をまじまじと見つめて、答えました。

「とても幽霊には見えないけど」

私は頷きました。

「私は子供ですけど、幽霊なんていないってことぐらい分かっています。それに『ハウス』の生徒がオベリスクを潜って外に行けるはずがありません」

「確認させて。君はヨシオが犯人と推理して、彼を追及した。その話はヨシオの証言とも一致している。つまりそれは夢ではない」

「私はその後、自分の部屋に戻りました。それから目覚めるまでが全部夢なんです。部屋を抜け出して、オベリスクを潜って、健一に会いに行く、という夢を見たんです」

「それが夢だっていう証拠は？」

「オベリスクを潜れたことです」

「もし、君が幽霊でなくともフェンスを潜れたとしたら？　それでも君は夢だと思うの？」

「オベリスクを潜る方法があるとは思えません」

「もし、あったら、ということ」

「あっても夢です。だって私は健一と一緒にいたと思ったら、次の瞬間、自分の部屋の『ベッド』で目覚めたんです。それが夢でないはずがないでしょう？」

「君はこの『ハウス』から健一の家までの道筋を覚えている？」

「覚えてません。だって夢なんですよ？」

「あくまでも夢だから、健一の家にまで辿り着けたってこと？」

「そうだと思います。いえ——そうです」

「分かった。最後に一つだけ訊かせて。健一は植芝先生の殺人をどう思っていた？」

「もちろん健一は犯行を否定しました。ボタンの件からもそれは明らかです。あくまでも夢の中の話ですけど、私は植芝先生を殺したのは健一ではないと思っています。だから夢の中でもその考えが健一の口を借りて出てきたのでしょう」

その後、私は事情聴取から解放されました。私と入れ違いに、アキノがオオトモの待つ部屋に入りました。アキナはとても不安そうな顔で私を見やりました。

私がオベリスクを潜って健一に会いに行った数日後、今度は植芝先生に引き続いて園長先生が殺されたのです。だから私たち生徒は全員事情聴取を受けているのでした。

植芝先生を殺した犯人も見つからないうちに、こんなことになってしまった。よりにもよって、あの優しい園長先生が、私を特別に思ってくれているはずの園長先生が、死んでしまったのです。もう勉強どころではありません。先生が二人も死んで、唯一残ったのは狭山先生だけです。狭山先生は優しいのですが、やはり植芝先生や園長先生に比べると、頼りない、という印象は否めません。

ヨシオは相変わらず重要参考人でした。とにかくヨシオが掘った穴に、園長先生の死体があったことが彼に対する心証をすこぶる悪くしていました。

「もう『ハウス』もおしまいだな」

事情聴取を終えたマナブが私に話しかけてきました。

「先生が二人も死んだ。もうこのまま続けていけるとは思えない」

そんなマナブに私はおもむろに答えました。

「いいえ。『ハウス』は終わらないわ。私たちがいる限りは」

「それは心強い発言だね」

「健一がヨシオに言ったそうよ。私たちはこの『ハウス』から外に出られないって。園長先生も言っていたじゃない。先生が死んでも代わりの人が来る、でも生徒の私たちはかけがえのない存在だって。『ハウス』は私たち中心に動いているのよ」

たしかに代わりの先生は来るでしょう。そして『ハウス』もこれまで通り続くでしょう。でも園長先生が殺されて私は思い知ったのです。誰が来ようと、決して園長先生の代わりにはならないと。園長先生にはもう会えないのです。この世界のどこを探しても、園長先生はもういないのです。

「事情聴取でなにを訊かれた？」

「別に。変なヤツを見なかったか、とか、変わったことなかったか、とか。だから言ってやったよ。西の方に変なドアがあるって。きっと警察は中を調べるだろうな。でも、それが事件にかかわり合いがあるとは思えない。ヨシオは本当に園長先生を殺したのかな」

私は、分からない、と言いました。

「でもヨシオが犯人だったら、きっと園長先生をちゃんとお墓に埋めているはず」

「うん。それもあるけど、ただでさえ植芝先生のことで疑われているこんな時期に、また人を殺すのかな」

「ヨシオが植芝先生を殺したとは決まってないわ」

「植芝先生の殺人に関しては無実でも、疑われているのは事実だ。たとえ園長先生を殺す動機がヨシオにあったとしても、今は時期が悪すぎるじゃないか」

「良い時期なんてあるの？　植芝先生が殺された事件が迷宮入りになっても、ヨシオが犯人として疑われていた、という事実は何年経っても消せない。いつ殺したって疑われるなら、早いうちにやっておこうと考えても不思議じゃないはず」

「アヤコは、ヨシオの味方じゃないの？」

マナブはそう憮然《ぶぜん》としたように言いました。

「私は誰の味方でもないわ。ただ、真実が知りたいだけ」

私はマナブと一緒に、ヨシオが掘ったというお墓に向かいました。園長先生が見つかった現場です。そこは健一と初めて出会った西の場所にほど近い土地でした。健一はいつもこちらの方角から『ハウス』にやってきます。お墓の周囲には、沢山の捜査員がいて、近づくことはできませんでした。マナブは少しがっかりしている様子でした。

お墓の隣には、掘り出した土が、まるで小山のようにうずたかく積もっていました。

「よく一人であんなに掘ったわね」

「ああ、不思議だよな。そんな情熱がどこから出るのかな」

マナブは知らないのです。私が死んでいるという健一の話を、ヨシオが信じたことを。

「どうして、墓を埋めなかったんだろう。もう地面は掘ってあるんだ。地面を掘るより、埋める方がよっぽど楽なのに」

「たしかにヨシオが犯人なら、埋めるはずね。お墓をつくるために人を殺そうとしたって言ってるぐらいだから」

「いや、ヨシオが犯人じゃなくてもさ。死体を埋めれば、それだけ発見されるのが遅れるんだ。時間の猶予ができるし、証拠なんかも消えちゃうかもしれない。にもかかわらず、犯人は死体を埋めなかった。わざわざ見つけてくれと言わんばかりに」

　私は園長先生が殺された現場を見つめました。そこには無造作にシャベルが置かれていました。先生たち、主に植芝先生や狭山先生が庭仕事に使っていたシャベルです。あれでヨシオは墓を掘ったのでしょう。ヨシオが墓を掘るために持ち出したシャベルで園長先生が殴り殺されたことは、重要視されていない様子でした。ヨシオが持ち出して以降、ずっとシャベルはあそこに放置されていたのです。手に取ることは誰でも可能です。

「たしかにあんなシャベルがあるなら、埋めるのは簡単そうね」

「犯人は園長先生の死体を埋めなかった。なぜか――」

「やっぱり犯人はヨシオじゃないのよ。あのお墓はヨシオが掘ったものでしょう？　勝手に埋めたらきっとヨシオに気付かれる。だから犯人は死体をそのまま放置したのよ。埋めようが埋めまいが、どうせ早い段階で分かってしまうなら、なにもしないほうがいい。私が犯人でもそうするわ」

マナブは難しそうな顔で、捜査員たちの現場検証を見つめていました。

「納得していなさそうね」

「いや、君の言っていることは分かるよ。でもね――僕がもし犯人だったら、と考えたんだ。人を殺したとする。そうしたらその現場におあつらえのように死体を埋める準備が整っていたんだ。これは埋めるだろう。埋めたくなるはずだ。デメリットは、せいぜい身体が土で汚れるぐらいのもんだ」

「ここで殺したんじゃなくて、ほかの場所で殺して死体を運んできた——は、答えにはならないわね」

マナブは頷きました。

「わざわざ運んできたんだったら、なおさら埋めるはずだと思うよ。僕は犯人が死体を埋めなかったことが、なにか重大な意味があるように思えてならない」

私はマナブをじっと見つめました。

「なんだよ」

「マナブ、本当にエルキュール・ポアロみたい」

「よせよ」

「この事件を解決できると思うの？」

マナブはつぶやきました。

「自信はない」

「じゃあ、私とどっちが早く犯人を見つけられるか、競争ね」

「アヤコは自信はあるの？」

私はそのマナブの質問に答えることができませんでした。そして園長先生に思いを馳せました。普段は厳格な人でしたが、だからこそ、時たまのぞく優しい一面は、まるで慈愛に満ちたお母さんのようでした。私は園長先生が好きでした。本当に好きだったのです。いったいなぜこんなことになってしまったのだろう。過去に思いを馳せますが、考えても考えても、答えは見つかりませんでした。

その時、背後から誰かが近づいてくる気配を感じ、私は振り向きました。

「こんなところにいたのか」

と狭山先生は言いました。

「頼むからあちこち出歩かないでくれ。そう警察にも言われてるんだ」

「なんでそんなことを言うんですか？」

とマナブが訊きました。

「どうせ、オベリスクの外には出られないのに」

「そうだけど、敷地の中を探すのも大変なんだ。もう僕一人しか残っていないし——」

「僕らのことより、先生、自分のことを心配した方が良いんじゃないですか？」

「おい、そりゃどういうことだ」

私は思わずマナブを見やりました。

「だって植芝先生が殺されて、園長先生も殺された。順番から行ったら、次はきっと狭山先生が殺されるはず」

マナブの言葉は、私の考えているそれとは違っていたので、私はほっとしたような、がっかりしたような、複雑な気持ちになりました。

「バカ！　縁起でもないことを言うんじゃないよ！」

狭山先生も深刻そうにそう言いました。狭山先生も、次に自分が殺されるかもしれない可能性を、すでに視野にいれているのでしょう。狭山先生は大人です。マナブが考えているようなことはとっくに考えているのです。

マナブが考えていないことも。

「狭山先生。私、ずっと前から先生に訊いてみたいことがあったんですけど——」

「なんだい？」

「アガサ・クリスティーはもういない、ってどういう意味ですか？」

狭山先生は目をぱちぱちとさせました。

「覚えていません？　私、健一のことを先生に訊いたでしょう？」

そのことに関して狭山先生がなんらかの罪悪感を抱くはずだ、と私は思いました。みな、よってたかって健一は存在しないと私を騙したのですから。ヨシオや、アキナや、マナブの落とし前はつきました。でも先生たちはそうではありません。私は先生たちが、どんな弁解をするのか興味があったのですが、植芝先生が死に、園長先生が死に、すべてはうやむやになってしまいました。

だからただ一人残った狭山先生だけは、私に一言あってもいいはずです。別にあやまって欲しいなどとは思いません。ただなぜ私を騙したのか、それが知りたかったのです。しかし狭山先生は、私を騙した落とし前よりも、アガサ・クリスティーはもういない、という言葉のほうに意識を奪われているようでした。

「狭山先生？」

先生は私を見つめて、言いました。

「あれが聞こえてたのか？」

私は頷きました。狭山先生は、あの言葉を独り言のつもりでつぶやいたのでしょうか。

「そんなことをいつまでも覚えてるんじゃない。さあ『ハウス』に戻りなさい」

狭山先生はなんだか怒ったように、私たちを『ハウス』にせき立てました。私はもう少し現場検証などを見たかったのですが、先生に言われては、すごすごと退散するしかありません。

「なんだよあれ」

とマナブが不満そうに言いました。私も同じ気持ちでした。私はただ、分からない言葉の意味を訊いただけなのに。しかもそれは、狭山先生が自分で言った言葉なのです。

「植芝先生じゃなく、狭山先生が殺されればよかったのに」

と私は半ば本気でそう言いました。

「そうすれば、アガサ・クリスティーはもういない、って言葉はダイイング・メッセージになったのに――」

どうせ生きていても意味を教えてくれないのです。それなら死んだから意味を訊けないという方がまだ諦めがつきます。

「ねえ、それってなんなの？」

私はマナブに、狭山先生に、アガサ・クリスティーはもういない、と言われた状況を説明しました。

「アガサ・クリスティーは死んじゃってもういないんだから、たまには違う本も読んでみたらどうかとか、その程度の意味なんじゃないの？」

マナブの意見はまるで役に立ちませんでした。

「読もうと思ったことはあるのよ。『ハムレット』を――」

『ハウス』に戻ると、ちょうどアキナが事情聴取を終えて出てきたところでした。

「しつこくいろいろ訊かれたわ。あなたたち二人もそうでしょう？」

「そうかしら」

「そうよ！　私たち、ヨシオと仲が良かったから、特別にマークされてるのよ！」

「ヨシオは今、どこにいるんだ？」

「ほとんど監禁されてるみたい。なんだかんだ言っても、ヨシオが一番の容疑者なのは間違いないから」

「本当に、ヨシオが犯人なのかなあ」

「もう誰が犯人でもいいわよ！　早く終わりにして欲しい、こんなの！」

アキナの言葉には、言外にヨシオが犯人に決まっているという諦めのような思いがにじみ出ていました。ヨシオはアキナの首を縄跳びで絞めたのです。しかも、本気で殺そうとしていたと言います。そんな人間の無実を願う義理など、アキナにはないのでしょう。

「でも変だよな。どうして生徒は一人も殺されないんだろう」

「これから、どんどん殺されるのよ」

とアキナが吐き捨てるようにいいました。『ハウス』の二十二人の生徒が次々に殺されたとしたら、これはかなり大掛かりな『そして誰もいなくなった』です。そもそも、ここは絶海の孤島と同じようなものなのです。私たち生徒は、オベリスクの向こう側には決して行けないのですから。確かにそう考えると、殺されるのが生徒ではなく、先生たちであるというのが不思議に思えます。先生たちはオベリスクを潜って自由に外に行けるのです。殺人鬼に追い掛け回されても、まだ逃げられる可能性は残っています。でも私たちには、逃げ場所なんてどこにもないのです。先生たちに比べると、捕まえやすいし殺しやすいと言えるでしょう。

「もしそうなったら、それでヨシオが真犯人なのかどうか確かめることができるね」

と私は言いました。

「どうして？」

「だってヨシオは監禁されているんでしょう？　そんな状況でもし第三の殺人が起きれば、ヨシオのアリバイは完全に証明されることになる。監禁されていたら人を殺すことはできないんだから」

「あ、なるほど！」

とアキナは言いました。

「じゃあ、もし第三の殺人が起きなかったら――」

そのマナブの言葉に、私は頷きました。

「その時は、やっぱり植芝先生と園長先生を殺したのはヨシオなのかもしれない。もちろん、真犯人のターゲットが最初っから植芝先生と園長先生だけだったなら別だけど」

「でも僕は狭山先生も殺されると思うよ」

とマナブが言いました。

「理由はないけど、なんとなくその方が綺麗だと思う」

マナブの言う通りです。三人の先生たちのうち二人がすでに殺されました。ならもう一人も殺されれば、これは推理小説のあらすじとしては綺麗にまとまるでしょう。

もちろん、これは推理小説ではありません。現実なのです。

それでも私たち三人はある計画を練りました。それは狭山先生を監視するということです。もし犯人が推理小説的構造美で狭山先生を殺そうとするのであれば、狭山先生を見張っていれば真犯人が誰か分かります。私は正直乗り気ではなかったのですが、積極的に反論する理由もありませんでした。

もちろん、子供のままごとのようなものです。四六時中狭山先生を監視するといったって、できるものではありません。たとえば夜はどうでしょう。みな、眠っているのです。そんな中、子供が一人で起きていたら間違いなく見とがめられます。それでなくても『ハウス』にはオオトモを始めとした警察の人間がまだ沢山いるのです。

それに、ちゃんと『ベッド』で身体を休めないと、翌日の活動に支障をきたす恐れがありました。したがって常に狭山先生に目を光らせているのは、どだい無理な話なのです。

しかし何日経っても、狭山先生は殺されませんでした。マナブやアキナは、やはりヨシオが真犯人だったのか、と一度は諦めかけていたものの、まだ警察がいるうちに新たな殺人を犯すような犯人はいないよ、と自分たちを納得させている様子でした。なんだかんだと言っても、やはり自分たちの友達が殺人事件の犯人なんて信じたくないのでしょう。

でも私は知っていました。狭山先生が殺されない本当の理由を。

第十二章

そのアイデアが生まれたきっかけは、植芝先生が握りしめていた、健一が着ていたポロシャツのボタンでした。

犯行時刻は夜です。夜にポロシャツを着ていない健一が犯行に及んだはずがないと、私は確信していました。したがって、健一のボタンを持っている人間が犯人のはずです。もっとも疑わしい人間は、やはりヨシオでした。だから私は、みなと同じように犯人がヨシオだと思い、彼を問い詰めました。

ヨシオは服が汚れていたのは墓を掘っていたからだ、と主張しましたが、私の推理を完全に覆すものではありませんでした。墓は墓で掘って、ケンカはケンカで別にしたと考えてもなんら矛盾はないのです。

しかし証拠がなに一つないのも事実でした。たしかに服の乱れだけで、ヨシオが健一とケンカしたと決めつけたのは早とちりだったかもしれません。

そうしてようやく私はある考えに辿り着いたのです。ちゃんといたのです。ヨシオ以外に健一のポロシャツのボタンをむしりとれる人物が。

「狭山先生を見張っても無駄だよ」

と私はマナブとアキナに言いました。

「どうして?」

「だって真犯人が狭山先生を殺すはずがないもの」

「どういうことだ? アヤコは真犯人を知ってるのか?」

私は頷きました。

「植芝先生の手に健一のボタンを握らせることのできる人間は、一人しかいないわ」

「まさか、ヨシオが?」

私はにっこりと微笑みました。

「大丈夫よ。アキナ。以前は私もヨシオが犯人だと思っていたけど、それは間違っていた。ヨシオは犯人じゃないよ」

「どうして、そうだと分かる?」

「犯人は私にヨシオが犯人だと指摘させるために、植芝先生の死体に健一のボタンを握らせたのよ。健一に罪を着せるためじゃないわ。あくまでヨシオに罪を着せるために、健一のボタンを利用したのよ」

「なんだかややこしいな」

「でも、きっと犯人はずる賢い人間なんでしょう? そのくらい平気でやりそう」

アキナは言いました。私はその言葉に頷きました。

「真犯人は、とても悪くて、ずる賢い人間よ」

しかしマナブはなんだか納得していない様子でした。腕組みをしながら、なにかを考え込んでいます。

「どうしたの？」

「うん――まずアヤコは、植芝先生の死体が健一のボタンを握っていたから、健一が犯人じゃないかと思ったんだろ？」

「そうよ。一番初めはね」

「でも実はそう思わせるために、ヨシオが現場にボタンを残したんじゃないかと、意見を変えた」

「――そうよ」

「それで今は、ヨシオに罪を着せるために犯人が現場にボタンを置いたという考えになっている。でもさ。それすらも真犯人の意図した結果だって可能性はないの？」

「なにが言いたいの？」

とアキナは言いました。

「つまりさ。そうやってもしかしたら犯人は自分の推理の裏をかいているのかもしれない、って、どんどん、どんどん、考え続けていったら、まったく切りのない話になるじゃないか。そもそもさ——現場に健一のボタンが落ちていた。なら、健一が真犯人じゃいけないの？　それが普通の結論なんじゃないの？」

「マナブ、忘れたの？　健一って人は、夜はボタンのついた服を着ないのよ」

「なんだか納得できないな。昼間に『ハウス』に来て、夜になって植芝先生を殺したっていう推理は駄目なの？　それなら昼間の服装で、夜に殺人を犯した説明になるだろ」

アキナは言葉に詰まった様子でした。

マナブの言っていることは正しいです。『ハウス』の敷地は広いです。しかも健一はオベリスクを越えられます。どこでも身を潜める場所はあるのです。昼間、ポロシャツ姿でやって来て、植芝先生を殺すチャンスを窺っていたら夜になってしまった、という可能性は十分ありえます。

『ABC殺人事件』では犯人からポアロに挑戦状が届きます。つまりポアロが殺人事件の捜査に介入することも犯人の計画の一部なのです。

現場に落ちていた手がかりが、犯人が探偵を騙すためにわざと残していった手がかりでないと、いったい誰が断言できるのでしょう。探偵は犯人の裏の裏をかこうとします。しかし犯人は更に探偵の裏をかいてきます。だから探偵は犯人の裏の裏をかきます。でも犯人が裏の裏の裏をかいてないとは決して、誰にも言い切れないのです。

裏の裏。裏の裏の裏。裏の裏の裏の裏。裏の裏の裏の裏の裏。裏の裏の裏の裏の裏の裏

――これは永久に解けないパズルです。現場に残された小さな一個のボタンには、まるで合わせ鏡に映った映像のように無限の可能性が満ちています。

健一とオベリスクを潜った記憶は夢だと思いました。私に夢と思わせたいがために、先生たちとヨシオたち三人が結託して私を騙していたのです。その私が騙されたという現実も、夢ではないとどうして言い切れるのでしょう？　全部夢かもしれません。夢から目覚めた世界もまた夢で、そこから目覚めた世界も更に夢で、私がこうしている世界も夢なのかもしれません。だからこそ人は決断するのです。確かにここは夢なのかもしれない。でもそれを言ったらキリがないから、現実と定義しておこう、と。

ならば植芝先生が握り締めていたボタンも、純粋な証拠と定義するのが正しいように思えてきます。マナブが言った通り、あれは単に健一の犯行を裏付ける証拠に過ぎないと。

でも、後には引けません。私は健一のポロシャツから確実にボタンをむしり取ることのできた人物が犯人だと思いました。今更その推理を変えるわけにはいきません。健一以外の人間が犯人でないと困るのです。

「アヤコ？」

アキナが私の顔を覗き込んできました。

「どうしたの？　急に黙って」

「なんでもない。ただ、私の考えている人が犯人でなかったらどうしようと思ったの」

「平気よ、そんなの。だってアヤコ、一回ヨシオのことを犯人だって決めつけたんでしょう？　でもそれが間違っていたって、ヨシオは怒らないと思うよ。だって私たち、アヤコのことを騙していたんだから」

「そうだよ。ヨシオだけじゃなく、僕ら二人も一回ずつ犯人扱いされてもいいくらいだ」

たしかに私がアキナやマナブを疑っているのなら、そういう理屈も成立するでしょう。でも私はまったく別の人間に疑惑の目を向けていました。

私はオオトモに頼んで、教室にみなを集めてもらいました。今現在『ハウス』にいるもの全員です。ヨシオも姿を見せました。自分が犯人にされようがどうなろうが、もうどうでもいい、という諦めのようなムードが全身から漂っていました。

これはアガサ・クリスティーの小説のラストに登場する、典型的な解決編です。私はまさか自分が現実に同じような場面に遭遇するなんて――しかも自分がポアロの役回りを演じるなんて、夢にも思いませんでした。

夢見心地で教卓に立ちました。そう、すべてはきっと夢なのです。

私はボタンのロジックをざっくりと皆の前で説明します。納得している生徒もいれば、首をかしげている生徒もいます。

「――したがって、健一のボタンを手に入れることができた人物こそが真犯人なのです」

「君は現場に残されたボタンが犯人の偽造した証拠だと決めつけているようだけど、健一自身が犯人だという可能性は本当にないの？」

　オオトモは、マナブと同じ問いかけをしました。

「確かに、その可能性はまったくないと言い切れません。でもやはり可能性は薄いと思います。もし健一の犯行だとしたら衝動的な犯行であるのは間違いないです。なぜなら、現場にあったヨシオの縄跳びで植芝先生は殺されているからです。健一に、植芝先生の部屋にヨシオから没収した縄跳びがあることを知る手段はありません。もし健一が犯人だったら、犯行時刻の夜になるまで『ハウス』近くの森に潜んでいたことになります。それは計画殺人の手段です。なら確実に健一は、植芝先生を殺すための道具を準備していたに違いないのです。にもかかわらず植芝先生は現場にあった縄跳びで殺された。つまりこれは計画殺人ではない。したがって健一は犯人ではない。私はそう思います」

　いったん言葉を止めて教室を見回します。その推理に反論するものはいませんでした。

「では誰が健一のポロシャツからボタンをむしり取ることができたでしょう？　私はヨシオに訊きました。ヨシオが園長先生が殺されたお墓を掘っていた時、彼は偶然、外からやってきた健一と出会ったそうです」

　なぜ健一がやってきたのか、その理由は省きました。私が死んでいようと、いまいと、この事件にはなんら関係のないことです――たぶん。

「その時、ヨシオは、健一が着ているポロシャツを見ました。ポロシャツには二つあるうちのボタンの一つが失われていました。したがって、植芝先生に健一のボタンを握らせたのは、それ以前に健一のポロシャツからボタンをむしり取った人間以外にありえません」

「誰？」

とオオトモが言いました。私は一度オオトモと、そしてヨシオを見やってから、ある人物を指さしました。

「犯人はあなたです」

教室は騒然としました。普段なら、静かにしなさいと先生たちが生徒たちを一喝するところですが、一人だけ残った彼にはとてもそんな余裕はない様子でした。

「なにを言ってるんだ？　君は？」

私は狭山先生は殺されないと思っていました。なぜなら、その時すでに、植芝先生を殺した真犯人は狭山先生である確証があったからです。

「健一がヨシオと出会った以前に、健一のポロシャツからボタンをむしり取ることができた人間は、狭山先生しかいないんです」

「どうして僕だと？」

「その現場に私も居合わせたからです。覚えていますか？　健一が初めてここにやって来た日のことを。マナブとアキナは、健一を不審者だと思って先生を呼びに『ハウス』に走りました。そして狭山先生を連れて戻ってきたんです。狭山先生は健一の胸倉を掴みました。その時、健一のボタンをむしり取ったんです」

「言いがかりだ！」

狭山先生は声を荒らげましたが、私は彼の抗議を無視して話を続けました。

「偶然手に入れたそのボタンで、狭山先生は植芝先生殺害の計画を思いつきました。私は交換会でいつもアガサ・クリスティーの小説を買っていました。だから狭山先生は探偵役として私に白羽の矢を立てたんです」

「植芝先生が殺されたら真っ先にヨシオが疑われる。でも植芝先生の死体には健一のボタンがあった。だからヨシオの疑いは晴れた」

とオオトモは私の推理を補足するように言いました。

「そうです。そして狭山先生は殺害時刻の夜に、健一がボタンがついたポロシャツを着ているはずがない、と私が気付くことを予想していたのです」

オオトモは無言で頷きました。私は健一と密会し、共にオベリスクを越えたのです。昼と夜では健一は違う服を着ていることに真っ先に気付く人間は私しかいません。また私がオベリスクを越えたことを知っているのは、ヨシオを除けば、先生たちだけなのです。

もしかしたら、健一の存在を夢に仕立てたのも、狭山先生が率先して言い出したことかもしれません。健一との思い出を否定すれば、必ず私は必死になって健一の存在を証明しようとするはずだと。そして彼の無実の罪を晴らそうとするはずだと。現に事態はその通りになりました。

「あくまでも狭山先生は、ヨシオを犯人に仕立てようとして、植芝先生の死体に健一のボタンを握らせたのです。そうすれば、いったんは罪が晴れた最初の容疑者のヨシオの疑いはよりいっそう濃くなります。それが狭山先生の完全犯罪でした」

「戯言《ざれごと》だ」

と狭山先生はつぶやきました。

「子供が言っていることだ。あんたはこんなことを信じるのか？」

狭山先生はオオトモにそう言いました。

「信じるか信じないかは問題じゃない。でもあなたに健一のボタンをむしり取るチャンスがあったのは事実です」

「そして、狭山先生は園長先生も殺しました」

「違う！　中澤先生は殺していない！」

その瞬間、私は自分の計画がすべて成功したことを知りました。

「じゃあ、植芝先生は殺したんですね？」

狭山先生はぶるぶると首を横に振りました。そして、違う、俺がやったんじゃないんだ、とうわごとのようにつぶやいていました。そんな狭山先生の有り様を見て、ここにいる誰もが思ったはずです——やはりこの人が植芝先生を殺したのだと。

「あなたは植芝先生を殺したように、園長先生も殺したのよ」

私はまるで、自らの作中世界を意のままに操るアガサ・クリスティーのように、狭山先生を糾弾しました。

「あんなに優しかった園長先生を、殺したのよ」

「違う――俺は――俺は――」

「人殺し！」

私は叫びました。その声は教室中に轟きました。狭山先生はほとんどその場に蹲《うずくま》らんばかりに、身体を折っていました。これが止《とど》めとばかりに、私は追い込みました。

「園長先生を、返してよ！」

その時、誰かが私の肩を叩きました。振り返ると、そこにはオオトモがいました。

「もういい。君はよくやったわ」

そしてオオトモは崩れ落ちそうになっている狭山先生に近づきました。

「あなたの言う通り、子供の言っていることです。それを真に受けてあなたを逮捕するようなことは、私はしません。でも、あなたには訊きたいことが沢山ある。やましいことがないのなら、すべて答えられるはず。そうですね？」

狭山先生はオオトモに支えられるようにして教室を出て行きました。そして誰もいなくなりました。先生たちは、誰も。

狭山先生が罪を認めたのは、その日の夜のことでした。

翌日、オオトモが私の部屋にやってきました。彼女は狭山先生が植芝先生を殺した動機を教えてくれましたが、私にはどうでもいいことでした。分かったのは、長い間一緒に働いていると、細かいことが積み重なって最後には殺人を犯すほどの殺意に育つということと、現実の世界では推理小説のように誰にでも理解できる動機で殺人を犯すものはいないということです。

「狭山が健一を外に連れ出そうとした時に、健一のポロシャツのボタンをむしり取ったという君の推理は正しかった。でもそれ以外は狭山は否定している。狭山は健一のボタンを手に入れたから、植芝先生を殺しその罪を健一に着せることを思いついたんだそうよ。君の推理では、健一に罪を着せようとしたヨシオの犯行に見せかけようとした、ということだったけど、それはちょっと裏の裏をかきすぎたようね」

私は苦笑しました。現実の殺人事件とは、しょせんそんなものです。狭山先生は、健一が昼と夜で別の服を着ているなんて考えもしなかったのかもしれません。その事実を知っている私だけが、余計に事件を複雑に考えていただけなのでしょう。

「また、ヨシオが真犯人だという偽の解決に導く『探偵役』として君を選んだ、というのも、そんなつもりはいっさいなかったそうよ。君はいささか自意識過剰だったみたいね」

そう言ってオオトモは笑いました。

「仕方がないでしょう？　だってみんなの目の前でポアロみたいに事件を解決するチャンスに恵まれたんです。自分が特別な人間だと勘違いしても、無理はありません」

　オオトモは、そうだね、と頷きました。

「オオトモさん、一つだけ分からないことがあるんですけど」

「何？」

「アガサ・クリスティーはもういない、って言葉の意味です」

　私の質問にオオトモは、悲しそうに微笑んで、そして言いました。

「アガサ・クリスティーはもういないのよ。それでいいじゃない」

　私はオオトモを見つめたまま、なにも言えませんでした。

「そんな言葉のことより、もっと重大なことがある——」

「なんです？」

「中澤先生よ。狭山は植芝先生殺害は認めたが、中澤先生は殺していないと言っている。執拗に否定してるの」

「そんなことを信じるんですか？　人殺しの言うことですよ？」

「もちろん疑ってかかっているけど、完全にデタラメだと切って捨てられないところもある。狭山が植芝先生の殺害を認めたのは、中澤先生の殺害に関しては自分は無実だと主張するためじゃないかしら？」

「私には分かりません。そんなの――」

「植芝先生殺害に関しては、君はいろいろと推理を巡らしたようだけど、中澤先生の殺害にはなにか思うところはないの？」

「私なりに考えたんですよ。特に、なぜ犯人が園長先生の死体を埋めなかったのか。それさえ分かれば真犯人に辿り着けると思ったんですが、どんなに知恵を絞っても良いアイデアは浮かばなかったんです。でも植芝先生を殺したのは狭山先生だっていう確信があったから、狭山先生を問い詰めれば園長先生の殺害を認めると思ったんです。狭山先生は往生際が悪いんですね」

そうだね、とオオトモは言って、私の部屋から出ていこうとしました。私は彼女に最後の質問をしました。

「『ハウス』はどうなるんですか？」

園長先生も植芝先生も死に、狭山先生も逮捕されました。大人はみんないなくなって、子供だけになりました。

「代わりの先生が来るでしょう。君たちが大人になるまで、ここはずっと続くんだから」

そう言って、オオトモは部屋を出ていきました。

新しい先生たちが来るんだ。

私はその日が待ち遠しかった。どんな人が来るのだろう。それを毎日夢想し、新しい先生たちに出会える日が来るのを待ちました。

ふたりの果て

D

気がつくとベッドの上だった。

慌てて身を起こし、辺りを見回した。殺風景な四畳一間といった部屋だ。壁紙は黒ずみ、天井も染みが浮いている。だが古い建物なんだと思わせるだけで、不潔な印象は受けない。ベッドのシーツも真っ白でマットもふかふかだ。一瞬、俺は、箱根に来て彩子を探して森に入った思い出はすべて夢だったのかもしれない、と思った。しかしこの全身を苛む筋肉痛が、あの記憶が現実であったことを確かに訴えかけていた。

ベッドから降りた。窓に近づき、恐る恐るカーテンの隙間から外を覗き見る。

夕日に照らされて、緑の芝生と向こうに連なる木々はオレンジがかって見えた。俺が抜けてきた森だ。その瞬間、俺の脳裏に昨日の出来事がフラッシュバックのように蘇った。

あの謎の塔。丘に埋まった鉄の扉。ハーフウェイ・ハウス。俺は遂に彩子に辿り着いたという興奮と共に、ここに向かって歩いてきたのだ。

「気がつきましたか」

突然、背後から声がして、俺は思わず大声を上げてしまった。振り返る。温和そうな男がいる。そうだ、俺はこの男の前で——。

「そんなに驚かなくても」

男はそう言って笑った。がっしりとした身体の、健康そうに日焼けした男だ。俺はスポーツジムのインストラクターを連想した。だが恐らくここは、ジムではない。

「あの、俺は——いったい——」

「昨日、ふらふらになって私に近づいてきて、そのまま倒れてしまったんですよ。アヤコに会わせてくれって叫びながら」

そして俺は気を失ったのだ。

「あれから、何時間——」

「半日といったところでしょうか。救急車を呼ぼうにも、ここまで来てもらうのも大変ですしね。簡単な治療ならここでもできるし、血圧も安定していたから安静にさせておくという判断をしました。何か体調に変わったところはありますか？」

「いや、大丈夫です——」

「じゃあ、寝不足だったんでしょう。その様子じゃ、一睡もせず森を抜けて来たんじゃないですか？」

「いいや、少し寝ました――」

「森の中で？」

　俺は頷く。

「それじゃあ、ろくに眠れなかったでしょう。腹は空いていませんか？」

　そう言われて初めて、猛烈な空腹に気付いた。それよりも――。

「すみません。水を一杯いただけますか？」

　男はすぐにペットボトルを持ってきた。見たことのないミネラルウォーターのブランドだった。経口補水液、とある。医療用だろうか。しかしそんなことに構っている間もなく、ごくごくと飲んだ。誇張でもなんでもなく、生き返った気分がした。

　俺は男を見た。突然現れた俺のような男にも優しくしてくれる。もしかしたら聖職者なのだろうか。ここが本当に学校で、宗教系だとしたらありえない話ではない。

「俺――名前を言いましたか？」

　と訊いた。

「いいえ、まだ伺っていません」

　と彼は答えた。

「馳《はせ》、健一と言います」

と俺は名乗った。俺はずっと母の姓を名乗っている。父親の会社に入ったら、父と同じ槙田姓を名乗るかもしれないと考えると、やはり少し物悲しかった。

男は、

「私は、狭山と申します」

と名乗った。

「お腹は空かれましたか？」

「はい——正直言って」

食い物をねだっているようで嫌だったが、この期に及んで格好つけても仕方がない。

「もうすぐ食事の時間です。その前に、あなたのことを少し知っておきたいのです。皆に紹介するかどうかを考えなければならないので。話せますか？　空腹で話せないのなら、今、軽くスープでも召し上がりますか？」

「いいえ——大丈夫です」

「あなたはアヤコに会わせてくれと言いましたね？　つまり、森で迷って偶然ここに辿り着いたのではなく、ここに目的があって来たのですね？」

狭山にとって、それは重大な問題なのだろう。俺は恐る恐る、彼の顔色を窺うように、

「そうです」

と言った。

「誰にここを訊きました？」

「子供です」

「子供？」

俺は頷く。

「家出して、この森で迷子になって、ここを見つけたっていう――」

心なしか、狭山の顔が厳しいものになった。

「仕事は何をされているんですか？」

一瞬、答えに窮した。だがボーイもライターも辞めているのだからと思い返し、

「今は無職です」

とハッキリと答えた。

狭山は俺の顔をじっと見て、

「強制的にテストをしようとは思いません。ここは警察ではないですから。同時に、警察から逃げ込むための駆け込み寺でもないんです」

と言った。よく意味が分からなかった。

「あなたのような方は珍しくないです。この場所を探して、自力でやってくるんです。そうすればクスリが抜けるまでここで匿ってもらえると思っているんです。言っておきます

が、薬物依存から抜け出たからといって、クスリに手を出した罪を償わなくて良いという理屈には——」

「ちょっ、ちょっと待ってください。あなたはいったい、何を——」

「ここはハーフウェイ・ハウスですよ」

と狭山は言った。

「それは知ってます。森の外の塔みたいなモノに、そう刻印されていましたから」

「塔？　ああ、発電機のことですか？」

塔の上部についていた、緑色をした四枚の鉄の板を思い出した。あれは風力発電の装置だったのか。

「あなたは、ここがハーフウェイ・ハウスと知って来たわけではないんですか？」

「いえ、俺はただ——妹がここにいるかもしれないと思って」

「妹？」

そこで初めて、俺は今までの経緯を狭山に話すことになった。狭山は黙って、しかし意外そうな表情を隠さずに、俺の話を聞いていた。

「それだけの根拠で、ここに妹さんがいると？」

「ええ——」

そう言われるのは予想していた。あの小学生の涼でさえ、妹が箱根にいるという俺の推論に懐疑的な様子だったのだ。

　俺とて確信などまるでない。ただ、何もせずにはいられなかった。たとえ可能性が薄くとも、妹を探すために行動に移したかったのだ。

「残念ながら、アヤコという方はここにはいません。ここは男性だけの施設ですから」

　そう、あっさりと狭山は言った。

「そうですか――」

　確実な証拠もなしにやってきたのだから、仕方がないな、と思うと同時に、やはりとても残念だった。この学校――なのかは分からないが――を見つけた瞬間、遂に辿り着いたというカタルシスに俺は震えた。そのカタルシスは決して妹を見つけたそれではないのだが、あの時、俺は完全に同一のものと考えてしまっていた。

　ここに妹がいるのだと。

「ここがそのロボットの研究所を持っている大学の土地であることに、それほど意味があるとは思えません」

　と狭山は言った。

「私立大学ですから、不動産運用で資産を増やすのは珍しいことではありません。ここはもともと大学の合宿施設でしてね。森の中で外界からある程度隔絶されているという利点があって、賃貸契約をさせてもらっているんです。風力発電の設備もあるので、自給自足も不可能ではありません。我々のような団体に施設を貸すことに大学内では異論もあったようですが、社会福祉学科の先生方が後押しをしてくださいました」

「あの、ここはどういう――」

「ハーフウェイ・ハウスとは中間施設という意味です。英語圏では一般的な名称ですが、日本ではそれほど浸透していませんね。いろいろな理由で社会からドロップアウトしてしまった方々の社会復帰を後押しするための一時的な施設です。我々は冗談でよく、煉獄なんて言ってます。ほら、カトリックの天国と地獄の中間地点という考え方です」

ドロップアウト、社会復帰、それらの言葉は俺に蠱惑《こわく》的に響いた。結局、ここには彩子はいなかったが、ここに俺が辿り着いたことは、ある種の運命だったのかもしれない、とすら思った。いきなり訪れた俺でも、きっと受け入れてくれるだろう。こうして俺の話を聞いてくれる彼の態度を鑑みる限り、そう思えてならない。

「じゃあ、狭山さんも――」

彼は頷いた。

「私は重度の薬物依存症でした。でもここに来てから、一度もクスリには手を出していません。外にはほとんど行かないから、手を出せない、という物理的な理由もありますが。ここで回復しても、半分以上の人間がまた戻ってきてしまいます。私はそれが怖くて、ずっとここにいるんです。おかげで今はここのスタッフとして働いています」

ここは薬物依存症のリハビリ施設だったのだ。さっき狭山が言ったテストとは、恐らく覚醒剤の尿テストのようなものだろう。そんな場所に俺のような男がいきなり現れたら、あらぬ誤解を受けても仕方がなかったかもしれない。

「あなたの話に出てきた、葉山涼という少年ですが」

と狭山はおもむろに言った。

「彼は、恐らく、ここには来ていないと思いますよ。あなたの仰《おつしや》る通り、あの研究所からここまで、子供の足で地図もなしで歩いてこられるとは考えられません。携帯を持っている大人のあなたですら死ぬ思いをしたそうですから」

「じゃあ、どうしてあんなことを？」

「こうだ、と言い切ることはできません。でも想像することはできます。夢を見たのかもしれません。そしてそれをさも本当のように皆に言った。夢という自覚があったのか、なかったのかは、さしたる問題ではないでしょう。嘘と自覚していない嘘です。自我が形成される途中の段階では、夢も現実も、嘘も真実も、境目があやふやなものです」

「確かにそうかもしれません――でも夢や嘘と考えるには、不思議な点が多すぎます。彼は風力発電の装置のことも、あの丘に埋められた鉄の扉のことも知っていたんです」

「森で迷ったその日に、ここに迷い込んだというのは嘘なんでしょう。でも恐らく彼はこのことを知っていたんでしょうね。もしかしたら、最初っからここに来る目的で森に入ったのかも」

「――どういうことですか？」

「その子の名前は、葉山涼と言いましたね？」

俺は頷く。

「恐らく、葉山悟《さとる》さんの息子さんでしょう。彼もここの入居者だったんです」

「じゃあ、やはり薬物依存症――」

「そうです」

親に勉強しろと言われて家出をしたという彼の話を思い出す。よくある理由だと苦笑したが、やはりそれも狭山の言うところの、嘘と真実の境目が曖昧、ということなのだろう。全校生徒わずか百人ほどだから当たり前のように思ったが、それでもすぐに涼が見つかったのは彼が元々有名人だったからかもしれない。そして涼は一人でぼんやりと歩いていた。もちろんそれだけで判断することはできないが、友達がいないのではないか。彼の父親が薬物依存症だから、生徒の親たちが遊ばせないようにしていたとしたら？

駄菓子屋のおばさんや、喫茶店のマスター、妖怪オニババスペシャルたちが警察に密告したのも、俺達のことを麻薬の密売人と思ったからか。

「葉山悟さんの息子さんが、ここに来たことはありません。でも月に何度か手紙をやりとりしていたようです。かなりここを良い場所のように書いていたみたいですね。確かに自然が多いし、自分たちのことは自分たちでやるから身体を動かすし、クスリも抜けるから健康になります。食事も美味く感じる。その手紙の中で、風力発電のこととか、丘の扉のこととかを何気なく伝えたんです。だから彼はそのことを知っていた」

「ここが学校というのは――」

「多分、手紙で葉山悟さんがここをそう表現したんじゃないでしょうか。ここは涼が通っている学校みたいなものだって」

「そうだ。あの丘の扉って何なんですか？」

「ただの物置きです」

と狭山は言った。

「彼の父親は、今、ここにいるんですか？」

「いいえ。ここを出た後、また覚醒剤に手を出してしまい、実刑になりました。今、確か府中《ふちゅう》刑務所にいると思いますよ」

実にあっさり狭山は言った。ここにいるような人間なら、刑務所に入ることは決して特別なことではないのかもしれない。

「きっと涼君は、ここに憧れたのかもしれませんね。楽園のような場所だとイメージしていたんでしょう」

俺は頷いた。涼も俺も、親のことで悩み、苦しんでいるのだ。洋子と結婚すると言ってしまったことを、俺は今さらながら後悔し始めた。洋子は子供を欲しがるだろう。だが俺に人の親になる資格があるだろうか。胸を張って生きてきたと、自分の子供に堂々と言えるだろうか。

分からなかった。

でも、確かなことは、これですべてが振り出しに戻ったということだ。ここには彩子はいなかった。父が箱根の研究所に資金を提供しているということ、そして涼が迷い込んだという学校、そんな二つの、あまりに現実味が薄い手がかりだけを頼りに来たのだから、それは当然の結果とも言える。

これをどう洋子に報告しようか考えた。もちろん洋子は俺と結婚できれば妹が見つかろうが見つかるまいが、どうでもいいことだろう。だが、やはり体裁が悪かった。啖呵を切って箱根までやって来たのだ。ある程度の収穫は欲しかった。

俺は立ち上がった。身体が一瞬ふらつき、慌ててテーブルで身体を支えた。

「申し訳ありませんが、帰り道を教えていただけますか？」

「今から帰られるんですか？　悪いことは言いません。一晩泊まって行けばいい。こんな森の中を、わずかな情報だけでやってくるようなお人だ。時間の余裕はあるんでしょう」

先ほど無職と言ったからだろうか、狭山は簡単にそんなことを言う。だが、確かに疲れているのは事実だし、甘えさせてもらうことにした。

食事の準備をすると言って、狭山が部屋を出て行った。俺は洋子が心配になり、携帯で洋子に電話をした。一日充電しなかったから、バッテリーはかなり減っている。

洋子はすぐに出た。

「まだ箱根にいるか？」

『いるわよ！　ねえ、大丈夫なの？　私、不安で——電話をしようと思ったけど、もし無事に学校を見つけて、妹さんと会っていたら悪いと思って』

森でへばっている時に洋子からの電話がかかってきたら、俺は洋子に泣きついていたかもしれない。

「明日、そっちに戻る。その時ゆっくり話すけど——学校は見つかった。もう遅いから、ここに泊めさせてもらう」

『あったのね！』

洋子は叫んだ。

「ああ。でも、彩子とは何の関係もなかった」

『そうなの——』

洋子は落胆したように言った。俺に話を合わせてくれているのだと思った。

『で、どうするの？』

「それも含めて、明日話そう。また連絡するから」

俺は洋子から、彼女が泊まっている箱根湯本のホテルの名前を教えられた。

『分かった。ねえ、早く帰ってきてね。会いたいわ』

「だから明日会えるって」

『本当?』

「何でそんなことを訊くんだ?」

『――あなたが、どこかに消えてしまうような気がして』

俺は一瞬、黙った。そして言った。

「俺が逃げるって言うのか? 洋子と結婚したくないから?」

『違う! そうじゃないのよ。ただ――』

その時だ。

部屋のドアがゆっくりと開いた。俺は携帯電話を持ったまま振り返った。

狭山かと思ったが、違った。

短く髪を切り揃え、健康そうに日焼けした、Tシャツとジーンズ姿の男が、そこにはいた。ぎょろぎょろとした目で、好奇心を隠し切れない様子で俺を見つめている。狭山はここが外界から隔絶された利点があると言っていた。ほとんど森の外には出ないのではないか。多分、俺が久しぶりに見た外の世界の人間なのだろう。

「あの――」

と男は言った。

「何か？」

「その電話、貸してもらえませんか。母親に電話をしたいんです」

俺は男と自分が持っている携帯を交互に見つめて、

「駄目です。貸せません」

と答えた。勝手にそんなことをしたら、多分、狭山は喜ばないだろうと考えた。それほど男は常軌を逸した雰囲気を醸し出していた。

「どうしてです？　お金なら払います」

「──お金の問題じゃあない」

『もしもし？　どうしたの？』

携帯から、こちらの様子を悟った洋子の声が漏れ聞こえてくる。俺は言った。

「悪い。また電話する。明日必ず会う。絶対にだ」

そう言って、洋子の返事を待たず、電話を切った。

「貸してくださいよぉ。いいじゃないですかぁ」

男はこちらに手を差し伸べてくる。

「止めろ！　触るな！」

その俺の声が聞こえたのだろう。男と携帯を貸せ、いや貸さない、の押し問答を繰り広げているうちに、慌てた様子で狭山が部屋に飛び込んできた。

「おい！　植芝！　何をやってるんだ！」

狭山や他のスタッフに取り押さえられて、電話、電話とうわ言のように呟きながら、植芝と呼ばれた男は部屋を引きずり出された。俺はその光景を呆然と見つめていた。

「ふう」

と軽くため息を吐きながら、狭山が部屋に戻ってきた。

「ごめんなさい。言っておくべきでした。ここに入所している人たちは、原則携帯禁止なんです。もちろんあなたは部外者ですが、できるだけ携帯の使用は控えてもらえないでしょうか。外にご連絡したい場合は、事務所に電話があるのでお貸しします」

確かに、誘惑が多い外の世界から離れるために生活しているのだから、携帯電話は不必要だろう。

「分かりました。こちらこそ申し訳ありませんでした。迂闊なことをして。ただ外で待っている婚約者に、無事でいることを伝えたくて」

「そうですか」

羨ましいと言わんばかりに、狭山は目を細めた。彼に恋人や家族はいるのだろうか。いたとしても、クスリですべて失ってしまったのかもしれない。

何だか急に居心地が悪くなった。やはり俺はここにいるべき人間ではないのかもしれない。暫くして、まるで俺の心を読んだかのように神妙な面持ちで狭山が言った。

「あの――申し訳ありません。先ほどお泊めしますと言いましたが――ここは薬物依存症のリハビリ施設です。ここの生活が長い人間は、僕を含めて落ち着いていますが、さっきの彼はまだここに来て間もないんです。それで、その――」

狭山は言葉を濁したが、言わんとすることは分かった。俺とて、もともと今すぐにでも帰ろうと思っていたのだ。

「分かりました。こちらこそ申し訳ありません。いきなりやってきて皆さんを刺激して」

「いえ、あなたのせいではないんです。ただ、万が一あなたに危害を加えるような者が現れたら、取り返しのつかないことになります」

俺は先ほどの執拗に携帯電話を要求した植芝を思い出した。あのぎょろぎょろとした目つき。俺を殺して携帯電話を奪うような暴挙に出ても不思議ではない、と思わせた。薬物の禁断症状は苛烈だ。クスリを手に入れるためなら、どんなことだってするだろう。

「分かります。お気になさらないでください」

「そうですか」

狭山はほっとしたような顔をした。

「せめて食事をしていってください。入居者が自炊したものですけど結構いけますよ」

断るのは失礼だと思って、ありがたく頂戴した。やはり皆が集まるような食堂に招かれるのではなく、この部屋で一人で食べた。腹が減っているから何でも美味い、ということは差し引いても、意外にもしっかりと味がついていて食べごたえがあった。リハビリ施設ということで、てっきり精進料理のようなものを想像していたのだ。

ボランティアの施設と思っていたが、入居者から月に十万ほど取っているのだという。さっきの水も、この料理にも金がかかっていて、それを俺はただで飲み食いしているのだと思うと、余計に居心地が悪くなった。

食べ終わった食器は、狭山が下げに来た。物腰は穏やかだが、勝手に『ハウス』の中を歩き回られては困る、といった雰囲気を醸し出していた。助けてもらって勝手な意見だが、早くここから帰った方が良さそうだ。

「皆さん、ここに来られた時は車で来たんですか？　道があるなら歩いて街まで行けますよね？」

「はい。明日、車でお送りしようと思っていたんですが」

「いきなり来た俺が悪いんだから歩いて帰ります。夜でも道があるだけマシです」

そう言って、俺は冗談めかして笑った。狭山は笑わなかった。

「分かりました。でも車でお送りします」

「いえ、そこまでしていただかなくても」

狭山はゆっくりと首を横に振った。

「もし夜道を歩かせて事故にでもあったら、私たちの責任になります。ただでさえ麻薬患者を匿っているなどというあらぬ誤解を受けやすい立場ですから。お願いですから送らせてください」

これ以上彼に迷惑をかけたくなかったのだが、確かに道があるといっても暗い夜道だ。昨日の二の舞いになるかもしれず、ここは遠慮せずに送ってもらうことにした。

家に帰ったらお礼の手紙を送りたいからと、住所を教えてもらった。森の中の人里離れた学園にも、きちんと手紙は届くのだ。今の日本で、人の手が触れられていない秘密の場所などどこにも存在しない。タイガーマスクの虎の穴はなかった。

狭山に連れられて、正面玄関から外に出た。倒れている俺をあの部屋に運ぶのに、何人かの入居者の手を煩らわせたという。挨拶ぐらいしたかったが、何となく狭山からは俺を彼らに会わせたくないという素振りが感じられたので、こちらからは言い出せなかった。また、あの携帯電話の時のような騒ぎが起こるのを恐れているのかもしれない。

狭山は真っ直ぐ森の中に踏み入っていった。道があるのではなかったのか、と訝《いぶか》しんだが、あの風力発電の塔の近くに駐車場があり、そこに何台かの車が停まっていた。舗装はされていないが、車が通れるだけあってそれなりに広く、整えられた道だった。

「ここを真っ直ぐ行くと箱根の温泉地なんですよ。だから人で賑わっていて、稀《まれ》に道を間違えて車が入ってくることもあるようなんです。一応、麓の道にはここは行き止まりです、という看板があるんですけどね」

狭山の言う通り、車で十数分も進むと、木々の向こうに街の灯が見えてきた。狭山は気を遣ってくれたが、これだと歩いても大した距離ではなかっただろう。

「俺はハーフウェイ・ハウスの真裏から入ってきてしまったんですね」

「ええ。車で迷い込んでもせいぜい駐車場までですが、道なき道を歩いて『ハウス』まで辿り着いたのは、あなたが初めてですよ」

そう言って、彼は笑った。

やがて車は森を抜け、ちゃんとした舗装がなされている国道に出た。あちこちに温泉旅館の看板が立っている。

「どちらまで行かれますか?」

と狭山が言った。

「あ、いえ。ここで大丈夫です。ここまでくれば、後は何とかなります」

「この近くにお泊まりではないんでしょう?」

「ええ――まあ」

「お送りしますよ。ここで降ろされても困るでしょう?」

俺を箱根湯本まで送ってくれるという。何か一段落ついたような気持ちだが、それはまったくの錯覚なのだ。唯一の手がかりだった森の中の学園は、薬物依存症のリハビリ施設だった。そんな場所に彩子がいるはずがない。完全に無駄足だった。

どうすればいい？　父に頭を下げて、彩子に会わせてくれと頼むのか？　だが父は理由は分からないが彩子を隠している。そう簡単に会えるとは思えない。

狭山に駅前で降ろしてもらった。俺は狭山に深々と頭を下げた。

「本当にお世話になりました。何から何まで――」

「いえ、いいんですよ。それより妹さん見つかるといいですね。もう一度、最初からやり直してみたらどうです。もしかしたら思わぬところにいるかもしれませんよ」

狭山と別れてから、俺はその足で洋子に教えられたホテルに向かった。老舗のシティホテルといった面持ちだった。フロントで洋子に会いたいと告げると、まるで不審者を見るかのような目つきで、頭のてっぺんからつま先までじろじろと見られた。憤ったが、確かに髪はぐしゃぐしゃで、白いポロシャツは汗と土汚れでドロドロだったので致し方なかった。狭山に食事をご馳走になったついでにシャワーを借りれば良かった。

「失礼ですが、馳健一さんですか？」

とフロントの女性に訊かれた。洋子は俺のことをちゃんと伝えてくれたのだ。

「はい。伝言でも？」

「口頭で馳健一様あてにメッセージをお受けしています。お父さんと出かけるので帰ってくるまで部屋で待っていて、とのことです」

「お父さん？」

「はい。そのように仰っていました」

その時、俺はある可能性に気付いて、息を呑んだ。

「すいません、彼女は一人でしたか？」

フロントは、

「そのお父さんという方と一緒でした」

と答えた。俺はちょっと待ってください、と断りを入れてから携帯電話のブラウザで槙田勉の写真を検索した。父の顔写真はネットを探せばいくらでもある。

「この人ですか？」

と俺は父の写真をフロントに見せた。もちろん、予想通りの答えが返ってきた。

俺は洋子がチェックインした部屋に入った。こぢんまりとしたツインの部屋だ。俺が森でさ迷い、意識を失って『ハーフウェイ・ハウス』で看病されている間、一人寂しくこの部屋で俺の帰りを待っていたのだと思うと、洋子がいじらしく思えてならなかった。

——どうしてそのまま待っていてくれなかったのか。

洋子の携帯に何回もかけたが、一向に通じる気配はなかった。俺はまるで檻の中の動物のように、部屋の中を行ったり来たり、歩き回りながら、考えた。

たとえば昌志などが送り込んだ使いの者だったら、そう簡単に洋子はついて行ったりはしなかっただろう。だが相手は俺の父親だ。当然洋子も顔は知っている筈だ。しかも洋子は箱根に来て俺と婚約し舞い上がっている。父の誘いに何の疑いもなく応じたに違いない。だが、父が洋子を連れ出したということは、父は俺の箱根入りを知っていたということになる。いったい何故？

真っ先に昌志や、末永の顔が浮かんだ。末永は考えられない。そもそも彼が俺の所に来なかったら、俺は彩子を探すことは諦めていただろう。自分から俺を誘っておいて、父に密告するとはちょっと辻褄《つじつま》が合わないように思う。

昌志はどうだろう。確かに俺の方から昌志の息子に接触した。それを知った昌志が、末永のクーデターを予感し、あえて俺を泳がせていたという可能性はある。だが泳がせていたにせよ、俺がこの箱根に来たのは昌志が意図した結果だ。彼がハコネロボット研究所や、迷子になった涼のこと、それにあの森の中の学園の噂を教えてくれたのだから。

俺が昌志と神保町の寿司屋で会った時点で、彼が父と接触していたとしたら、箱根などという具体的な地名を出したのは意味があったのではないか？　だから父自らここに乗り込んで来た。やはりこの街には何かあるのだ。

しかし、どうしても分からない問題があった。

どうして父は洋子を連れ出したのか？　未来の嫁だから、などという理屈は通らない。

俺は昨日洋子にプロポーズした。少なくとも、俺と洋子が婚約した事実を父が知る筈はないのだ。

洋子のメッセージは帰ってくるまで部屋で待っていろ、とのことだった。だが、身体の内側から焼かれるような焦燥感に耐えられない。父は俺が箱根にいることを知っていた。なら、前からすべて知っていたのではないだろうか。あの六本木のステーキハウスで再会した時から。父は何も知らないのだと思っていた。でも、そうではなくあえて黙っていたのだとしたら――。

その時、俺の脳裏に、狭山のあの言葉が蘇った。

『もう一度、最初からやり直してみたらどうです。もしかしたら思わぬところにいるかもしれませんよ』

最初とはどの時点だ。洋子と昨日箱根に来た時か。六本木のステーキハウスで父と再会した時か。それとも彩子がマンションの部屋から落ちて大怪我をした時か。

昨日から尾行されていた、という可能性は低いと思う。箱根は観光地は別として、基本的に人通りは多くない。涼が通っている小学校にしてもそうだ。校門の前で俺達は生徒達が下校時間になるまで待っていた。誰かが俺達を監視していたら、あの時すぐに気付いたはずだ。それらしい怪しい人間は皆無だった。

だとしたら、あの警官か。俺は彼に身分を名乗った。警官は恐らく母に俺の身元を確認したたろう。そこから父に伝わったのだ。それで多忙なはずの父は箱根まで駆けつけた。それほどまでに焦る理由は？　やはり彩子は箱根にいて、俺と会わせたくないからだ。

あれから洋子が、どうやってこのホテルに来たのかは分からない。ただ、お人好しの洋子は、言われるがままに警官に宿泊先のホテルを教えたのではないか。もしかしたら警察が紹介したホテルかもしれない。あの警官が父と繫がっているとしたら、洋子がここに泊まっていることはすぐに父に知られる。

あの警官の前で、俺は森に逃げた。森の中の学校を探しに行ったのは明白だ。警官はそれも父に教えた。だから父は慌てて箱根にやってきた——。

いや、それはおかしい。森の中の学校の正体は、薬物依存症患者のためのリハビリ施設だった。結局、彩子とは何の関係もなかったのだから——。

関係があったとしたら？

洋子と電話で話している最中部屋に入ってきて、俺から携帯電話を奪おうとした植芝という男。そんなことをするぐらいだから、まだ薬物の影響が抜け切っていない『ハウス』に来て間もない人間だろう。

しかしよくよく考えると、植芝は狭山と印象が似ていたように思う。二人とも日焼けをしていたのだ。あの場所で毎日外で作業なり運動なりしていたら、日にも焼けるだろう。つまり狭山も植芝も『ハウス』の入居歴は長いのではないか？　だがあの植芝の様子は、薬物が抜け切っていない、つまり『ハウス』に来て間もない状態にしか思えない。

——演技だったのか？

俺と洋子が連絡を取り合うのが、彼らにとって都合が悪かった。だから植芝に通話の邪魔をさせた。いや、こうも考えられる。彼らは俺をあの『ハウス』から一刻も早く追い出したかったのだ。だが、慌てて追い出すと却って不自然だ。だから最初は喜んで泊めてやる、という態度を取ってから、わざとトラブルを起こした。そうした方が自然に俺を帰らせることができると考えたのだ。

つまり。

彩子はやはり、あの『ハーフウェイ・ハウス』にいる。何故、あんな薬物依存症患者の治療施設にいるのかは分からない。でも俺を体《てい》よく追い払う必要があったのは事実だ。

あの狭山が俺を騙して、自分から帰らせるように仕向けたなど考えすぎかもしれない。しかし、父がこの箱根にやって来て、洋子を連れ出したことは厳然たる事実なのだ。

——何故そんなことを？　俺はあの『ハウス』と彩子が無関係であると思っていた。このホテルで洋子と落ち合って、そのまま東京に帰るだけなのだ。余計なことをしなければ、俺が再び『ハウス』に疑いの目を向けることはなかった。自然に俺を追い返した狭山のやり方と比べ、父のそれはあまりにも杜撰《ずさん》だ。

——もしかして。

一時的にでも、俺を『ハウス』から追い出すことが目的だったのではないか？　父は洋子を『ハウス』に連れて行くつもりだった。その時、俺がその場にいてはまずい。思えば、さっき、俺は帰ると言っているのに狭山は食事を出してくれた。あれはもしかして、父が洋子をこのホテルから連れ出す時間を稼ぐためではなかったのか？

父は、洋子と彩子を会わせる気なのだ。それ以外考えられない。

その父の意図を知った瞬間、俺はその場に崩れ落ちた。

父はすべてを知っていた。最初っから。

終わった。

すべてが終わったのだ。

第五部

ハーフウェイ・ハウスの殺人

第十三章

新しい先生たちは、事件後、間もなくしてやってきました。やはり二人です。新しい園長先生は、以前の園長先生のように肌の色がまだらな男の人でした。大人に見えましたが、以前の園長先生のような凜《りん》としたところはまるでなかったので、あまり良い印象は抱きませんでした。

実際に授業を受け持つ二人の先生たちは、男の人と、女の人でした。彼らには新しい園長先生よりももっと悪い印象を抱きました。その二人の先生たちは、私たちやオオトモのように肌がすべすべしていたからです。つまり、見た目はまるで子供のようでした。

子供と大人の違いは、決して見た目ではかれるものではないのかもしれません。でも、どうしてこんな子供のような大人に勉強を教わらなければならないのだろう、という不愉快な気持ちは消えませんでした。

子供のような先生に教わる授業は面白くありませんでしたが、事件以降行われなくなっていた交換会が再び開かれたのは嬉しかったです。生徒たちはみな夢中になっていろいろなものを買っていましたが、アキナは私を騙してワンピースを買った罪悪感があるのか交換会の会場には姿を現しませんでした。マナブやヨシオも遠巻きに見つめているだけです。私を騙して手に入れたお金は、全部、私にくれるという約束はまだ有効なのだろうか、と考えました。洋服が買えるほどのお金です。アガサ・クリスティーの小説をすべてそろえることも夢ではなさそうです。

いつもの小説の売り場に行くと、隣のテーブルでは小物が売られていました。小さな陶器の人形や、可愛いキーホルダーの中に交じった、赤いオブジェに私は目が釘付けになりました。細長いそれは、まるで研磨された宝石のように赤く光り輝いていました。

売り場にいた先生が、そのオブジェの使い方を教えてくれました。スイス製だそうです。迷った末、私はそのスイス製のオブジェとアガサ・クリスティーの『オリエント急行の殺人』を買いました。小説は私しか読まないから、自分の欲しかった本を他人に買われる、ということはまずありません。でもこのオブジェは別です。こんなに綺麗なのだから、他の生徒もきっと欲しがるでしょう。その前に買っておかないと。

赤いオブジェはいろいろな形に変化しました。私はそれを弄《いじ》りながら『オリエント急行の殺人』を、夢中で読みました。『ＡＢＣ殺人事件』にも登場した列車の中で殺人事件が起きるのです。雪で停まってしまうのですが、列車内が舞台なのは変わりありません。事件が解決したら、再びオリエント急行は走り出すでしょう。そのために名探偵ポアロがいるのですから。

まだ読み始めたばかりですが、私は早速お気に入りの不思議な言葉を見つけました。

『エルキュール・ポアロは口ひげにつかないようにスープを飲むという難事業にとりかかった』（中村能三訳）

口ひげにつかないようにスープを飲む、ってどんな状況なんだろう。事件を解決するよりも、よっぽど難しいのだろうか。私はそんな未知の光景を想像して、一人物思いにふけりました。そしてノートにその文章の中のある単語を書き留めました。

翌日の授業に、ヨシオは姿を現しませんでした。新しい先生たちは慌てましたが、生徒たちはいつものことだと平然としていました。もちろん私もそうでした。

先生たちは私たちに、教室にいるようにと言いましたが、私はその言いつけを破って、教室の外に出ました。

「アヤコ！　どこに行くの？」

アキナが言いました。

「ヨシオを迎えに行くのよ。もし先生たちが戻ってきたら、そう言っておいて」

『ハウス』を出た私は西の方に向かって歩きました。もしかしたら行き違いになるかも、と考えましたが、ヨシオはほどなくして見つかりました。

園長先生のお墓の前に座り込んで、ヨシオは、遠くに見えるオベリスクを見つめていました。

お墓はヨシオが掘った時のまま、放置されていました。うずたかく積まれている土の小山もそのままです。誰かを埋める準備はいつでも整えられている、といった感じです。

「ヨシオ」

私の呼びかけにヨシオは、振り向かずに、アヤコか、とつぶやきました。

「なにをしてるの？」

「外の世界を見てるんだ」

「大丈夫よ」

と私は言いました。

「今は雪で停まったオリエント急行みたいなもの。大人になれば動き出す。それできっと外に行ける」

ヨシオは答えませんでした。

「そんなに外に行きたい？」

「――行きたいよ。でも理屈じゃないんだ。オベリスクを潜って倒れた時、心底思い知ったよ。どんなことをしてもここから外には出られないんだって。なんでそんなことになるのか知りたい。どうしてそうなっているか知りたい。オベリスクを潜ることに成功すれば、きっとその謎が解けるはずだと思って――」

私が推理小説の結末を知りたいと思うのと同じです。別にヨシオは自由になりたいとか、外の世界が見たいとか、そういう理由でオベリスクを潜ろうとしているのではないのでしょう。ただ真実を知りたいだけなのです。

私はヨシオの手を取りました。

「私と一緒に、外に出たい？」

「君と一緒じゃなくても、出たいよ」

とヨシオは言いました。強がっているのだと思いました。

「君は健一のことが好きなんだろう？」

健一のことは今でも忘れられません。きっと生涯忘れられないでしょう。でももう、私の前から姿を消した人です。

「健一は言った。私のことが好きだから、また『ハウス』に迎えに行くって。でも健一は来てくれなかった。健一は私のことを見捨てたのよ。だからもう待っても仕方がない」

ヨシオは私を見つめ、言いました。

「君は本当に幽霊なのかな？」

「分からない。でも、もし私が幽霊だとしたら、あなたもきっと幽霊よ。あなたの言った通り、私は特別な人間じゃない。みなと同じ。あなたと、マナブと、アキナと、同じ存在なのよ。同じ存在だから——あなたは私を好きになった。それがすべてよ」

「アヤコは僕のことが好きなの？」

私は頷きました。

「好きよ」

ヨシオは私を抱き締めました。素肌と素肌が触れあうその感触は、やはり健一とのそれのような衝撃にも似た喜びとはほど遠いものでした。でも私は健一にとって幽霊にも等しい、まるで異なる存在です。あの喜びは、私と健一とは違う人間だという、きしみのようなものなのです。そんな喜びに夢中になるより、私は身近にいる、自分と同じ存在の異性と一緒になるべきなのです。

私と健一とは一緒になれない存在だから、健一は私を迎えに来てくれなかった、その事実がすべてなのです。私はヨシオと一緒に手をつないで『ハウス』に戻りました。いつかこうして二人手をつないでオベリスクを越えられる、私の列車が動き出す、その日が来るのを信じて。

夜、私は交換会で買ったスイス製のオブジェを手に持ってドアから部屋を出ました。こんなものが偶然交換会で売られているはずがありません。私がそれを手に取るのは運命でした。ならば、私がこうすることも運命なのです。

私は園長先生の部屋に向かいました。もし部屋が閉まっていたら、またチャンスを窺おうと考えましたが、幸運にもドアに鍵はかかっていませんでした。私は音を立てないように、慎重にドアを開けました。

部屋は暗かったですが、気付かれるので電灯などをつけることは決してできません。それでも月の光だけでも、部屋の中のだいたいの様子を窺うことはできました。

私は隣室へと続くドアを開けました。そこにはベッドがあって、新しい園長先生が寝ているのが分かりました。私は少し不思議に思いました。そのベッドは生徒たちの部屋にある『ベッド』とはどこか違うように見えたのです。周囲を見回します。小さなドアがありました。きっとそのドアの向こうには、植芝先生の部屋にあったような真っ白な機械があるに違いありません。

ドアを開けて確かめたい気持ちになりましたが、今はそんな余裕はありません。私はスイス製のオブジェを操作しました。いろいろな形の中から、おそらくDの殺人にもっとも適しているであろう形を選び出しました。

私は眠っている園長先生に向けて、オブジェを振り下ろしました。Dの方法で試したのは初めてだったので、実感は湧きませんでした。ああ、こんなものなのか、としか思いませんでした。

前の園長先生をAとCの方法で殺した時は、確かに人の命を奪ったという実感に震えましたが、しかし今はそんなこともありませんでした。狭山先生が植芝先生を殺したように、Bの方法のほうがより人を殺す感覚を味わえるのではないかと思いました。

でも今更そんなことを言っても仕方ありません。方法なんてなんでもいいはずです。重要なのはちゃんと殺すことなのですから。

加減がまるでわかりませんでしたが『オリエント急行の殺人』で被害者の身体には十二の切り傷があったので、私もそれに倣いました。

園長先生の身体を十二回刺してから、私は園長先生の死体に背を向けました。そして明日になるのか明後日になるのか分かりませんが、これで『ハウス』の外に出られると確信しました。

その時――。

背後で、なにかがうごめく気配を感じました。

私はゆっくりと後ろを振り向きました。

殺したはずの園長先生が上半身を起こしていました。

私は微動だにできませんでした。園長先生はゆっくりとベッドから降りました。なにがまずかったのだろう。十二回では足りなかったのだろうか。『オリエント急行の殺人』では十二回で十分だったのに——。

もしかしたら新しい園長先生も幽霊なのかもしれない。私が殺して幽霊になったのか、それとも最初っから幽霊だったのかは分かりませんが、十二回も刺して生きている人間がいるとは思えません。『オリエント急行の殺人』では、それでちゃんと死んだのですから。

園長先生はゆっくりと私に近づいてきました。そして私の腕を摑みました。

その時、月明かりの中、ようやく私は真実に気付きました。

そこにいたのは園長先生ではありませんでした。

オオトモでした。

「思った通りになった」

とオオトモは言いました。

「交換会にナイフを出せば、君がそれを手に取るだろうと思った。そして君は、間違いなく新しい園長先生を殺すだろうと踏んだの」

呆然としました。

私は自分で考えて行動したと思っていました。でもすべてオオトモに操られていただけなのです。私はオオトモの裏の裏をかけなかった。だから彼女に敗れてしまったのです。

他の二人の先生ではなく、あくまでも私の狙いは新しい園長先生でした。それを分かっていたから、オオトモは園長先生に成り代わってベッドに横になっていたのです。

オオトモは私の腕を掴んだまま、部屋の電灯をつけました。

「最初はもっと普通のナイフを交換会に出そうと思ったの。でも、止められたわ。刃物を子供に与える訳にはいかないって。結局、相談してこのナイフに落ち着いたわ。一見、刃物には見えないからいいだろうって。これスイスの軍隊が使っているアーミーナイフって言うのよ。日本では十徳ナイフだとか、万能ナイフとも呼ばれている。こんなものじゃ園長先生はともかく、私は殺せないだろうけど」

「どうして私が新しい園長先生を殺そうとすると分かったんですか？」

「君はまた外に出たいと思っているはず。そのためには人を殺さなければならない。だから私は交換会にナイフを出した。君に買わせるために。でも無駄骨だったわね。今なら人を殺さなくたって外に出られる。だって私がここにいるから」

　私は俯きました。オオトモが『ハウス』にいると分かっていれば、新しい園長先生を殺そうなんて思いませんでした。

「いつから私が怪しいと思っていたんですか？」

「君は最初、健一と共にフェンスを潜って意識を失った。それを君は夢の中の出来事だと思った。なぜなら『ハウス』の以前の先生たち、中澤先生、植芝先生、そして狭山が、君の友達を買収し君に嘘をつくように仕向けたから。でも、後に君は健一との思い出が現実だと気付いたはず。ならば二回目にフェンスを潜った時のことも現実だと思ってもよさそうなのに、君はそれを夢だと私に告げた」

オオトモはすべて気付いていました。しかし私は必死でオオトモに食い下がりました。そんなことをしても、殺人未遂の現場を取り押さえられたのだから、なんの意味もありません。ただ私は自分の負けを認めたくなかった。

「だって夢じゃなかったら、オベリスクを通り抜けられるはずがないじゃないですか」

「いいえ。君は気付いたはず。一回目は失敗して、二回目で成功した理由を。そして君は——三回目もフェンスを潜った。園長先生が殺された時に行われた事情聴取のさいに、君は三回目のことは黙っていた。何故なら、そのために園長先生を殺したんだから」

本当は、はっきりと現実だと認識しているわけではありませんでした。

オベリスクを潜ってから後のことは、まるで夢見心地のようです。そう——だからこそ、私は再び、いえ、三度オベリスクを潜って外に行きたいと思ったのかもしれません。ヨシオと一緒に外の世界に行くなんて、方便のようなものに過ぎませんでした。私はオベリスクの向こうが夢の世界なのか、それとも現実なのか確かめたいと思ったのです。

「どうして私がオベリスクを二回潜ったことが分かったんですか？」

「正確には三回。一回目はフェンスを潜ることに失敗したけど、健一に彼の家まで運ばれた。『ハウス』にとっては潜ったのと同じこと。そして二回目と三回目は、自分の意思でフェンスを抜け出た。君が二回目と三回目にこの『ハウス』を抜け出した際に、それぞれ殺人事件が起こっている。君を疑わない警察官はいないわ」

「だから新しい園長先生の代わりに、私を待っていたのね――」

ポアロやミス・マープルのような名探偵に憧れましたが、まさか犯人として告発されるなんて、私は夢にも思っていませんでした。

でもいいのです。私は狭山先生に園長先生を殺した罪をなすりつけるために、皆の前で格好よく名探偵を演じることができたのですから。

私は狭山先生を告発した『探偵』です。

同時に、園長先生を殺した『犯人』でもあります。

更に、アガサ・クリスティーの小説の『読者』でもあり、ここで起こった事件をすべて見通している『作者』でもあるのです。

そんなことを考えておかしくなりました。それがいったいなんなのでしょう？　なんの意味もありはしないのです！

私はオオトモが園長先生になりすまして私を待ちかまえていたベッドを見やりました。植芝先生の部屋で見かけた白い機械のように、私にとっては未知の物体でした。私と園長先生はまるで違う存在なのです。だからこそ殺すこともできるのです。

私はオオトモに腕を摑まれながら、自分の部屋に戻りました。そんなことをしなくても逃げ出さないわ、と言おうと思いましたが、彼女もこれが仕事なのでしょう。

私の部屋に入るとオオトモは、あちこちを調べ始めました。きっと園長先生を殺した証拠を探しているのです。もっとも目ぼしいものといえばアガサ・クリスティーの小説ぐらいしかないので、捜索はあっという間に終わりました。

オオトモは一冊のノートを手に取りました。

「これは何？」

「アキナに教えられて始めたんです。小説を読んでいて気に入ったフレーズがあれば、そこにどんどん書き込んでいくんです」

オオトモはノートをぱらぱらとめくりました。そして、へえ、と言いました。

「推理小説には、たとえば青酸カリという言葉も出てくるでしょう？　でも、そういう毒物の類いの名前はここには書かれていないようだけど」

「言葉が分からなくても、意味は分かります。前の園長先生が以前、教えてくれました。放射性物質は人間にとって毒なんだと。だから私はアガサ・クリスティーの小説で人が毒殺されるたび、きっと放射性物質で殺されたんだと思いました。作品によって毒物の名前はさまざまだったけど、放射性物質の種類によって名前が違うんだろうと考えました。でもそのノートに書いた言葉は、まったく意味が分かりませんでした。ストーリーとほとんど関係ないのに、なぜこんな描写があるのだろうと思いました。でもそうやって昔の風習がどんなものだったか考えて想像するのも楽しいんです。それに――青酸カリって言葉は、あまり楽しい響きではないです。でも、そこに書いた言葉は違います。なんだかとても楽しげです。だから私はノートに書いたんです」

オオトモは小さく頷いて、ノートを返してくれました。

私もページをめくりました。私がアガサ・クリスティーの小説を読むたびに書き込んでいた言葉たちが、そこにはありました。ただの言葉のはずなのに、それらの言葉は無限のイメージを持って私に迫ってきました。まるで色とりどりの楽園のようです。こういう言葉に出会いたいから、私はアガサ・クリスティーの小説を夢中になって読んでいたのかもしれません。

葉巻
煙草
葡萄酒
ソーダ
炭酸水
ブランディ
ウイスキー
酒《アルコール》

ジン
パンと牛乳
黒パン
料理
食料
昼食
紅茶
コーヒー
ポット
茶碗
コールド・ハムとコールド・タン
ハムの切れっぱし
チーズ
果物の缶詰
甘くてやわらかなビスケット
蜂蜜
ジャム

オート・ミル
コーン・フレーク
玉蜀黍《とうもろこし》
小麦
大麦
ベイコンと煎り卵
マーマレード付きのトースト
ソーセージ
菓子
角砂糖
粉砂糖
オレンジ・ジュース
バター
クリーム
サンドウィッチ
食べかけのマッフィン
美味しそうなチョコレート・ケーキ

パイ
カフェ
レストラン
…………
…………
…………
…………
…………
…………
…………
…………
牡蠣《かき》
飴《あめ》
ミルク
朝食
ベーコン・エッグ
分厚い肉と野菜料理

ポート・ワイン
ジャガイモ
ライス・ペーパー
スープ

第十四章

「フェンスの秘密に気付いたきっかけは、ひょっとして自動車？」

私は頷きました。

「駐車場はオベリスクの外にありました。最初それを見たマナブは、車はオベリスクを通れないんじゃないかと言いかけました。でもおかしいですよね。オベリスクとオベリスクの間は二十メートルほど空いています。車が通るのは十分可能です。間隔が空いているから車が通れるのならば、私たちだって通れるはずです。もしかしたら車がオベリスクの外に停めてある理由は、私たちがオベリスクを通れないように、車もオベリスクを通れないからじゃないか――そう考えたんです」

「でも、私たち警察の人間は、車に乗ってフェンスを越えて『ハウス』に来た」

「そうです。そこが問題でした。だから私は発想を変えたんです。なにしろことは殺人事件です。オベリスクの外にいちいち車を停めていたら、事件の捜査になりません。つまり『ハウス』で殺人事件が起きた時だけ、オベリスクの機能は停止しているんじゃないだろうか。そう考えるとすべてが綺麗に解決しました」

「だから君は中澤先生の死体を墓に埋めなかったのね。中澤先生を墓に埋めたら死体の発見が遅れてしまう。死体を隠すことは絶対にできない。君は私を、つまり警察を呼ぶためだけに中澤先生を殺したのよ」

「ヨシオが掘った墓を見せるために、園長先生を呼び出したんです。こんなことをするヨシオは危ない。きっと人を殺すに違いないって、そう――」

そしてその場にあったシャベルで、私は園長先生を殺しました。あんなに大好きだった園長先生を。

「狭山による植芝先生殺害が起こった時、君はフェンスを越えた。そして健一と会った。きっとその時、君は健一と思う存分愛を確かめあったのね」

事情聴取の時にはそのことは黙っていたのに、オオトモにはすべて分かっているようすでした。私は健一の家の庭にあるという、私の墓を目撃しました。土に埋めただけの素っ気ないものでした。私はそのお墓を掘り返し、本当に自分の死体がそこに埋まっているか確かめたい気持ちになりましたが、我慢しました。私はここにいます。なら以前の私がどうなろうと知ったことではないと思ったのです。

私と健一はお互い裸になって抱き合いました。その時に健一は気付いたのです。私は健一が知っているような『女』ではないと。そして健一も私が知っている『男』ではなかったのです。私たちは兄妹であろうと、なかろうと、最初っから結ばれない二人でした。

しかし、だからこそ私たちはお互いを強く求め合ったのです。その行為は健一が期待したそれとは違ったようでしたが、しかし私にとってはめくるめく体験でした。全身の素肌と素肌を重ねるのは、指先で触れられる以上のときめきでした。

そして私は、気がついたら『ハウス』で目覚めました。脱いだはずの服も靴も、ちゃんと部屋にありました。だからこそ、私は現実と夢を混同しました。オベリスクを抜けて健一に会いに行ったのは確かに現実なのに、まるで夢から覚めるように『ハウス』に戻ってきたのです。

「君は再び健一と会いたいと思った。だから中澤先生を殺し、私たち警察を呼び寄せて、フェンスの機能を停止させた」

私は園長先生を殺して、再び健一の家にまで行き、そしてようやく目撃することができたのです、自分の死体を。私は心の底から自分が幽霊だと実感しました。

でも、もうそんなことはどうでもよかった。本当に、どうでもよかったのです。

私は健一に、もしまた私が消えたら『ハウス』に会いに来て、と告げてから、再び健一と愛し合いました。

そして私は三度《みたび》自分の部屋の『ベッド』で目覚めたのです。

オオトモに事情聴取を受けながらも、私は健一が迎えに来る日を待ちました。しかし健一は現れませんでした。私のような幽霊を愛することはできないと考えたのでしょう。仕方ありません。もともとままごとのように愛し合った二人なのですから。結ばれないのは必然でした。

だから私は同じ世界に住むヨシオと外の世界に行くために、新しい園長先生を殺そうとしたのです。しかしオオトモにはすべてお見通しでした。

「私は園長先生に特別に気に入られていると思っていました。でもそれも私の自意識過剰だったんですね」

と私は自分に言い聞かせるようにつぶやきました。私に特別に目をかけてくれていた園長先生を殺したのは、あまりにも酷いと自分でも分かっているのです。だからこそ私はオオトモから、園長先生にとって私は他の生徒たちの中の一人の生徒に過ぎなかった、という言質が欲しかったのです。

しかし、オオトモは言いました。

「違うわ。園長先生にとって、やはり君は特別な生徒だったのよ」

「そんなことはないと思います」

「いいえ。たとえばアガサ・クリスティー。君はどうしてアガサ・クリスティーが好きになったの？」

「――好きになることに理由なんてありません」

「そうね。だからこそ、園長先生は君に運命的なものを感じたんだと思う」

「――どういう意味ですか？」

「君のお父さんもアガサ・クリスティーが好きだった。少なくとも、そう推測はできる」

――お父さん。

会いたくても決して会えない両親の顔を私は想像しました。

「君のお父さんが君のように、アガサ・クリスティーを夢中になって読んでいたかどうかは分からない。ただ君のお父さんが三つのキーワードの一つに『アガサ』を選んだのは確か。もちろんアガサ・クリスティーからきている」

「三つのキーワード？」

オオトモは頷きました。

「アガサ以外は、クリスチアナとドロシー。クリスチアナ・ブランドとドロシー・セイヤーズからきている。二人ともアガサ・クリスティーと同様、英国の女流ミステリー作家」

私はオオトモが言った名前を、声に出さずにつぶやきました。

アガサ
クリスチアナ
ドロシー

今までノートに書いてきたどの言葉よりもずっと、素敵な響きでした。

「とりわけアガサ・クリスティーは有名な作家だから、なんの気なしに園長先生が交換会に出したんでしょう。でも偶然君がそれを手に取った。君のキーワードがアガサ・クリスティーの『アガサ』だと知っている園長先生は、それに奇妙な符合を感じた。だから君が気付いていたのかどうかは分からないけど、園長先生は交換会にクリスチアナ・ブランドとドロシー・セイヤーズの本も出していたのよ。君が手に取ることを期待して」

「どうして?」

「私たちは普通の人間のように、母親が産んだ子供じゃない。両親から提供された受精卵から生まれた子供。もろちん母親が産んだ子供であっても、両親の趣味嗜好が遺伝によって受け継がれることはありえない。でももし受け継がれたとしたら、君らはなにもなしにそこに、ぽっ、と出てきた人間ではなく、ちゃんと両親から生まれ出た人間である、という建て前ができる。たとえ偶然でも迷信でも良かった。科学が発達した今だからこそ、人は科学では解明できない不思議を求める。だから君は中澤先生に気に入られていたの」

はっとしました。

「『ハムレット』は?」

「マナブのキーワード。ハムレットに、ローゼンクランツに、ギルデンスターン。ハムレットは言うまでもなくシェイクスピアの戯曲の主人公で、後の二つはハムレットの学友の名前」

あの交換会の意味が、私にはようやく分かりました。きっとあそこで売っているものの中には二十二人の生徒たちのキーワードに関連する品物が潜まされているのでしょう。だからいつまでもぬいぐるみが売られていたのです。ぬいぐるみのキャラクターの名前がキーワードの生徒もいるから。そして私だけが、園長先生の意図するものを偶然手に取ったのです。アガサ・クリスティーの小説を。

だから私は確かに園長先生に気に入られていたのです。そんな園長先生を私は殺してしまったのです。

しかし、園長先生に対して申し訳ないという気持ちは驚くほど薄かったです。私が起こした事件も、まるでアガサ・クリスティーの小説の中の出来事のように現実感がありませんでした。それがこの『ハウス』で暮らす私たちの業のようなものなのかもしれません。

健一と触れ合う時だけは、私は人間としての喜びを取り戻せたような気がします。だからやはり私にとって現実はオベリスクの向こう側なのです。私はこのまるで夢の中の世界のような『ハウス』から外に出るために、園長先生まで殺したのです。

「狭山先生が言った『アガサ・クリスティーはもういない』のアガサっていうのは、キーワードのアガサのことですか？」

そうよ、とオオトモは言いました。

「どうして『アガサ・クリスティーはもういない』んですか？」

「文字通りの意味よ。クリスチアナ・ブランドもドロシー・セイヤーズももういないの。君が三回フェンスを越えて使い果たしてしまったから」

「じゃあもし今夜の四回目が成功したら——」

「誰と一緒に逃げるつもりだったか知らないけど、君だけはもしかしたら逃げられたかもしれない。もちろん『ハウス』側がまた別の措置をとったかもしれないけど、それは誰にも分からない。ヨシオがフェンスを潜った時は、すぐにボディは回収された。だから再起動するだけで良かった。でも君のボディは健一が持ち去って、あろうことか墓に埋めてしまった」

「じゃあ、三つのキーワードって——」

オオトモは頷きました。

「スペアのボディの名前。法律的義務はないけど、名前をつけるのが通例になっている。スペアは本体とまったく同じものだから区別するために必要なの。もちろん保守的な人間は名前なんかつけるのは馬鹿らしいと思っているから、製造番号で区別したり、単純に、AとかBとかCとか素っ気ない名前で呼んでいる者もいる」

「じゃあ健一が私をお墓に埋めてから――」

オオトモは頷きました。

「君がいなくなった時点で、すぐに園長先生が君のスペアのアガサを起動させた。そしてアガサは君になった。だから狭山は『アガサ・クリスティーはもういない』と言ったの。あれはアガサのボディはもう使ってしまったから存在しない、という意味なの。次に植芝先生が殺されたから、園長先生はフェンスの機能を停止した。私たち警察をここに招き入れるために」

「あなたの身体もボディなの？」

「そうよ。だからフェンスを停止させなければ『ハウス』に来ることはできない。君はその隙にフェンスを越えて、自分の意思で健一に会いに行った。だから園長先生は二番目のクリスチアナを起動させた。君は夢から目覚めた訳でも、健一の家から瞬間移動したのでもない。ボディが変わっただけなのよ」

私はやはり幽霊でした。魂だけが次々と身体から身体へと乗り移っていったのです。

そしてようやく分かったことがあります。上履きの汚れです。目覚めるたびに、外に出て汚れたはずの上履きは新品のように綺麗になっていました。私は先生たちが交換してくれたと考えましたが、先生たちは私の身体をまるごと新品に交換したのです！　だから当然上履きも新品になったのです。ただそれだけのことでした。

「クリスチアナのボディになってから、君は園長先生を殺して健一に会いに行った。だから、おそらくこれは唯一生きている狭山がでしょうけど、ドロシーを起動させた。君は三度『ハウス』に戻ってきた」

その際、私は自分の死体を目撃しました。健一が私の死体を掘り返したとばかり思っていましたが、違いました。あれは二番目に健一に会いに行った私のボディなのです。つまり、かつてアガサと呼ばれていたボディ。

「じゃあ、健一の家から私のボディが――」

オオトモは頷きました。

「三体見つかった」

今の私の身体は、かつてドロシーと呼ばれていたボディ。

「――この『ハウス』の二十二人の生徒全員のボディがあるんですか？」

「もちろんそうよ」

「でもどこにあるんですか？　ずっとここに住んでいるけど、スペアのボディなんて見たことありません。二十二人がそれぞれ三体のボディを持っているとしたら、全部で六十六体です。そんなに沢山のボディを、いったい、どこで――」

私の問いかけは、だんだん小さくなっていきました。

ボディの置き場はあるのです。そしてそれを私は何度も目にしているのです。

あの西の、小さな丘の扉です。あの扉の向こうには、きっと広大な倉庫が広がっているのでしょう。そして私たち生徒全員のボディが保管されているに違いないのです。

「いつ、自分と健一との違いに気付いたの？」

裸で抱き合った時に、と答えようと思いましたが、それは恥ずかしかったです。園長先生を殺してもそれほど罪の意識がないのに、そんな羞恥心《しゅうち》が私にあるのが驚きでした。私が黙っていると、オオトモも察したのか、そのことについてはそれ以上私に問い質しはしませんでした。

「どうして？」

「私は普通の人間の方が良かった――」

「だって、普通の人間ならビールを楽しめる。ワインだって。それだけじゃなく、いろんな楽しいものを」

ヨシオと一緒に、狭山先生に『水に流す』という言葉の意味を訊いた時のことを思い出します。あの時、狭山先生は急に話を止めました。私は向こうから植芝先生が来たからだ、と考えましたが、そうではなかったのです。狭山先生は、ワイン、と言いかけて我に返ったのです。

「食事と引き換えに、永遠の命を失ってもいいの？　小説を交換会に出すのは反対する意見もあったようね。生身の人間の風習が山のように出てくるから。その一番大きな問題が、食事。そして危惧《きぐ》した通り、君は食事という風習に夢中になった」

そうです——かつてアガサだったボディで、初めて健一の家に行った時、健一はこう言ったのです。

『なにか飲む？』

と。私はその言葉の意味が分かりませんでした。思えば、それが健一が私の存在を疑う最初のきっかけだったのかもしれません。

「ヨシオは縄跳びでアキナの首を絞め、君はシャベルで園長先生を撲殺した。ナイフで殺すという発想は、交換会でアーミーナイフを見つけるまで浮かばなかったの？」

私は頷きました。

「どこにナイフがあるか分からなかったからです。植芝先生が殺される前に、ヨシオがナイフのありかを訊いてきましたが、私は答えられませんでした」

「人を殺すための凶器が欲しいなら、とりあえずキッチンに行くでしょうね。でもこの『ハウス』にはキッチンはない。必要ないから。君にもキッチンなどという概念がないから、ヨシオの質問には答えられなかった。駐車場の車は交換会の品物を手に入れてくるためもあるけど、もっと重要な役割がある。それは先生たち三人の食料を調達するため」

「先生たちは、毎日自分の部屋で食べていたんですね。アガサ・クリスティーの小説に登場するような料理を――」

羨ましかった。先生たちは生きるために食べなければならない。だからこそ、死ねるのです。

「『ベッド』の形も違いました。あなたが潜んでいたベッドは健一の部屋にあったそれと似ていました。でも、この部屋の『ベッド』とはまるで違います」

私は、今日まで自分が毎晩『眠って』いた『ベッド』を見やりました。

健一は外の世界からオベリスクを潜って私の部屋の窓を叩きましたが、もしあの時、少しでも私の部屋をのぞけば、きっと私の正体を即座に見破ったでしょう。そうです。ちらりと『ベッド』を見るだけで――。

「あと交換会の洋服です。健一はカタログで注文するのか？　と訊きましたけど、交換会ではそんな面倒なことはしません。現物が並べられて、欲しい生徒がその場で買うんです。健一は不思議そうな顔をしましたが、その時の私はなぜそんな顔をするのか意味が分かりませんでした。でも今なら分かります。普通の人間の身体はばらつきがあります。背の高さも、ウエストも、足の大きさも、人それぞれ違うんです。健一はサイズ合わせはどうするのだろう、と考えたに違いありません」

「普通の人間は、いちいち自分の身体のサイズにあった服を買わなくちゃいけないから。

私たちのタイプは身体の大きさがみな一緒だから、着る服に困ることもない」

「健一は私が綺麗だと言ってくれた――」

「そういうふうに作ってあるから。自由に外見を選べるのに、わざわざ醜い外見を選択する人間はいない。大体オリジナルの顔をベースに、美しい外見に仕上げられる。君らの場合は、オリジナルを推測するしかないから、余計にデザインに補正がかかる。だからこの『ハウス』の生徒たちはみな美しいの」

「オリジナルって？　園長先生のように生身の人間のこと？」

「もちろん、そう」

生身の人間だから、肌がまだらなのです。

「どうして私たちにはオリジナルがないの？」

「オリジナルはあるの。でも想像するしかない。なぜなら、君らのオリジナルは三歳児だったから。まだほんの子供。脳が成長し切った大人の身体をボディにする技術は確立されている。だから私もこうして永遠の命を手に入れた。今後の課題は身体をボディにする年齢を出来るだけ引き下げること。あなたたちは日本で一番若くして身体をボディにした子供たちよ。だからこそ、この『ハウス』で暮らさなければならない。ここは大きな実験場よ。もし、脳に三歳を超えても成長する素地があったとしたら、その成長の分は、機械の身体によって生まれた、まったく未知の精神ということになるから」

その未知の精神が、私を殺人に駆り立てたのでしょうか。もし生まれてすぐに身体をボディにした子供がいたら、その子供はまったく未知の人間なのでしょうか。もし、私たちを実験台にして、将来そんなことができるようになったとしたら、最初っからボディとしてこの世に生を受ける人間も現れるのではないでしょうか。百パーセント機械の精神の人間は、果たして人間と言えるのでしょうか。

じゃあ私は？

元々人間の身体だからといって、胸を張って人間と言えるのでしょうか？

「世界最初のコンピューターは諸説あるけど、アメリカのペンシルバニア大学で一九四六年に作られた『ENIAC』だと言われている。これは弾道計算のために作られたもの。つまり軍事目的ね。まあ実際は完成した時には戦争が終わっていたから、実戦に使われることはなかったようだけど。とにかく、人間の科学は戦争によって進化した。ボディもそう。最初、ボディは白兵戦を行う兵隊のためにハコネロボット研究所で作られた。兵士本人は基地にいて、遠隔操作でボディを動かして戦うの。これはボディ同士の戦いとして実にクリーンな戦争と言われていたけど、それは建て前に過ぎず、すべての兵隊にボディを用意する予算は当時はなかった。だから長らく封印されていたテクノロジーだったけど、こんな時代になって、ごく一部の人々はボディにもっと別の役割があると気付いたの」

「別の役割？」

「自分の身体をボディと入れ替えれば、もう放射性物質の心配をする必要もない。それどころか永遠に生きることだってできる。かくして兵士や爆心地で作業する者のために与えられたボディは、一部の特権階級によって牛耳られた。私や、君らのようなね」

そう言ってオオトモは笑いました。

「私は本当は、現場にはほとんど顔を出さない人間なの。その方が良いとも言われている。国民のほとんどは、権力者が自分の身体をボディに置き換えていることを知らない。もし知ったら、自分にもボディをよこせと暴動が起きる可能性がある。でも今回は『ハウス』で起きた事件だから、特別に私が派遣されたの。同じボディ同士、きっと気持ちは分かるだろうって――」

「でも園長先生は？　植芝先生は？　狭山先生は？　あの身体はボディじゃないわ」

そう、植芝先生が殺された時、園長先生は言いました。私たちは死んだらそれまでなんです、と――あれは文字通りの意味でした。てっきり私たちに向けての言葉だと思っていましたが、そうではなかったのです。先生たちと、私たちの間には、決して越えることのできない壁がありました。

「ボディを持てる地位の人間でも、生身の身体に固執している者も多い。さっき言った食事を味わえなくなること、また普通に性交して子供を作ることを望んでいる人間たち。監視役の教師が三人とも生身の人間だったのは、おそらく偶然じゃない。私たちは、食事も排泄《はいせつ》も必要ない、また苦痛や、暑さ、寒さは感じないようにできている」

だからか、と私は納得しました。だから私は園長先生を殺してもなんの罪悪感も感じないのです。捕まって罰を受ける恐怖もありません。そんな感情は邪魔なだけだから。

そういえば、健一は夜は『寒い』からスウェットを着ていると言っていました。私はその言葉の意味が分からず聞き返しましたが、答えてくれませんでした。まさか健一はこの世の中に『寒い』ことも『暑い』ことも知らない人間がいるとは、夢にも思っていなかったのでしょう。

「もしかしたら、身体のいらない機能を省いた結果、精神が普通の人間と異なるものになる恐れがある。言うまでもなく、食事も排泄も暑さ寒さを感じることも、脳が司っているから。万が一、三歳以後も脳が発達する余地があったとしたら？　だから、監視役に普通の人間が選ばれたんだと思う。その方が差異がより際立つから」

私はおもむろにオオトモに訊きました。

「私たちは、人間なんですか？」

「もちろん、人間よ」

「じゃあ、どうしてオベリスクによって行動が制限されているんですか？」

「フェンスには常時、EMP《電磁パルス》が走っている。過剰な電流を通すことによって、電子機器をショートさせたり、誤動作させる目的がある。だからフェンスを停止させない限り、車も

君が最初にフェンスを通った時、ショートしたせいで内蔵されたSが故障してしまった。GPSが壊されたところで理論上ボディはフェンスのすぐ側で発見されるはずだから問題はないの。普通はね」

私は最初にヨシオがフェンスを潜って倒れた時のことを思い出しました。

「君の場合は、健一という部外者が、君のボディを持って行ってしまったことから事態がややこしくなった。結局、植芝が殺されて私たちを招き入れるためにフェンスが切られたから、君は幸か不幸か故障せずフェンスを越えられた。君がそのまま健一のもとに行ったから、学校側は健一の存在を知ることができたの。でも私たちはすぐに君と健一を拘束しなかった。その時は健一を怪しむ向きもあったから、ボロを出すまで泳がせておこうって」

「——でも健一は犯人じゃなかった」

私は自分に言い聞かせるようにつぶやきました。

「そうね。確かにその時点で狭山も怪しかったから、君と健一のことは殺人事件とは関係ないと主張する捜査員もいたわ。そうしたら、これはあくまでも学園の問題で警察が立ち入ることじゃない。今から考えれば、その判断が甘かったんだけど。早い時点で君と健一を拘束していれば、中澤先生は殺されずに済んだ。でもまさか、フェンスを越えたいがために君が中澤先生を殺すなんて夢にも思っていなかったから」

そうオオトモは悔しそうに言いました。

でも私にはもう、そんなことはどうでも良かった。優しい園長先生のことなんて。

ＥＭＰ
ＧＰＳ
「つまり私たちは電子機器なんでしょう?」

「そうよ」

「じゃあ、人間じゃない」

「いいえ、人間よ」

そうオオトモは断言しました。そうでなければ、自分のアイデンティティが壊れてしまうからでしょう。

そして私は、園長先生や植芝先生や狭山先生が身体をボディにしなかった理由を、心の底から——電子機器の心でしょうが——理解したのです。

先生たちは、たとえ永遠の命を得られずとも、人間でいたかったのです。人間はいつか必ず死にます。それが人間の生きている証なのですから。

死があるから生があるのです。死がない生は、そんなもの生とは言いません。それは漫然とした死です。

「私も、そして君のご両親も、自分で進んで身体をボディにした。本来、すべての大人たちの身体がボディになれば子孫を作る必要はないはず。壊れたらいくらでも取り換えればいいから。でもやはり子供を望む人はいるのよ。君はそういうご両親のおかげで、この世に生を受けた」

「――ボディが壊れることが、あるんですか？」

「まあ、滅多にない。頑丈にできてるから」

このボディは、縄跳びで首を絞めても、屋根から落ちても、ナイフで十二回刺しても、壊れないのです。確かにスペアは三つもあれば十分かもしれません。

「それに、紛失する可能性もある」

そう言ってオオトモは私の顔をじっと見つめました。

スペアが三つあっても、全部なくなってしまったら意味がありません。

この最後のボディがなくなったら、そのまま私は失踪したことになるのでしょうか？

それとも健一の家から発見されたボディを再利用するのでしょうか？　そしてあの時のように、いきなり、暴力的に、精神を引き戻されるのでしょうか？

「分かっていたんでしょう？　肌がまだらな人間なら殺すことができるって」

私は頷きました。

園長先生を殺した時、真っ赤な血がほとばしりました。その綺麗な赤に、私はほとんど感動しました。私には存在しない色です。私はボディにダメージを加えられても、大人になっても、決して赤い血を流すことはないのです。

「だから新しい園長先生だけ、肌がまだらだったのね——私に狙わせるために」

その通りよ、とオオトモは頷きました。私は新しい先生たちが来るのが待ち遠しかった。また園長先生のように殺して、警察がやってくる事態になれば、外に抜け出て健一に会えるのだから。でもそんな考えは、最初っから、オオトモに見透かされていたのです。

「健一は、父が身体をボディにする前に作った子供ですね」

「そうよ。そもそも健一がわずかな手がかりをもとに、君を探し出さなければ、今回の悲劇は起こらなかった」

健一と出会わなければ、狭山先生が植芝先生を殺すことも、私が園長先生を殺すことも、なかった。

「健一は最初っからこうなることを予想していた」

とオオトモは言いました。

「健一は君を殺そうと『ハウス』にやって来たと言っていたでしょう？　この場所を突き止めた彼のこと、当然、君の身体がボディであることにも気付いていた。だから君をそう簡単に殺すことはできない。首を絞めても、高いところから突き落としても、ナイフで刺しても、まず無理。それどころかボディにはスペアがある。私たちは事実上、不死の人間。殺すことはできない。そんな折り植芝先生が狭山に殺されて、君はフェンスを潜って健一に会いに行った。その時、健一は気付いたのよ。殺人事件が起きれば君が外の世界に来られるってことに。だから健一はそのことを、それとなく君に告げた。結局君は健一の意のままに園長先生を殺してしまった。殺すことができないのなら、誰かを殺す側に回せば、君を社会的に抹殺できると考えたのよ」

「健一がそう言ったんですか？　最初から私の身体がボディであると知っていたって」

オオトモは頷きました。

「嘘です」

「嘘じゃないわ」

「嘘をついてるのはあなたじゃなく、健一です」

「健一が？」

私は頷きました。

「強がってそう言っているんです。自分のせいで私が園長先生を殺したと考えたくないんです。だから意図した結果だと、あなたに言ったんです」

「そうね――」

オオトモが私の今の意見に反論してこないのが、ありがたかった。

「最後に一つだけ教えてください」

「――なに？」

第十五章

「私の本当の身体はどこにあるんですか？」


オオトモは私を再び園長先生の部屋に連れていきました。そして腰をかがめて、本棚の下の棚を開けました。中に首を突っ込んでなにかを探しているようでした。

「あった。これよ――」

オオトモは抱き抱えた一つのガラス瓶を、かつての園長先生が使っていた机に置きました。そのガラス瓶には【ＡＹＡＫＯ】と書かれたラベルが貼られていました。

その中に入っているものが、本当の【私】でした。

【私】は【ここ】にいると思っています。それはつまり今現在接続されているボディのある場所です。でも人間の自我が【脳】によって生み出されているとするならば【私】はガラス瓶の中にいることになります。でもそんな実感はまるでありません。自分の部屋にいる時も、健一の家にいた時も、庭でオベリスクの謎に思いを馳せていた時も【私】はガラス瓶の中にいたのでしょうか？　いいえ。私は確かに【ここ】に、つまりボディのある場所にいるはずなのです。【私】はガラス瓶の中にいて、外側から自分に見られているのだ、と考えましたが、まるでしっくりきませんでした。【私】はどこにいるのだろうと想起した時、その考えが生まれたのは、確実にガラス瓶の外の筈なのです。

【私】のボディが必死になってオベリスクを潜ろうが【私】はこのガラス瓶の中から一生出られないのでしょうか？

【私】はガラス瓶の中にいるのだろうか？

【私】はボディのあるところにいるのだろうか？

それとも【私】は【私】がいると思っているところにいるのだろうか？

分かりません。でも——。

【私】はゆっくりとガラス瓶を持ち上げました。苦痛は感じませんでしたが、スムーズにいかないことで、そのガラス瓶がかなりの重さであることが分かりました。

ガラス瓶の中の【私】と目が合いました。

オオトモの目に、まさか、という色が浮かびました。

【私】はそのまま、ガラス瓶を床に叩きつけました。ガラスが割れて、中の【私】が大量の液体と共に外に流れ出てきました。【私】は【私】を踏みつけました。長い間液体に浸かってふやけているせいか【私】は【私】の肉体をたやすく破壊できました。

【私】を殺したいと思うのは【私】に踏みつけられている【私】でしょうか。それとも【私】を踏みつけている【私】でしょうか。

分かりません。ただ確かなことが一つだけあります。これで【私】は今度こそ本当に死んだということです。

ふたりの果て

E

洋子は『ハーフウェイ・ハウス』に連れていかれたのだ。住所は分かっていたから、引き返そうと思った。だが、その勇気はなかった。今更、彩子を探し当てたところで意味はない。もう俺の意図は父の知るところになっているのだから。

ステーキハウスで父と再会した時に何も言われなかったから大丈夫だ、と単純に考えたのが甘かった。彩子が再起不能になったから、後継者として血の繋がった俺を選んだなんて大嘘だ。最初っから、俺は泳がされていたのだ。

父は洋子に何を言ったのだろう。俺が命を狙っている、とでも言ったのだろうか。そんなつもりはなかった、と今更主張しても信じてはくれないだろう。だが父にせよ、俺を警察に突き出すかどうか悩んでいるに違いない。そんなことをしたら、マスコミに面白おかしく書かれて、株価が下がる原因になりかねないからだ。

できれば内々で処理したいと考えているのかもしれない。そうでなければ、俺はとっくに逮捕されているはずだ。

洋子を置いて、一人で東京に帰ろうかと思った。そのままどこかに逃げようかとも。でもどこに？　仕事は選ばなければいくらでもあるだろう。肉体労働。コンビニのバイト。また風俗店のボーイをやってもいい。でも俺は内心夢見ていた。父の会社に就職し、それなりの給料を貰い、洋子と幸せな家庭を作る未来を。一度、その夢に漬かってしまった今、俺はもう元のような未来の見えない生活には戻れない。

二度と。

正直、洋子にしたプロポーズには打算もあった。父の会社に就職すれば将来は安泰だから、俺の罪を知っても全力で隠し通すはずだと踏んだ。だからこそ俺は洋子と婚約したのだ。洋子が真実を知った時、俺とお前は何があっても一蓮托生《いちれんたくしょう》だと言い諭すために——。

だが、もう俺は父の会社に就職できないだろう。洋子が俺と結婚する理由もなくなったということだ。

その日の、深夜十二時頃、洋子から俺の携帯に電話があった。俺はまるで死刑宣告を受ける被告のように、電話に出た。

『私を殺すつもりだったの？』

開口一番、洋子はそう言った。

「父さんに、そう言われたのか？」

洋子は答えなかった。

「──違う」

と俺は彼女の質問に答えた。

『じゃあ、彩子さんは？　殺すために探していたの？』

間髪容れず、洋子は次の質問を繰り出した。

俺はおもむろに答えた。

「──そうだ」

電話の向こうから、嗚咽交じりの洋子の声が聞こえた。

『そんなことをしなくても、あなたはお父さんの息子なのに──』

「──どういう意味だ？」

『彩子さんを殺せば、本当の意味でお父さんの子供になれると思ったんじゃないの？』

俺は自分に問い質した。

何故、俺は彩子を殺そうとした？

でも洋子との会話の合間のわずかな時間でいくら考えても、答えは出てこなかった。きっと何時間考えても出てこないだろう。

「時々、分からなくなるんだ。自分が誰でどこにいるのか――」

『あなたが彩子さんをマンションの部屋から突き落としたのね?』

「――そうだ」

『あんなに一生懸命、彩子さんを探していたのは、それがばれるのを恐れて?』

「そうだよ――口封じしようと思った――」

『私にプロポーズしたのは、共犯者にするため?』

俺は答えられなかった。その沈黙を、洋子は肯定の印と受け止めたようだった。

『――良かった』

洋子はそう言った。意味がよく分からなかった。

『お父さんに言われたもの。君も殺されるかもしれないって。でも、そういうつもりじゃなかったのね。共犯者にされるのは嫌だけど、殺されるよりマシだわ』

洋子を殺すつもりはなかったのか? と問われると自信はなかった。もし洋子が結婚を棒に振っても、俺を警察に突き出すような素振りを見せていたら、恐らく容赦なく殺していただろう。

『私と一度別れるきっかけを作ったあの女――彩子さんだったのね』

俺は子供の頃から、彩子のことを母に聞かされていた。父さんの会社は俺の妹が継ぐことになるだろうと。だけど兄のお前には、そのおこぼれももらえないだろうと。もちろん狡猾《こうかつ》な母のことだから、父や向こうの家庭に対する恨み辛みを、そのまま俺にぶつけるようなことはなかった。だが水滴のような正妻の家族への憎しみが、心の中でいっぱいとなって溢れ出るまでには、そう時間はかからなかった。

俺は彩子に憎しみを覚えた。それが母が俺に施した教育だった。

殺意はなかった――最初は。彩子がどこに住み、どんな生活をしているのかは、母がそれとなく俺に教えてくれた。今から思うと、俺は母の意のままにコントロールされて、彩子への復讐を成したのかもしれない。でも当時はそんな自覚はなかった。

俺は彩子をつけ狙い、行動パターンを調べた。彩子は本が好きでよく神保町に通っていた。書店に併設されたカフェで、コーヒーを飲みながら本を読むのが彼女の休日の過ごし方だった。

遊び馴れた女ならともかく、彩子のような堅い女はいきなり声をかけても無視されるだけだ。ましてや彼女は企業の社長の娘だ。近寄ってくる男には、警戒心を抱くに決まっている。だから、俺も彩子のいきつけの書店に向かい機が熟するのを待った。何をするわけでもない。彩子と同じようにコーヒーを頼み、本を選ぶふりをするだけだ。時々、彩子がこない日もあったが構わなかった。常連の彩子は店の人間と顔なじみかもしれず、俺も顔を覚えられれば彩子と話す接点ができるというものだ。

結局、彩子を誘うまでには二ヶ月要した。失敗することはできなかったから、用心に用心を重ねたのだ。だがその甲斐はあった。携帯をテーブルに置き忘れたまま店を出ようとした彩子に声をかけたのをきっかけに話をするようになり、頃合いを見て食事に誘った。いきなりディナーではない。ランチだ。神保町はカレー屋が多いから、一緒に食べませんかと誘うと、向こうも俺のことを気にしていたのか、抵抗する様子をまるで見せずについてきた。そうなったら、後はもう簡単だった。

いちいち偽名を使うことはなかった。馳健一と本名を名乗っても、彩子は俺が自分の兄であることに気付く様子はなかった。俺達母子のことなど歯牙にもかけていないことが明らかになった瞬間だった。

彩子は完全に俺の恋人気取りだった。彩子は自分の父親の話を一度も俺にしなかった。俺が萎縮してしまうと思ったのか、あるいはもう父親が決めた許嫁《いいなずけ》のような男がいて、俺と会っている時だけはすべてを忘れて恋がしたいと思ったのか、それは分からない。

中学時代からの友人にも紹介された。俺は喜んで彼らに会った。皆、親しそうに、彩子、明菜《あきな》、学《まなぶ》、芳雄《よしお》、と下の名前で呼び合っていた。俺は彼らの輪に入り、せいぜい彩子の親しいボーイフレンドを装った。彼らと親しくなればなるほど、真実を知った時彩子が傷つくと思った。

それから間もなくして、俺は彩子と身体を重ねた。それが俺にとっての、俺たち母子を蔑《ないがし》ろにした、また正妻の子供としてぬくぬくと生きている彩子に対する復讐だった。これは意図していなかったが、彩子は処女だった。ベッドのシーツを汚す彩子の赤い血を見て、俺の復讐は完全に成功したと歓喜に震えた。

そして俺は行為が終わった後、その場で彩子に、自分はお前の腹違いの兄だと告白した。お前を犯すために神保町の書店に通ったのだと。その時の、彼女の絶望と驚愕《きようがく》が入り乱れた顔を俺は生涯忘れないだろう。そして俺は彩子から背中を向け、その場から立ち去った。もう二度と会うこともない。そう信じて。

このことを父に泣いて訴えればいいと思った。腹違いといえども、実の兄に犯されたのだと。だが彩子は思いも寄らない行動に出た。俺との一件を、父ではなく、洋子に訴え出ようとしたのだ。

俺は彩子を馬鹿にしていた部分があった。本ばかり読んでいて、大人しく、また箱入り娘として大事に育てられているから、どこか浮世離れしている。だから処女を奪うこともできた。だが彩子は、やはり狡猾なあの男の娘だった。金も持っていた。彩子はあらゆるコネを使って、俺の背景を探った。そして洋子という恋人がいることも知った。洋子が過去に兄に虐待されていた事実も、それがきっかけで彼女の両親が離婚したことも——。

洋子。

高校時代からずっと彼女と付き合っていたのは、同じ境遇の二人だったからだ。二人とも片親で、母親に育てられていた。俺は私生児で、洋子は両親が離婚したから一概に同じだとは言えないかもしれない。だがこちらの家庭環境にシンパシーを抱き、俺に近づいてきたのは洋子の方からだった。

初めて洋子を抱いた夜、洋子は泣いた。俺は戸惑い、痛かったのか、だとか、嫌だったのか、などと彼女を慮《おもんぱか》りながら、その実何の意味も成さない台詞を吐いた。

洋子が産まれて間もなくして、洋子の両親は離婚した。洋子は母親に引き取られた。洋子が小学生の時、母親は再婚した。相手の男も離婚歴があり、中学生の男の子を連れていた。お互い子連れ再婚だった。だが洋子が中学生の時、再び離婚した。男の連れ子が、洋子を犯していたことが発覚したからだ。警察沙汰にはならなかった。その代わり、洋子はまた母一人娘一人の生活に戻った。

その連れ子が初めての男で、俺が二番目の男だった。兄に犯された記憶を、俺との行為で蘇らせたのだろう。まだ若かった俺はどうして良いのかわからず、ただ泣いている洋子を抱きしめることしかできなかった。

しかし、それから洋子は頻繁に俺を求めた。俺が洋子を抱くことで彼女の辛いトラウマを上書きできるのなら、何度でも抱いてやろうと思う。でもトラウマを受けた者は、当時の状況を知らず知らずのうちに再現してしまうという。もしそうだとしたら、こうして身体を重ね合わせても洋子の心の傷を深める結果にしかならないのではないか——俺が彩子を誘惑する復讐というゲームに夢中になったのは、洋子との付き合いを重荷に感じてしまって、はけ口が欲しかったのかもしれない。

そして、洋子を抱き、洋子を慰め、洋子の受けた心の傷ごと彼女を受け入れると誓っても、心のどこかには兄に犯された洋子を好奇の目で見てしまう自分がいた。洋子はどんなふうに兄に犯されたのだろうと想像した。そしてその想像の中で身体を絡ませあう兄妹は、いつしか俺と彩子に成り代わっているのだった。

復讐するために彩子を抱いたのか、それとも妹を抱くという背徳的な行為そのものに惹かれたのか、俺には分からなかった。

彩子に真実を告げ別れた後、俺は再び彩子の部屋に呼び出された。危害を加えられるかもしれない、と考えなかった訳ではない。だが、たとえそうであってもこちらは男だし、世間知らずの彩子が、復讐のために男を雇って俺を襲わせはしないだろうと考えた。あわよくば、また犯してやろうと思って彩子の部屋に出向いたのかもしれない。

でも俺を待ち受けていたのは、洋子を知っているという予想外の彩子の言葉だった。

あの勝ち誇ったような彩子の顔を、俺は忘れられない。

彩子は言った。洋子さんは自分を犯したお兄さんを憎んでいるはず。

彩子は言った。あなたが実の妹を犯すような男だと知ったら、洋子さんはどう思うでしょうね、と。

彩子は言った。きっとあなたを一生、軽蔑し、憎むでしょうね、と。

彩子は言った。あなたを殺してしまうかもしれない、お兄さんの代わりに。

彩子は——。

気がつくと俺は彩子の首を両手で絞めていた。

(俺、時々、自分が誰でどこにいるのか分からなくなるんだよ)

その時、すでに俺は洋子とは別れてしまっていた。だから今更彩子が洋子に何を言おうと関係ないはずだ。でも理屈ではなかった。かつて俺は泣いている洋子の頭を撫でながら、そんな酷い男は殺してしまえ、どこかで会ったらぶん殴ってやる、などと威勢のいい言葉を吐いた。洋子を犯した義理の兄への罵倒だった。だが所詮、虚勢だった。偽りの慰めだった。何故なら、俺も洋子の兄とまったく同じことをしたからだ。

いや、洋子の兄よりも酷い。洋子の場合あくまでも義理の兄だが、俺と彩子は母親が違うだけで血のつながった兄妹なのだ。

だから犯した。より彩子が傷つくと思って。より妹を抱く背徳感を味わえると思って。

俺がそんな男であることを、たとえ別れたとはいえ、洋子に知られたくはなかった。洋子の心の中に俺は、素晴らしい恋の思い出として、いつまでも残り続けて欲しかった。

だから彩子を生かしておくわけには——。

暴れた彩子の指先が俺の目に当たり、俺は思わず怯んで彩子の首を絞める手の力を緩めてしまう。その隙に彩子は俺の身体から逃げ出し、玄関に駆け寄ろうとする。俺はすんでの所で彩子の腕を摑み、彼女を捕まえる。そしてそのまま部屋の玄関とは反対の方向に突き飛ばす。倒れた彩子はすぐに立ち上がり、そしてベランダの方に駆け寄った。

ベランダから逃げようとした訳ではないと思う。恐らく、窓を開けて助けを呼ぼうとしたのだ。少なくとも、隣の部屋に声は届くだろう。

だから俺は。

助けを呼ばれまいと。

――。

気がついたら、彩子はそこにはいなかった。ベランダから突き落としてしまったことに気付くまで、十数秒の時間を要した。

俺はその場を逃げ出した。マンションの最上階から落ちたのだ。殺してしまったと思った。その後、落ちた近辺の植え込みに衝撃が吸収され、奇跡的に命は助かったというニュースを聞いても、安心はできなかった。彩子は誰に突き落とされたのか警察に証言するだろう。殺人罪は免れたが、その代わり俺は間違いなく殺人未遂で逮捕される。そして一生を、彩子への賠償金の支払いで終わることになるのだ。

これが世の中だ。すべては金だ。間違ったことをしたら、それを金銭にして償わなければならない。たとえ相手が金持ちで、こちらが貧乏人であっても。

だが何日経っても、警察が俺のもとに来ることはなかった。もしかしたら命は助かったと言っても、意思の疎通ができるような状態ではないのではないか？　しかしそれでも、警察の捜査が入るだろう。彩子は人や金を使って、俺に洋子という恋人がいることを割り出した。その記録は必ずどこかに残っているはずだ。彩子と洋子の繋がりは、すぐに警察の知るところになる。

そして俺は、あの六本木のステーキハウスで父に呼び出された。遂に来るべき時が来たと覚悟した。彩子は俺にやられたと父に告げたに違いない。しかし父はそれを警察に隠し通した。俺はそれを、体裁が悪いからだと推測した。愛人の子が正妻の子と関係を持ち最終的に憎しみ合うなど、マスコミが喜びそうなスキャンダルだ。

俺はほとんど自暴自棄の気持ちで父に会いに行った。いったい、どういう手を使って俺に復讐するのか、確かめたいと思ったのだ。だが、その俺の覚悟は杞憂に終わった。

（健一、俺のところに来る気はないか？）

（父さんのところ？）

父は再起不能になった彩子の代わりに俺を会社に迎え入れようと言うのだ。俺は、何だこんなものかと拍子抜けした。大方、彩子は自分の不注意で落ちたとでも言ったのだろう。俺に落とされたと言ったら、俺との関係をすべて明るみに出さなければならなくなる。プライドが高い彩子はそれが許せなかったのだ。

腹違いの兄に騙され、犯されたなど。

だが、そうは言っても彩子は生きている。今は俺との関係を黙っているつもりでも、いつ気が変わるか分からない。彩子を殺さないといけない。殺して口を封じなければならない。今度こそ、本当に。

だから俺は必死になって彩子を探した。末永に頼まれたことなど、単なるきっかけで、本当はどうでも良かったのだ。

『私も、殺そうとしたの？』

「どうして、そう思う？」

『お父さんに言われたわ。これ以上、息子に罪を犯させないって――』

「だからあいつはお前を連れ出したのか？　俺に殺させないために？」

『うん――』

俺は笑った。父にとって、彩子を突き落とした俺は、女と見れば見境なく犯し、殺す、稀代の殺人鬼なのかもしれない。

「そこに、彩子がいるんだな？」

『そうよ――』

「話したのか？」

『話さないわ――話せる状態じゃないもの。意思の疎通は機械でできるみたいだけど

──』

彩子。

神保町に、彩子を誘惑するために通った日々が脳裏に次々に蘇る。不思議と彩子と一緒にいる時だけ、彩子に対する嫉妬や憎しみを忘れられたような気がする。たとえそれが、彩子を誘惑するというゲームの快楽であっても、楽しかった。彩子とカレーを食い、時には水道橋《すいどうばし》まで出向いて遊園地でデートをした。確かにその楽しさは復讐の快楽には違いない。でも、そうでなかったとしたら？　純粋に、彩子と一緒にいる悦びを感じてしまったとしたら？

分からなかった。

彩子とは本の話もした。アガサ・クリスティーが好きなこともその時、聞かされて知っていた。読んだことがないと言うと、じゃあ今度読んで感想を聞かせて、などと彩子は言った。結局、それは成されなかった。だから俺は罪滅ぼしのような気持ちで、アガサ・クリスティーを読み始めたのだ。彩子をマンションから突き落とし、そして再び殺そうとする贖罪《しょくざい》のために──。

「──今から俺もそっちに行く」

『来るのは勝手だけど、追い返されると思うわ。お父さんは、あなたにここがばれたから、他のハーフウェイ・ハウスに移すって言っている』

「移せばいいさ。そんなところに娘を預けておくなんて気がしれない」

洋子は俺が言わんとすることを悟ったかのように、ああ――と言った。

「何だ？」

『ここはお父さんの会社の保養所よ。別に薬物依存症患者のリハビリ施設じゃないわ。風力発電の機械を見たでしょう？　エネルギー企業が建てた施設だからよ。天然ガス以外にも、いろいろ手を広げようとしているのよ』

ふん、と俺は言った。

「どうせクリーンエネルギーに携わっているふりをして、将来、原発でも作るんだろ？」

洋子はその俺の中傷を無視して話を続けた。

『今は彩子さん一人のために使っている。とにかく早くあなたを追い返したかったから、そういう穏やかでない施設だと偽ったのよ。ちょっとやり過ぎたかもしれないって狭山さんは反省していたけど』

「嘘だ」

『嘘じゃないわ』

「じゃあ、涼はどうなんだ。涼の父親が薬物依存症患者だって話は」

『それも嘘よ。涼君は本当にお母さんと喧嘩して、家出をしたのよ。それで森の中に立ち入って、保養所まで辿り着いた』

「小学生があそこまで歩けるはずない！　六キロ近くあるぞ！」

『歩いたのよ。何の不思議もないわ。その時、ここにいた人も、まさか森の反対側からやって来たなんて思わなかったから、勝手に入っちゃいけないって冷たい対応をして追い返してしまったのよ』

「でも——対応した男は——学校に入るなって——そう涼に——」

俺は自分に言い聞かせるようにつぶやいた。

『その時、ここを新入社員の研修で使っていたのよ。だからその人、子供に分かるように学校って表現を使った。ただそれだけのことなの』

そう言えば涼はその男の他にも女を見たと言っていた。全然動かないで、死んでるみたいだったと。もしかしたら事後だったのではないか。涼を保護することなく追い返したのは、バツが悪かったからかもしれない。

「——でも、どうしてわざわざ箱根を。他の土地にも保養所はあるんじゃないか？」

『箱根は温泉地よ。温泉療法って聞いたことない？』

ハーフウェイ・ハウスから車で送られる時、あちこちに温泉旅館の看板が立っていたのを思い出した。あの近辺に提携している温泉があるのかもしれない。

『それにロボットの研究所もあるし』

「——あのハコネロボット研究所って何だったんだ？」

『障害を負った人や、寝たきりのお年寄り用に、介護用のロボットを開発していたそうよ。指先の動きとか、目線とか、僅《わず》かな動作で本人が自由に操作できることを目指しているんだって。身体がまったく動かない人でも脳波でコントロールしたり——そういう研究にお父さんがお金を注ぎ込んでいた理由も分かるでしょう？　彩子さんのためよ』

俺は涼の話を思い出した。

（ゴーグルをかけると、ロボットからの映像が見えるんだ。その映像を見ながら操作できる。あれ、製品化したら売れるね）

障害者用のＶＲ技術ということか。確かに寝たきりの患者でも、それを使えば表を出歩いている気分になれるだろう。遥か未来には、そういうロボットの体感と、生身の身体との体感に差がない時代が来るかもしれない。

でも、俺はまだ納得できなかった。ようやく辿り着いたのに、騙されて自ら彩子がいる施設を後にしてしまったなんて、信じたくなかった。

「あの発電機にはハーフウェイ・ハウスと刻印されたプレートが留められていた。薬物依存症患者のリハビリ施設じゃなかったら、何であんなものがあるんだ」

『もともとリハビリ施設だったからよ。決して薬物依存症患者用ではないけれど。あくまでもお父さんの会社の施設で、病院に賃貸していたの。今は契約が切れて会社が保養施設や研修施設として使っているってだけ』

「でもそんな近くに会社の施設があったら、すぐに叔父さんは――昌志さんはそこに何かあるって気付いたはずじゃないか」

『気付いたわ。でも、あなたと神保町で会った時はまだそこまで考えていなかったのよ。子供が六キロも歩く訳がないって先入観があったんでしょうね。それに涼君は学校って言ってたから、施設と結びつけて考えられなかった。あなたと同じよ』

狭山を思い出す。よくもまあ、いけしゃあしゃあとあんな嘘がつけたものだ。よりにもよって幼気《いたいけ》な小学生の父親を薬物依存症患者に仕立ててまで。実刑を受けて府中の刑務所にいるなど、誹謗中傷で訴えられてもおかしくないレベルだ。狭山にも当然、薬物依存症患者だった過去はないのだろう。俺を追い返すために、そんな嘘を平気でつく男だ。植芝という男とグルになって、あんな寸劇まで演じて。あれでも父の会社の社員なのだろうか。まるで詐欺師だ。犯罪者予備軍ではないか。

そんなことを考えて、俺はおかしくなった。

犯罪者は俺だ。

平気で嘘をつけるのも、俺なのだ。今までずっと洋子を騙してきたのだから。

「父さんも、そこにいるのか？」

『すぐ隣にいるわ』

「――電話を代わってくれないか」

暫く洋子の声が途切れて、

『話すことはないって』

という彼女の声が聞こえてきた。

「じゃあ、代わりに訊いてくれ。いつから俺を疑っていた？」

洋子の声が途切れる。

『最初からだそうよ』

「六本木で会った時からか？」

『そうみたい』

俺は笑った。そうでもなければ、俺のような非嫡出子などに父は会いに来ないのだ。もし彩子が交通事故か何かで死んだとしても、やはり俺など後継者には選ばないのだろう。

俺は完全に蚊帳《かや》の外だ。

分かっている。だからこそ俺は彩子に復讐を——。

「じゃあ何故、俺を泳がせておいた？」

『お父さんもあなたの処置をどうすれば良いのか、悩んでいたみたい。次に会った時には証拠を集めて追及しようとしていたけれど、その前にあなたがハーフウェイ・ハウスを自力で見つけてしまった。お父さん、倒れたあなたを介抱した狭山さんの連絡で、慌ててこっちに来たのよ。狭山さんには適当なことを言ってあなたを追い返せ、と指示して』

それがあの薬物依存症患者のリハビリ施設云々か。

『六本木にあなたを呼び出した時――お父さん、思っていたそうよ。彩子さんの話を持ち出して、会社に入れると言ったら、あなたが良心の呵責《かしゃく》に苦しんで、罪を告白するって。でもいけしゃあしゃあとしていたから――ぞっとしたって』

俺は笑った。俺は父の甘い言葉に騙され、大卒の学歴を手に入れられ、会社の重役になれると舞い上がっていた。あまりにも愚かだった。そんな口約束に効力はないし、彩子を殺そうとした俺の罪が明らかになれば、常識的に考えて入社は無理だろう。

「そのために俺を呼び出したのか？　馬鹿馬鹿しい。あの時、俺が彩子を突き落とした犯人だと分かっていたなら、追及すれば良かったじゃないか」

『お父さんは、あなたの方から謝るのを期待していたのよ』

「謝る？　謝ったら彩子は元の身体に戻るのか？　許してくれるのか⁉　何やったたって許さないくせに、謝れなんてガキみたいなこと言うな！　被害者面しやがって！」

『彩子さんは被害者よ！』

「うるさい！　だったらお前は俺と母さんに謝ったのか⁉　今までずっと蔑ろにして来たことを謝ったのか⁉」

父への罵倒を洋子に言っても詮ないことだった。でも、言わずにはいられなかった。

洋子は一瞬黙って、それから、言った。

『やっぱりあなた――私のことも殺そうとするのね――』

自分に言い聞かせたような言葉だった。

結局、洋子は俺の一日だけの婚約者だった。

「あいつに――何を言われた？」

『酷い息子だって。悪いことは言わないから、あんな男とは一緒にならない方がいいって』

お前は俺を庇ってくれたのか、父親と俺とどちらを信用するのか、そんな質問が口をついて出そうになった。だが、あまりに悪あがきが過ぎると思って止めた。

最後に末永や昌志はどこまで知っていたのか訊きたかったが、愚問だと思った。当然、末永が俺のところに来た時点、そして昌志と神保町の寿司屋で会った時点では、二人は俺が彩子を突き落としたなんて夢にも思っていなかっただろう。恐らく父は彩子の口から俺が犯人であることを、迂闊に親族に話されたくはなかったのだろう。だから脳に障害を負ってしまってコミュニケーションが取れない、などと適当な理由を言って、会わせないようにしていたのだ。

今は恐らく、昌志も末永もすべて知っているはずだ。何しろ部外者の洋子にまで真相をぶちまけたのだから、

『あいつが罪を重ねると、会社にとっても取り返しのつかないダメージになるって』

俺は笑った。所詮、父はこういう男だ。仮に俺が洋子を殺す目的があったとしても、決して彼女の命を守るためにここから連れ出したのではない。単に会社のスキャンダルを避けることが目的なのだ。株価が下がるから。

父はそういう男だ。だから俺も利己的な人間に育った。違うのは、父は経済的利益、俺は精神的満足を追求すること。でも自分のことしか考えていないという意味では同じだ。

そうだ俺は——どこまでも自分の満足しか追求しなかった。

洋子を愛したのも、ただの獣欲だった。洋子を抱いている時、俺は必ず兄に犯されている洋子を想像していた。洋子は彩子の代わりに過ぎなかった。俺は俺ではなく、洋子を犯している兄になっていた。だから彩子を見つけ、どうやって彼女を犯そうか計画している最中、一度洋子と別れたのは必然だったのだ。

もう目の前に目的の女がいるのだから。

もう洋子という代用品を抱く意味はないのだから。

そして彩子を犯し、目的を達成した後、再び俺は洋子を欲した。彩子の代わりに抱く女が、再び必要になったから。彩子の代わりは洋子以外にできない。兄に犯され、心に傷を負った女でなければ——。

洋子にプロポーズしたのも、最終的にはそれが目的だった。

俺はそれだけの——。

『何か言うことはないの？』

と洋子は言った。

『私、あなたを信じてるのよ。だって私はあなたの婚約者だもの。言い分があるなら、味方してあげるから』

俺は暫く考え、

「言い分なんて、ねえよ」

と答えた。

「どうして彩子を探したと思う？」

『口封じの目的で殺すためじゃないの？』

「違う。やるためだ。死んだと思ったけど、生きているならやらない手はない。知ってるか？　彩子の身体最高なんだぜ。お前よりもずっとな」

数秒の沈黙の後、何も言わずに洋子は電話を切った。この瞬間、俺は洋子と終わったことを知った。終局は、ふたりの果ては、あまりにもあっけなく訪れた。携帯のバッテリーは残り十パーセントを切っている。早く帰って、あの充電スタンドにこの携帯を乗せないとな、と俺はぼんやり考えた。

第六部　ハーフウェイ・ハウスの殺人

第十六章

そうです。

これで私は死んだのです。

ならば、今のこの、私を私と思っている私は、いったい誰なのでしょう?

園長先生の部屋です。オオトモがいます。床には砕け散ったガラス瓶と、大量の液体と、そしてかつて私の身体だった残骸があります。

今度こそ、本当に幽霊になったのでしょうか。

それとも、これこそ夢なのでしょうか。

私はオオトモを見つめました。オオトモは静かに言いました。

「これはただのサンプル。もうなんの意味もない」

「じゃあ、私は——」

「本当の人間の身体があると思った？　それとも脳だけが保管されていると？　身体はすべてボディに置き換えているのに、精神を司る部分だけは生身だと？　それはあまりにも不完全。精神はすべて外部のサーバーに保管されているの」

「そのサーバーはどこにあるんですか？」

「今度はサーバーを破壊しようって言うの？　忠告しておくけど、そんなことは無理。最初のサーバーは、かつて富士の樹海だった場所に設置された。そしてすぐに日本全土にバックアップ用のサーバーが設置された。一つのサーバーが破壊されても、バックアップ用のサーバーに接続される。精神も、ボディも、いくらでも代わりがあるの。だから私たちは永遠に生きられる」

私は、私自身が破壊した、かつて私だったものの残骸を見つめて、つぶやきました。

「私たちは、もう人間じゃないわ」

オオトモはその言葉には答えませんでした。

最後に私は一つだけ心残りがありました。オオトモはその願いをきいてくれました。

私はヨシオの部屋の窓を叩きました。ヨシオは驚いた顔で窓を開けました。そういうことをするのは、いつもヨシオの役割でした。まさか私が彼の部屋の窓を叩くとは想像すらしていなかったに違いありません。

「どうした――？」

「謝りに来たの」

「なにを？」

「一緒に、外に行こうって言ったでしょう？　その約束は果たせそうにない――」

「そうか――仕方ないよ。でもわざわざ来なくても、明日会って言えばいいじゃないか」

私はゆっくりと首を振りました。

「ヨシオ、私はもう、あなたと会えないのよ。だからお別れを言いに来たの」

ヨシオは信じられないと言いたげな目で、私を見つめました。

「健一と一緒に逃げるのか？　あいつと一緒になるんだろう？」

「違うわ。それは本当よ、信じて。でもあなたは私の一番の友達だった。あなたに会えて良かったと思っている」

私はそっとヨシオの頬に触れました。ヨシオは微動だにしませんでした。伝えたいことが沢山ありました。私が園長先生を殺したこと。私たちはどうやったって死ねないこと。オベリスクを潜る条件を見つけたこと。でも私はなにも言えません。私が罪にまみれていることをヨシオに知られたくはないと思いました。私の犯した罪は、どんなに水に流しても消えないのです。

「さよなら」

そう言い残して、私はヨシオの前から立ち去りました。

「ま、待って――」

ヨシオが慌てて窓から外に出てきました。そしてそこにオオトモがいることを知り、すべてを悟ったようでした。

ヨシオが見守る中、私はオオトモの車に乗り込みました。あの流線型のスマートな車です。アキナやマナブに言ったら、きっと羨ましがられるでしょう。でも車に乗るのと引き換えに、私はみんなとお別れしなければならないのです。

車はゆっくりと動き出しました。不思議な感覚でした。座っているだけで、身体が前に進んでいくのです。でも私は三回もボディからボディへ精神を移動させました。そのスピードに比べれば、車の速さなんて比べ物になりません。

車は最初はゆっくりと、徐々にスピードを上げていきます。見慣れた『ハウス』の庭の景色が流れるように過ぎていきます。これでようやく『ハウス』から自由になれました。でも喜びはありませんでした。

「オオトモさん」

「何？」

「下の名前は何て言うんです？」

オオトモは教えてくれました。私はその名前を口に出してつぶやきました。

アヤコという私の名前と、似た響きがしました。

やがて私が園長先生を殺した墓が見えてきました。そのまま突っ切っても良かったのでしょうが、殺人現場なので、オオトモはスピードを落として、ゆっくりと迂回しました。その時です。私は窓の外にこちらに駆け寄ってくるヨシオの姿を認めました。ずっと走って追いかけてきたのです。

ヨシオは車の窓ガラスに手を触れました。私も同じようにしました。窓ガラス越しに、私とヨシオの手と手が触れ合います。ガラス越しにもかかわらず、それは健一に身体を触られた時よりも、もっと強く、私の官能を呼び覚ましました。

いいえ、それは官能ではありませんでした。ヨシオから無理やり切り離される、それは痛みでした。自分の身体を切り裂かれるのと同じ気持ちがしました。ああ、私はやはり人間なんだ、と思いました。オオトモは、ボディは身体の痛みを感じないようにできていると言っていましたが、それは嘘でした。確かにボディは痛みを感じないでしょう。でも私の精神は、心は、確実に痛みを感じるのです。

たとえ死なない身体を持っていても、心だけは人間だから。

その瞬間、私ははじめて、心の底から自分の行いを後悔しました。園長先生に申し訳ないことをしたと思いました。私は外への憧れと、生身の人間だった健一に触れられる喜びに目がくらみ、一番大切なものが見えなくなっていたのです。私はヨシオが好きだった。本当に好きだったのです。しかし、とうとう最後になるまでそのことに気付くことはありませんでした。

外に出られなくても、たとえ外の世界が全部滅んでいたとしても『ハウス』で暮らしていた日々が、一番私にとって幸せだったのに――。

お墓を迂回した車は、またスピードを上げました。ヨシオは一生懸命に車を追いかけますが、とても追いつけるものではありません。

どんな罰を受けるのか分かりませんが、きっとサーバーとボディの接続を切られるのでしょう。それは幽霊になることと同じです。本当の意味で、私は辺獄のとらわれびとになるのです。ヨシオと会えない悲しみや、園長先生を殺してしまった後悔はいまだ消えません。私は死を望みますが、それは成されないでしょう。死ぬ方法がないのですから。

ただ思うのです。もし、アガサ・クリスティーがこの時代に生きていたら、いったいどんな小説を書いただろうかと。アガサ・クリスティーは当時の科学技術も作品の中に取り入れています。ある有名な作品では犯人は蓄音機で自らのアリバイを偽造するのです。

もしアガサ・クリスティーがこの物語を書いたのなら、きっと真犯人はボディを利用して、見事なトリックを成し遂げるのでしょう。そして私とヨシオが結ばれるハッピーエンドが待っているに違いありません。でもアガサ・クリスティーはもういないのです。

もし、サーバーとボディの接続を切られるという処置を免れるなら、私は今度こそ、小説を書いてみたいと思いました。それは健一が私を殺すためにハーフウェイ・ハウスを探す物語。時代は過去がいいでしょう。世界がこんなふうになる前の。そして私と健一は、その原因を作った企業の社長の子供。狭山先生や植芝先生、そして園長先生も物語に登場させましょう。アキナやマナブやヨシオは、やはり私と同年代の友達という設定がいいかもしれません。舞台が外の世界だとしたら、あまり出番はないかもしれませんが。ヨシオが屋根に上ったあの日、先生たちが話していた『ハウス』に迷い込んできた子供のエピソードも上手く織り込めれば面白い話になるかもしれません。そしてその物語の最後は——健一が自分が仕組んだ犯罪計画を、オオトモに告発されて終わるのです。私と同じように。

それが私にできる健一への唯一の復讐です。

その小説を健一に読んで欲しい。

私に園長先生を殺させた健一に！

今、彼はどこで何をしているのでしょう。私には知る術はありません。でも私は心から願うのです。どうか健一が私を失った絶望と後悔の焔《ほのお》に、身を焦がして日々を生きてゆくことを。

どうか。

ふたりの果て

F

それから洋子からの連絡は一切なかった。

父からも、末永からも、昌志からも。

東京に戻った俺は、いつ自分の部屋を警察官がノックするのか戦々恐々としていた。働きもせず、誰にも会わず、どこか遠くに逃げることもなく、ただ食べ、眠り、息を吸って吐くだけの生活を続けていた。

俺はどこかで期待していた。彩子を殺そうとした殺人未遂の罪で逮捕される事を。箱根の一件はともかく、彩子をマンションのベランダから突き落としたのは厳然たる事実だ。殺意の有無は裁判で争うことになるだろうが、殺意がなかったとしても傷害罪は間違いなく、これは十分刑務所送りに値する。

刑務所に行けば、仕事も食事も用意してくれる。明日何をしようと考えずに済む。ただ命じられたことを黙々とこなせば、生きていることが許される。父の会社への就職など、最初っから叶わなかったことが分かった今だからこそ、俺は余計に自分を縛るものを欲した。でも、誰も俺を捕まえに来なかった。腹違いの妹を犯し、マンションから突き落としただけでは飽き足らず、口封じのために命まで奪おうとした、稀代のひとでなしがここにいるのに。

警察が訪れることはなかったが、彩子の友人は姿を見せた。彩子と恋人のふりをしている時に紹介された、友人の一人の、芳雄という男だった。

「時々、皆で、彩子の見舞いに行くんですよ。機械がなければコミュニケーションは取れないけど、でも、元気そうですよ」

まるで当てつけのように、芳雄はそう言った。

「──それを、どうして俺に?」

「知りたいかな、って思って」

末永はほとんど口をつけなかったインスタントコーヒーを、芳雄はガブガブと飲んだ。少しでも俺を警戒しているなら、俺が出したものなど口を付けないだろうな、と考えた。

そして芳雄は意外なことを言った。

「彩子があんなふうになって、お父さんは血眼になって犯人を探しました。彩子は自分の不注意で落ちたと言い張ったけど、幼児ならともかく、マンションのベランダから事故で落ちるようなシチュエーションなんて、普通は考えられませんものね」

彩子は俺のことを黙っていたのだ。ではいったい、どうして父は俺のところに──。

「お父さんは僕らのところにも話を訊きにきました。だから僕は、彩子の彼氏のことをお父さんに言いました。つまりあなたのことを——馳健一という名前を訊くと、お父さんは驚いた様子でした。その時、何故そんなに驚くか分かりませんでしたけど、あなたは彩子のお兄さんだったんですね」

芳雄の口から、父に俺のことが伝わったのか、と思ったがそれだけだった。同時に、どうせ兄だとばらすのだからと最初っから本名を名乗ったことを、少しだけ後悔した。

「彩子は未だに自分の不注意でベランダから落ちたと言い張っています。あなたが告発されない理由は、それです。正直な話、僕らは彩子にあなたを告発しろと説得するために見舞いに通っているんですよ。彩子をあんな身体にしたあなたを野放しにするなんて間違っているって。でも駄目です。よほど、あなた彩子に愛されてるんですね——たとえあなたが悪人でなくとも、どうせ兄妹だから、どう考えても一緒になるのは無理なのに——」

俺は、彩子が俺への復讐のために、洋子に一切合切をぶちまけようとした、と考えていた。もちろんそれは間違っていないだろう。でももしかしたら、俺と洋子との関係をぶち壊せば、また俺が自分のもとに戻ってくると考えていたのかもしれない。

彩子が、俺が自分の兄であることに、最初っから気付いていたとしたら。現に昌志の息子の宏明は俺の名刺を見ただけで、俺が誰だか分かったではないか。あの夜、俺の告白に確かに彩子は衝撃を覚えていた。だがそれは、遂に来るべきものが来てしまったという諦めだったとしたら。

　今となっては分からないし、どうでもいいことだ。そして俺にとって、彩子が俺を告発しないことこそ、彩子の俺に対する復讐としか思えないのだった。

　罪を償うチャンスすらも俺には与えられないのだから。

「そうそう、これはお伝えした方がいいかと思いますが、大伴《おおとも》洋子さん、お父さんの会社に就職が決まったようですよ。何でも、あなたの一件をきっかけに親しくなったようで、就職の世話をしてもらったんだそうです」

　結局、俺には何も残されていなかった。

　就職も、洋子も、すべてを失った。彩子がどういうつもりで俺を告発しないのかは分からない。ただ、俺のことを未だに思ってくれているとしても、彼女に会いに行く勇気はない。俺が破壊した、彼女の身体をこの目にするのが怖かった。

「僕、彩子さんのことが好きだったんです」

　唐突に芳雄が言った。

「だからあなたと会った時、あなたが憎かった。でもしょうがないと思った。彩子が選んだ人だから。その選択は失敗だったたってことになるんでしょうけど」

　なら、彩子がああなって一番喜んでいるのは彼だ。彩子の看病をすれば、ずっと彼女を手元に置いておけるのだから。そのまま結婚でも何でもすればいい。

「いろいろお話しさせてもらいましたが、今日は、そのことだけを伝えにきたんです。コーヒーどうもごちそうさまでした」

そう言って芳雄は去っていった。もう二度と会うこともないだろう。

その日から、俺は洋子に毎日のように電話をかけた。だが繋がることはなかった。もう一度だけでもいいから話がしたかった。会ってあの時のこと、そしてこれからのことを話したかった。だが今や洋子と俺との間には空よりも高い壁が立ちふさがっていて、再会を拒絶していた。就職すれば、新しい出会いが待っている。きっと洋子は新しい男と出会い、そいつと結婚するのだろう。そうなってからでは遅いのだ。

どうすればその壁を打ち砕ける？　どうすれば洋子に償える？

俺はキッチンからナイフを取り出した。そして手に持ち、虚空に向かって数回突き出した。人を刺し殺すイメージトレーニングだった。

洋子を犯した義理の兄を殺せば、きっと洋子は俺に振り向いてくれるだろう。彼こそが、洋子のトラウマの原因なのだから。そして彼を殺すことは、彩子を犯した俺を殺すことにも繋がるのだ。彩子を犯したことは、俺の人生最大の誤りだった。だからそれをなかったことにするのだ。妹を犯した兄を殺して。

今度こそ俺は刑務所行きになるかもしれない。そうなったら獄中で、彩子への償いのために、彼女に読んでもらうために、自伝でも書こうか。いや、そんなのはつまらない。俺のろくでもない人生の、言い訳に塗《まみ》れた半生記など。小説がいい。それも彩子が好きな推理小説にしよう。あのハーフウェイ・ハウスを舞台にした、彩子が主人公のミステリー。結局、昌志が言っていた通り、箱根の森の中で生活している美しい子供たちの噂は都市伝説に過ぎなかった。なら小説にはその設定も組み込もう。彩子の友達の、明菜も、学も、そして芳雄も登場させよう。教師は誰がいいだろう？　舞台は未来がいい。きっと未来なら、体感上生身の身体と遜色《そんしょく》ないＶＲ技術が発達しているだろう。その世界なら、寝たきりの彩子も自分のロボットを自在に操って行動できる。好きなだけ友達とも遊べる。抱き合うこともできる。人も殺せる。俺に復讐だってできる。

普通の人間のように、すべてのことが──。

それが今の俺にできる、唯一の彩子に対する償いだ。

そんなものは償いにならないと彩子は言うだろう。だから彩子には良くなって欲しい。自らの手で俺を殺すために。俺は眼を閉じ、あの僅かな間だけ滞在したハーフウェイ・ハウスを思い出す。あの丘にあった扉を開けると、そこは無限に広い倉庫になっていてロボットがずらりと並んでいるのだ。あの風力発電の装置は結界という設定にしてもっと沢山増やそう。生徒達は、あの間を決して通り抜けることができない。俺と洋子の間にそびえている果てしない壁のように、生徒たちをハーフウェイ・ハウスに縛りつけている。だが事件が起こって探偵がやって来る時だけ、壁は開くのだ。

だから探偵役は、洋子だ。

あの夜、箱根のホテルでの会話。きっと洋子は父に教えられたことをそのまま話しただけだろうが。それでも、あれはまさしく事件を解決する探偵の行為だった。

俺はナイフを持って立ち上がった。洋子の義理の兄の居場所はもう調べがついている。すべての貯金を使い果たして、興信所に頼んだのだ。既に彼は結婚して子供までいた。洋子にあれほどの傷を与えておいて、ぬけぬけと幸せに生きる彼が許せなかった。罰を受けるべきなのだ。思い知るべきなのだ。

今度こそ俺は本当に自分が成すべきことをする。

俺のために。

洋子のために。

彩子のために。

今こそ！

解説――奇想と技巧が詰まった浦賀《うらが》ミステリの真骨頂

書評家　福井健太《ふくいけんた》

いささか乱暴な表現をすれば、ミステリ作家は二種類に分けられる。安定したスタイルを提供するタイプと挑発を重ねるタイプだ。型破りなSFミステリでデビューを飾り、アグレッシヴな創作を続けてきた浦賀和宏《うらがかずひろ》は後者の典型だろう。

浦賀和宏は一九七八年神奈川県生まれ。九八年に『記憶の果て』で第五回メフィスト賞を受けてデビュー。同作を含む〈安藤直樹《あんどうなおき》〉シリーズは鬱屈した青春SFミステリとして注目を浴びた。〈松浦純菜《まつうらじゅんな》・八木《やぎ》剛士《たけし》〉シリーズは不死の少年と理解者の少女をめぐるダークファンタジーミステリ。著者が「安藤シリーズ・シーズン2」と呼ぶ〈萩原《はぎわら》重化学工業〉シリーズは臓器を奪われた死体に端を発する陰謀譚《いんぼうたん》だ。

浦賀作品にはSFや超自然だけではなく、カニバリズムや近親相姦といった禁忌《タブー》、思想批判や屈折した独白、脳が生む自我の外在化、自虐ネタや叙述トリックなども頻出《ひんしゅつ》する。そんな癖の強さゆえか、二〇一〇年刊の『女王暗殺』以降は新作が途絶えていたが、そこに転機が訪れた。初期のノンシリーズ長篇『彼女は存在しない』が一二年にブレイクし、文庫版が二十五万部を超えるセールスを記録したのである。

この華やかな復活劇を経て、フリーライターが探偵役の〈桑原銀次郎《くわはらぎんじろう》〉シリーズを立ち上げた著者は、同時期に『姫君よ、殺戮の海を渡れ』『究極の純愛小説を、君に』のような奇想とサプライズを基調とするノンシリーズ長篇を手掛けている。一五年に四六判ハードカバーでリリースされた『ふたりの果て／ハーフウェイ・ハウスの殺人』もその一つ。本書『ハーフウェイ・ハウスの殺人』は同作を文庫化したものだ。

初刊時のタイトルから想像できるように、本作は二つのプロットで構成されている。三人の先生と二十二人の生徒が暮らす箱根山中の施設「ハーフウェイ・ハウス」では、生徒たちが外出を禁じられていた。アガサ・クリスティーの小説が好きな「私」ことアヤコは外界に興味を持ち、施設に現れた男・健一《けんいち》に惹《ひ》かれるが、周囲はそんな者は存在しないという。やがて先生が自室で絞殺《こうさつ》され、アヤコは仲間を庇《かば》おうとする——「ハーフウェイ・ハウスの殺人」はそんな筋立てである。

いっぽう「ふたりの果て」では外の世界が描かれている。風俗ライターの「俺」こと馳《はせ》健一は、愛人の母を捨てた会社経営者の父に意外な誘いを受ける。娘の彩子《あやこ》が事故で脳に障害を負ったので、入社して自分の跡を継げというのだ。彩子はマンションのベランダから転落したらしい。専務に「事故後の娘さんを見かけた者は、社内には誰一人いない」と聞いた健一は、親族を辿《たど》って彩子の居場所を探ろうとする。

二つのドラマを交互に進めるミステリは珍《めずら》しくない。アヤコは彩子なのか、健一は同一人物なのか――ミステリに慣れた読者はいくつもの疑惑を抱くはずだ。そのうえで断言するが、著者らしいモチーフが使われているにも拘《かか》わらず、真相を見抜くことは不可能に近い。二元中継サスペンスの体裁を採り、双方にトリックを仕込んだ本作は、二つのサプライズを愉《たの》しめるお得なミステリといえるだろう。

しかし見所はそれだけではない。自己言及的な『浦賀和宏殺人事件』、執筆行為をメタ化した『究極の純愛小説を、君に』、パラレルワールドを並べた『ｉｆの悲劇』などからも解るように、著者は物語そのものを相対化し、大胆な演出を試みるメタミステリ作家でもある。具体的な説明は避けるが、本作でも小説の構造にまつわるギミックが活かされている。竹本健治《たけもとけんじ》『匣《はこ》の中の失楽』や歌野晶午《うたのしょうご》『世界の終わり、あるいは始まり』のような、物語そのものを装置にしたミステリが好きな人は、メタミステリ作家としての著者にも注目すべきなのだ。

著者らしい視座とガジェット、複数のサプライズ、メタミステリ性などを兼ね備えた本作は、いわば持ち味のショーケースでもある。「浦賀和宏はどんな作家か」と聞かれた場合、まずは本書を勧めるのが正解かもしれない（情念の籠《こ》もった初期作はその後だ）。ファンと新規層にアピールしうる快作として、より広く読まれるべき一冊なのである。

一二年のブレイク以降、著者は精力的に新作を手掛けており、旧作も次々に文庫化されている。一八年九月時点の著作リストを載せておこう。#は〈安藤直樹〉シリーズ、＊は〈松浦純菜・八木剛士〉シリーズ、†は〈萩原重化学工業〉シリーズ、☆は〈桑原銀次郎〉シリーズである。

【浦賀和宏　著作リスト】

#『記憶の果て』講談社ノベルス（九八）↓講談社文庫（〇一）↓講談社文庫新装版（上下／一四）
#『時の鳥籠』講談社ノベルス（九八）↓講談社文庫（上下／一四）
#『頭蓋骨の中の楽園』講談社ノベルス（九九）↓講談社文庫（上下／一四）
#『とらわれびと』講談社ノベルス（九九）
#『記号を喰う魔女』講談社ノベルス（〇〇）
『眠りの牢獄』講談社ノベルス（〇一）↓講談社文庫（一三）
『彼女は存在しない』幻冬舎（〇一）↓幻冬舎文庫（〇三）
#『学園祭の悪魔』講談社ノベルス（〇二）
『こわれもの』トクマ・ノベルズ（〇二）↓徳間文庫（一三）
『浦賀和宏殺人事件』講談社ノベルス（〇二）
『地球平面委員会』幻冬舎文庫（〇二）

『ファントムの夜明け』幻冬舎（〇二）↓幻冬舎文庫（〇五）
#『透明人間』講談社ノベルス（〇三）
*『松浦純菜の静かな世界』講談社ノベルス（〇五）
*『火事と密室と、雨男のものがたり』講談社ノベルス（〇五）
*『上手なミステリの書き方教えます』講談社ノベルス（〇六）
*『八木剛士 史上最大の事件』講談社ノベルス（〇六）
*『さよなら純菜、そして不死の怪物』講談社ノベルス（〇六）
*『世界でいちばん醜い子供』講談社ノベルス（〇七）
*『堕ちた天使と金色の悪魔』講談社ノベルス（〇七）
*『地球人類最後の事件』講談社ノベルス（〇八）
*『生まれ来る子供たちのために』講談社ノベルス（〇八）
†『萩原重化学工業連続殺人事件』講談社ノベルス（〇九）↓『HEAVEN 萩原重化学工業連続殺人事件』幻冬舎文庫（一八）
†『女王暗殺』講談社ノベルス（一〇）↓『HELL 女王暗殺』幻冬舎文庫（一八）
☆『彼女の血が溶けてゆく』幻冬舎文庫（一三）
☆『彼女のため生まれた』幻冬舎文庫（一三）
☆『彼女の倖せを祈れない』幻冬舎文庫（一四）

『姫君よ、殺戮の海を渡れ』幻冬舎文庫（一四）
『究極の純愛小説を、君に』徳間文庫（一五）
『ふたりの果て／ハーフウェイ・ハウスの殺人』祥伝社（一五）↓『ハーフウェイ・ハウスの殺人』祥伝社文庫（一八）※本書
☆『彼女が灰になる日まで』幻冬舎文庫（一五）
『緋い猫』祥伝社文庫（一六）
『ｉｆの悲劇』角川文庫（一七）
『Ｍの女』幻冬舎文庫（一七）

（この作品は平成二十七年十月、小社より『ふたりの果て／ハーフウェイ・ハウスの殺人』と題し四六判で刊行されたものを改題し、文庫化に際し、著者が加筆・修正を加えたものです）

ハーフウェイ・ハウスの殺人

一〇〇字書評

切・り・取・り・線

購買動機（新聞、雑誌名を記入するか、あるいは○をつけてください）

☐（　　　　　　　　　　　　）の広告を見て
☐（　　　　　　　　　　　　）の書評を見て
☐ 知人のすすめで　　☐ タイトルに惹かれて
☐ カバーが良かったから　　☐ 内容が面白そうだから
☐ 好きな作家だから　　☐ 好きな分野の本だから

・最近、最も感銘を受けた作品名をお書き下さい

・あなたのお好きな作家名をお書き下さい

・その他、ご要望がありましたらお書き下さい

住所	〒				
氏名		職業		年齢	
Eメール	※携帯には配信できません	新刊情報等のメール配信を 希望する・しない			

この本の感想を、編集部までお寄せいただけたらありがたく存じます。今後の企画の参考にさせていただきます。Eメールでも結構です。

いただいた「一〇〇字書評」は、新聞・雑誌等に紹介させていただくことがあります。その場合はお礼として特製図書カードを差し上げます。

前ページの原稿用紙に書評をお書きの上、切り取り、左記までお送り下さい。宛先の住所は不要です。

なお、ご記入いただいたお名前、ご住所等は、書評紹介の事前了解、謝礼のお届けのためだけに利用し、そのほかの目的のために利用することはありません。

〒一〇一－八七〇一
祥伝社文庫編集長　坂口芳和
電話　〇三（三二六五）二〇八〇

祥伝社ホームページの「ブックレビュー」からも、書き込めます。
http://www.shodensha.co.jp/bookreview/

祥伝社文庫

ハーフウェイ・ハウスの殺人《さつじん》

平成30年 9月20日　初版第1刷発行

著　者　浦賀《うらが》和宏《かずひろ》
発行者　辻　浩明
発行所　祥伝社《しょうでんしゃ》
東京都千代田区神田神保町3-3
〒101-8701
電話　03（3265）2081（販売部）
電話　03（3265）2080（編集部）
電話　03（3265）3622（業務部）
http://www.shodensha.co.jp/

印刷所　堀内印刷
製本所　ナショナル製本
カバーフォーマットデザイン　芥 陽子

Printed in Japan ©2018, Kazuhiro Uraga　ISBN978-4-396-34452-8 C0193

祥伝社文庫の好評既刊

宇佐美まこと　**入《い》らずの森**

京極夏彦《きょうごくなつひこ》、千街晶之《せんがいあきゆき》、東雅夫《ひがしまさお》各氏太鼓判！　粘つく執念、底の見えない恐怖――すべては、その森から始まった。

宇佐美まこと　**愚者《ぐしゃ》の毒**

緑深い武蔵野、灰色の廃坑集落で仕組まれた陰惨な殺し……。ラスト1行まで震えが止まらない、衝撃のミステリ。

歌野晶午　**そして名探偵は生まれた**

〝雪の山荘〟〝絶海の孤島〟〝曰《いわ》くつきの館〟圧巻の密室トリックと驚愕の結末とは？　一味違う本格推理傑作集！

歌野晶午　**安達《あだち》ヶ原《はら》の鬼密室**

疎開先から逃げ出した少年は、不思議な屋敷で宿を借りる。その夜、二階の窓に〝鬼〟の姿が……!!

小野不由美　**黒祠《こくし》の島**

失踪した作家を追い、辿り着いた夜叉島、そこは因習に満ちた〝黒祠〟の島だった……著者初のミステリー！

恩田　陸　**不安な童話**

「あなたは母の生まれ変わり」――変死した天才画家の遺子から告げられた万由子。直後、彼女に奇妙な事件が。

祥伝社文庫の好評既刊

恩田 陸　puzzle〈パズル〉

無機質な廃墟の島で見つかった、奇妙な遺体！　事故？　殺人？　二人の検事が謎に挑む驚愕のミステリー。

恩田 陸　象と耳鳴り

上品な婦人が唐突に語り始めた、象による殺人事件。彼女が少女時代に英国で遭遇したという奇怪な話の真相は？

恩田 陸　訪問者

顔のない男、映画の謎、昔語りの秘密――。一風変わった人物が集まった嵐の山荘に死の影が忍び寄る……。

河合莞爾　デビル・イン・ヘブン

カジノを管轄下に置く聖洲《きよす》署に異動になった刑事・諏訪《すわ》。カジノの闇に踏み込んだ時、巨大な敵が牙を剝く！

貴志祐介　ダークゾーン（上）

プロ棋士の卵・塚田《つかだ》。赤い異形《いぎょう》の戦士として闇の中で目覚める。突如謎の廃墟で開始される青い軍団との闘い。

貴志祐介　ダークゾーン（下）

意味も明かされぬまま異空間で続く壮絶な七番勝負。地獄のバトルの決着は？　解き明かされる驚愕の真相！

祥伝社文庫の好評既刊

富樫倫太郎　生活安全課0係《ゼロ》　ファイヤーボール

杉並中央署生活安全課「何でも相談室」通称0係。異動してきたキャリア刑事は変人だが人の心を読む天才だった。

富樫倫太郎　生活安全課0係　ヘッドゲーム

娘は殺された——。生徒の自殺が続く名門高校を調べ始めた冬彦《ふゆひこ》と相棒・高《たか》虎《とら》の前に一人の美少女が現われた。

富樫倫太郎　生活安全課0係　バタフライ

少年の祖母宅に大金が投げ込まれた。冬彦と高虎が調査するうちに類似の事件が判明。KY刑事の鋭い観察眼が光る！

富樫倫太郎　生活安全課0係　スローダンサー

「彼女の心は男性だったんです」——性同一性障害の女性が自殺した。冬彦は彼女の人間関係を洗い直すが……。

中山七里　ヒポクラテスの誓い

法医学教室に足を踏み入れた研修医の真琴《まこと》。偏屈者の法医学の権威、光崎《みつざき》とともに、死者の声なき声を聞く。

法月綸太郎　一《いち》の悲劇

誤認誘拐事件が発生。身代金授受に失敗し、骸《むくろ》となった少年が発見された。鬼畜の仕業は！……誰が、なぜ？

祥伝社文庫の好評既刊

法月綸太郎　二の悲劇

自殺か？　他殺か？　作家にして探偵の法月綸太郎に出馬要請！　失われた日記に記された愛と殺意の構図とは？

法月綸太郎　しらみつぶしの時計

交換殺人を提案された夫が、堕《お》ちた罠——（「ダブル・プレイ」）他、著者の魅力満載のコレクション。

深町秋生　PO《プロテクションオフィサー》　警視庁組対《そたい》三課・片桐美波《かたぎりみなみ》

連続強盗殺傷事件発生、暴力団関係者が死亡した。POの美波は一命を取りとめた布施《ふせ》の警護にあたるが……。

柚月裕子　パレートの誤算

ベテランケースワーカーの山川《やまかわ》が殺された。被害者の素顔と不正受給の疑惑に、新人職員・牧野聡美《まきのさとみ》が迫る！

矢月秀作　D1　警視庁暗殺部

法で裁けぬ悪人抹殺を目的に、警視庁が極秘に設立した〈暗殺部〉。精鋭を擁する闇の処刑部隊、始動!!

矢月秀作　警視庁暗殺部　D1　海上掃討《そうとう》作戦

遠州灘沖に漂う男を、D1メンバーが救助。海の利権を巡る激しい攻防が発覚した時、更なる惨事が！